新潮文庫

時間の習俗

松本清張著

新潮社版

2096

時間の習俗

和《め》布《かり》刈神事《しんじ》

1

早鞆《はやとも》の潮薙《しおな》ぎの藻《も》に和布《め》刈《か》るかな　雲《うん》屏《ぺい》

その年の、旧暦元旦《がんたん》は二月七日に当たった。

その前夜、午後十一時ごろから、門司《もじ》市内のバスが臨時に動いて、しきりと、客を北西の方にある和布《め》刈岬《かりのはな》に運んだ。霙《みぞれ》でも降りそうな寒い晩だった。

バスは三十分かかって狭い海岸通りを走り、海峡へ少し突き出た岬《みさき》で客を降ろした。岬は関門海峡の九州側の突端である。

狭い民家の細長いつながりは、途中で切れている。この辺の家は、昼間だと軒に若《わか》布《め》などを干したりして、魚の臭《にお》いが強かった。

バスは鳥居の傍《そば》で止まった。客はぞろぞろと鳥居をくぐってゆく。境内では数カ所に篝火《かがりび》が焚《た》かれていた。寒い晩のことだし、篝火の周囲には群衆がいくつもの輪を描いていた。境内のすぐ前は、暗い海だった。対岸に灯《ひ》があるが、これは下関《しものせき》側の壇《だん》ノ浦《うら》だった。

海峡は狭い。夜目にも潮の流れの速いことがわかった。海というよりも大きな河と錯覚しそうだった。

社《やしろ》は和布刈神社といった。今夜は、本殿にも、社務所にも、灯があかあかと点《つ》いている。拝殿には、絶えず柏手《かしわで》が起こっていた。神主は、先ほどからしきりと祝詞《のりと》をあげ、笛と太鼓とが、外の凍ったような空気をふるわせていた。

関門海峡トンネルは、この早鞆《はやとも》の瀬《せ》の下をくぐっている。昔は、神社の裏手がこんもりとした森だったが、現在は、九州側にトンネルの入口ができて、平らな台地となった。昼間だと、対岸の壇ノ浦側の山が見える。火の山という名前だが、そこにケーブルカーができたのも数年前のことだった。近代的な設備がふえても、これからはじまる和布刈神社の陰暦元旦の神事は、古来、変わることがない。それは何百年もつづいてきた伝承だった。

境内の篝火が社の垂木《たるき》や千木《ちぎ》、鰹木《かつおぎ》を神秘的な荘厳《そうごん》さで照らした。夏の夜だと、こうはゆくまい。骨を刺すような寒夜だから、いっそう森厳なのである。

神事はきまって、旧暦の大晦日《おおみそか》の真夜中から元旦の未明にかけて行なわれる。午前二時半ごろが干潮の時間だったが、同時に、この神事の最高潮でもある。

境内には、この夜の古式の行事のために見物人がふえていた。黒い人影は、午前零時近くになると、三千人ぐらい集まってくる。

むろん、神事を拝観するだけの単純な人が多かったが、なかには、この夜の情景を俳句、和歌に詠《よ》みこむために会合が持たれたりした。はるばる東京や関西から、俳人が駆けつけるのも珍しくはなかった。

《和布刈神事》として俳句の季題にもなっていることだ。

『季題』の解説によれば、次のようにそれは出ている。

「門司の和布刈神社で陰暦の元旦未明に行なわれる神事。境内で大焚火《たきび》をし、神楽《かぐら》を奏するなかを、三人の禰宜《ねぎ》が松明《たいまつ》・鎌《かま》・桶《おけ》を持って海へつづく長い石段を降り、渚《なぎさ》で祝詞を奏し、潮騒《しおさい》の礁《かくれいわ》を探って若布を刈りとり、潮垂れるままの若布を、祝詞神楽が奏せられるなかを、うやうやしく神前に供えるのである。折りから、干潮時であるので、潮は激しく流れて海底が現われ、禰宜はたやすく若布を刈ることができるという。この神は潮の干満を司《つかさど》るといわれ、航海の守護神としてむかしから尊崇せられている。遠い昔に神功《じんぐう》皇后の征韓《せいかん》の船路を護《まも》った神であると言い伝えられている」

しかし、これは詳しい解説ではない。

『古伝』によると、

「毎歳十二月晦日《つごもり》の夜、祠官《しかん》海中に入りて和布《め》を刈り、元朝《としのはじめ》の神供《みそなえ》とす。昔は朝廷《みかど》にも奉《たてまつ》りしが千古この方廃《かたや》めり。是《こ》れ阿曇磯良《あずみのいそら》が海中に入りて、潮涸瓊《しおひるに》、潮満瓊《しおみつに》の法を、気長足姫尊《おきながたらしひめのみこと》に授けし遺風によるなり」とあり、

『李《り》部《ぶ》王記《おうき》』によると、

「元明朝和銅《げんめいちょうわどう》三年（日紀一三七〇）豊前国隼人神主《ぶぜんのくにはやとのかんぬし》和布《め》刈御神事《かりごしんじ》の和布《め》を奉る」

と見えているから、この神事は、少なくとも上代から始められていたものであろう。

また、和布刈の意義について、『古伝』に、「和布《め》は陽気初発《しょはつ》し万物萌出《もえいず》るの名なり。その草たるや、淡緑柔軟にして、陽気発生の姿あり、培養を須《もち》いずして自然に繁茂す。昔、彦火々出見命《ひこほほでみのみこと》海神の宮に到り、宝珠を得て天下を有《も》ち、之《これ》を子孫に伝えて万世絶えず。誠に慶《よろこび》の至りなり。此《これ》を以《もつ》て祝々《はふりはふり》除夜を以て海に入り延蔓《えんまん》絶えざる所の藻《もぐさ》を採りて、元旦之を神祠《しんし》に献じ、而《しか》して後、皇朝に奉り、また邦君に進むることも、更にまた慶の至りなり。此《この》神事を以て、只《ただ》その神秘なることを知って、而してその実に嘉福喜ぶべく、敬《とうと》ぶべきことを知らざる也《なり》」

とある。

謡曲にも『和布刈』の一曲がある。それは、早鞆の沖にすむ鱗《うろくず》の精というものが出てきて、「今夜寅《とら》の一天に、広原《ひろはら》海の都より、竜神波門を分け、なんとなく現れ出《いで》て海上を陸地の如《ごと》く平々《びょうびょう》と真砂《まさご》になし申すを、その時刻を相待ち、神職の人出合い、松明《たい まつ》をとぼし真砂地に下《お》り立って、海中の和布《め》を刈取り神前に供えば、神は悦《よろこ》び納受ある……」と、神徳をたたえて、一曲仕《つかまつ》るというのである。

——さて、午前二時が近づいた。

しかし、干潮になりきるまでには、まだ少しばかり時間があった。社殿では、祝詞がいっそう高らかに読みあげられる。このとき、見物人はいよいよ数がふえ、境内の石垣《いしがき》に拠《よ》って海面に身体《からだ》を乗りだしていた。すぐ下が海だった。いくつもの岩があり、波が飛沫《しぶき》をあげている。神事はすべての電灯を消して行なわれるので、危険を考えて、海峡には海上保安庁のランチが出て探照灯を当てていた。

小舟に乗って見物することは不可能である。すでに干潮がはじまると、海峡は早瀬になって走ってゆく。八ノットはたっぷりある速度は、小舟ぐらいは簡単に押し流してしまう。ごーっという唸《うな》りさえ海面から起こっていた。

境内の灯が次々に消されていった。残っているのは、惟神《かむながら》の篝火だけである。社殿から烏帽子《えぼし》狩衣《かりぎぬ》姿の神主が、大きな竹の束を抱えて降りてきた。ここで篝火の火が竹筒の先に点けられる。竹は弾《はじ》け火の粉を散らした。

つづいて神官が階段《きざはし》から数人降りてくる。ある者は片手に鎌を持ち、ある者は桶を抱えている。鎌も桶も、古くから伝来のものである。このとき、海面は社殿のすぐ下の石垣より水位を下げていた。日ごろは決して見えない岩礁《がんしょう》が露出する。海面に向かっても鳥居が立っている。そこからは海の下まで石段がついていた。

神主たちは、巨大な竹筒の篝火を先頭に、狩衣の袖《そで》をまくり、裾《すそ》をからげて、石段を降りてゆく。数千人の黒い観衆が、篝火に浮かぶ神主の姿に眼を集めていた。

赤い篝火に浮かんだ禰宜の姿は石段から棚《たな》になっている岩礁の上に降りた。海水は神主たちの膝《ひざ》まで没する。見ている者が寒くなるくらいである。

この日は、午前二時四十三分が干潮時だった。

一人の神主が背を屈《かが》めて海中の若布を刈る。その刈られた海の幸《さち》は、傍に控えている別の神主の捧《ささ》げた白い桶に納められた。

祝詞が、一段と高く奏せられ、声が寒夜に冴《さ》えた。

「青海《あおみ》の原に住む者は、鰭《はた》の広物・鰭の狭物《さもの》・奥《おき》つ海菜《もは》・辺《へ》つ海菜に至るまでに、横山の如《ごと》く置き足《たら》わしたてまつるうずの幣帛《みてくら》を、平らけく聞《きこ》しめして……」

2

神楽は絶えることがない。しかし、この間すべての灯は消されているので、海も陸《おか》も暗黒だった。

竹筒の篝火だけが水面を赤く照らしていた。神官は震えながら海草を刈っている。霙の降りそうな二月初めの真夜中のことだから、十分間も膝まで海に浸《つ》かっていると、感覚が痺《しび》れてしまう。何千人という黒い人影が、渚のこの神事を凝視していた。

この瞬間は、沖を通る船も灯を消してゆく。対岸の壇ノ浦側でも、人家は戸を閉めて暗い。古来この神事を見るものには神罰が下るとされているからである。この神社の神体となっている満珠《まんじゆ》・干珠《かんじゆ》に因《ちな》んで、壇ノ浦から東へ寄った長府《ちようふ》の沖に満珠島・干珠島という島があるが、むろん、それさえも闇《やみ》の中であった。まったく、惟神《かむながら》の暗黒である。

刈られた若布は、少しずつ岩の上の白い桶に入れられてゆく。神官の着ている白い装束だけが火を受けて、こよなく清浄に見えた。この瞬間、時間も、空間も、古代に帰ったように思われた。

神事は最高潮だった。急潮の唸りだけが地響きのように聞こえてくる。この情景を詠んだ句は多い。

脛《はぎ》出して和布刈《めかり》の寒さ知る夜哉《よかな》　蓼《りよう》太《た》

傾きて磐石《ばんじやく》にのる和布刈桶　晴

潮垂れの衣かかげぬめかり禰宜《ねぎ》　蛍《けい》雪《せつ》

しかし、この情景を収めるには俳句だけではなかった。現代はカメラの世界である。事実、いま、神事が最高潮になっているとき、しきりと見物人たちの間からフラッシュが閃《ひらめ》いていた。新聞社などの職業的な人間もいたが、多くは群衆の中のアマチュアだった。

写真の撮影は、神事の行なわれるとき断わってあるのだが、暗黒が幸いしてか、カメラは容赦なく閃光《せんこう》を浴びせた。

約十分ばかりそれをすると、禰宜たちは若布を入れた桶を捧げて、岩盤から石段の上に昇ってゆく。群衆の間から柏手がひとしきり起こる。社殿から絶えず祝詞が聞こえる。

神官は社殿の階《きざはし》を昇り、いま刈ったばかりの若布を土器《かわらけ》に盛り、豊玉姫命《とよたまひめのみこと》、彦《ひこ》火々出見命《ほほでみのみこと》、阿曇磯良命《あずみのいそらのみこと》など五柱の前に奉り、そのほかは和布桶のまま献供する。それに神酒《みき》一対《つい》に鰹節《かつおぶし》の類を添えて献ずる。すべて祭典は古式で行なわれる。このときから、ふたたび境内は人工的な照明がともる。社殿の軒に並べて吊《つ》られた提灯《ちょうちん》に灯が点いた。

ふたたび神楽がはじまり、祝詞が奏せられてゆく。このときは三時が過ぎている。夜明けにはまだ早い。

しかし、神官が海に降りている間が、この神事の絶頂だった。これが過ぎると、見物に集まった群れもしだいに境内から引いてゆく。夜が白みかけて、沖の満珠・干珠の島影がほのかに見えてくるころは、参詣人《さんけいにん》もずっと少なくなってしまう。あとは、社務所などでお神酒を汲《く》みかわす宴《うたげ》や、歌会や句会の人群れが残っているくらいなものだった。

バスは夜を徹して動く。三時を過ぎると、逆に和布刈神社からの客を門司港駅に運んでいった。

小倉《こくら》、八幡《やはた》、戸畑、若松の北九州はいうにおよばず、福岡、熊本、大分の方からも、この夜の神事を見るために、わざわざ来る旅客もあったのだ。のみならず、遠く、東京、大阪方面の人も少なくはない。

和布刈神事を見て帰る人びとは、例外なく顔が紫色になっていた。一晩中、潮をまじえた玄海の寒風にさらされていたからである。

その日の、朝八時ごろだった。

小倉駅の近くの大吉《だいきち》旅館に、一人の客がはいってきた。三十七八ぐらいの年配に見えた。黒っぽいオーバーを着、茶色の大型トランクを提げ、肩にカメラ・バッグをかけている。自動車ではなく歩いてきたのである。

「いらっしゃいませ」

女中が迎えた。

駅前だから、朝早く到着する客は珍しくない。

「ぼくは、東京の峰岡《みねおか》だが」

客はおだやかな声で言った。

「たしか、電報を打ってるはずだがね」

「峰岡さま……はい、いただいております」

女中は頭を下げた。

「どうぞ、お上がりくださいまし」

「部屋は取ってあるだろうね？」

「はい、ご用意しております」

「そう、ありがとう」

女中は、二十二三の、下ぶくれの顔の、かわいい感じの女だった。

客は二階に通された。四畳半に八畳の二間続きだった。客は八畳の間から縁側に出て、外を覗《のぞ》いた。そこは中庭になっていて、上から泉水のある簡素な庭が見おろせた。

「ほう。ここは裏の方になってるんだね」

客はつぶやいた。

「はい。表の方はそうぞうしゅうございますから。かえってこちらが閑静でございますよ」

女中は客の荷物を運んで、すぐに火鉢《ひばち》に十能《じゅうのう》で火を運んできた。

「よく忘れずに部屋を取っといてくれたね」

客は火鉢の傍にすわる。

女中は火の上に炭をつぎながら、

「はい。お電報をいただけば、いつでも用意することになっております」

「助かったよ。とにかく、寒くて仕方がない」

そういえば、客はまだオーバーを着たままだった。火鉢にかじりつくように、肩をすぼめて両手をかざした。

「あら、汽車の中は、そんなに寒うございますか？」

女中はふるえそうな客の格好を見てきいた。

「いや、汽車だったら、スチームが通ってるんだがね。そうじゃない。ぼくは、昨夜《ゆうべ》から今朝にかけて、一晩中、潮風にさらされっ放しだったよ」

「おや、どうなさったんでございますか？」

「なにね、門司に和布刈神社というのがあるだろう。あそこでお祭りを見ていたんだ」

「ああ、さようでございますか」

女中はやっと合点《がてん》した。

「ほんとに、そうおっしゃれば、今日が旧正月でございましたね」

「君もこの土地の人かね？」

「はい。わたくしは、この小倉から五里ばかりはなれている、行橋《ゆくはし》というところでございますが、まだ和布刈さまの神事を拝んだことがございません」

「そうかね。土地の人は近いから、やはりわざわざ見にゆくことがないんだろうね」

そう言う間にも、客は顔まで火の上にかざすようにした。

「この寒さに、あの海ばたで夜通しじゃ、たまらなかったでしょう」

「ああ、大変だった。まだ背中の寒さが取れないよ」

「じゃ、もっと火を起こしましょうか?」

「そうしておくれ」

女中はさらに炭をつぐ。

「そのうち、部屋が暖まりますよ。そうとわかっていれば、お部屋を暖めてお待ちしてるとこでしたわね」

「電報だから、そう詳しくは書けなかった」

「お客さまは、東京のかたですか?」

「そうなんだ」

「まあ。東京からわざわざお祭りを見に、門司までいらしたんですか?」

「そういうことだな」

「へえ。そりゃおおごとでしたね」

女中は、つい、土地の訛《なまり》を出した。

「どうだ、物好きに見えるだろう?」

「はい。わたくしたちは、東京見物に行くのにも大変ですわ。それなのに、和布刈さんまでお祭りだけを見にいらっしゃるのは、よほどのことでしょうね」

「まあね」

「和布刈さんのお祭りは、東京でそんなに有名なんですか?」

「一般がそういうんではない。一部の人だがね。つまり、あれをわざわざ見にゆくような人は、俳句だとか和歌に趣味のある人だ」

「じゃ、旦那《だんな》さまも、俳句か和歌をお作りになるんですか?」

「まあそういうところだな」

客は眼をこすった。

「おかげで、だいぶ暖《あ》ったかくなったよ。身体がこう暖ったまってくると、今度は眠気がさしてきた。昨夜は、なにしろ、一晩中、あそこで立っていたんだからね」

「そりゃお眠いでしょう。すぐお床をのべましょうか?」

「そうしておくれ。ぐっすりひと眠りしたい」

「はい、はい。では、これから湯たんぽを暖めてきます」

3

女中が床を敷いている間に、客は縁側の籐椅子《とういす》にすわって、中庭の方を見ていた。

「いい庭だね」

と客がほめた。

「はい。この家は建てかえましたけれど、お庭だけは、ずっと先代から残っているんでございますよ」

女中は布団《ふとん》を抱えながら言う。

「そうだろうな。道理で古いと思った。石にもすっかりいい苔《こけ》がついてるね」

「こちらの旦那さまの自慢でございます」

「あんたの名前は、なんというんだね？」

と女中の方を向いた。

「わたくしですか？」

女中は笑いだした。

「文子《ふみこ》というんでございますよ」

「お文さんか。きれいだね」

「あら、いやですわ」

「どうだね、ぼくはカメラを持ってるから、ここに来た記念に、あの庭を背景に、君を写してあげよう」

「こんな格好じゃ恥ずかしいわ」

「なに、かまわない。そのままで平気だよ。東京へ帰ったら、すぐ送ってあげるよ」

「そうですか」

女中はまんざらでもなさそうだった。

「じゃ、先に庭に降りて待ってるよ」

と客は立ちあがった。

「でも……」

「いいよ、いいよ。さあ、すぐいらっしゃい」

客はカメラ・バッグを開いて、カメラを取りだした。それは真っ黒い皮だった。

「そんなものを持ってまわっていらっしゃると、重いでしょう」

文子という女中は眼にとめて言った。

「ああ、厄介《やっかい》だね。だが、カメラが道楽でね。つい、こんなものを肩に担《かつ》ぐ。昨夜だって和布刈神社まで行って、あの行事を撮ってきたのだ」

「暗くっても撮れますか?」

「いや、フラッシュで撮ってきたんだよ。そうだな、そのフィルムがまだ半分残っている。それを君のポートレートに使おうというんだ」

「あら、もったいないですわ。そんな神さまの続きにわたくしなんかが写ったんじゃや」

「いいよ。早いとこして、すぐ来なさい」

客は廊下へ出て、階段を降りた。

背の高い、小太りの男で、柔和な顔である。

客は庭下駄《にわげた》をつっかけて、庭石を覗いたり、植込みの木を見上げたりしていた。まだ眼が眠そうだった。

「お待ちどおさま」

女中のお文がにこにこ笑いながら、縁側から下駄をはいて客のところにきた。

「やあ、来たね」

客はさっそく肩からカメラをはずし、お文を適当なところに立たせて、距離や絞《しぼり》を合わせた。

「ここでいいんですか？」

お文は笑いながら、池の上に掛かっている短い橋を背景に立っている。小さな築山《つきやま》が橋から続いていた。

「なかなか、いい構図だ」

客はファインダーを覗いて、

「じゃ、撮るよ」

と指を押した。シャッターの音が小さく鳴った。

「ありがとうございます」

お文は頭を下げた。

「もう一枚」

客はそのまま手で制して、もう一度シャッターの音を聞かせた。

「そうだな、今度はこっちの方に少し来てもらおうか。バックが変わった方がいい」

客は手を伸ばしてお文に位置を与える。

「もう結構ですわ」

「いや、まだフィルムはあるからね、もう一枚だよ」

「なんだか恥ずかしいわ」

お文はそれでも指示された位置に移った。

今度は、客は腰を落として地面に膝を突き、カメラを仰向けにしてアングルを変えた。

「お文さん、いいわね」

と廊下を通りがかりの女中が冷やかしていた。

「こっちを見ないでよ」

お文は体裁悪そうにした。

「さあ、早いとこいくよ」

客はポーズを取らせ、シャッターを二三度つづけて切った。

「やあ、ご苦労さん」

彼は膝の土を払って立った。

「ありがとうございます」

お文は頭を下げた。

「なかなか、いい姿だったよ。きっと傑作ができると思う」

「本当ですか？」

「東京に帰ったら、すぐ送るからね。そうだ、この宿の住所もわかっているから、お文さんあてに送ってあげる」

「お願いします」

お文は小走りに家の中へ駆けこんだ。客はあとからゆっくりと縁側に上がり、階段を上がって自分の部屋へはいってゆく。

彼は縁側に向かって両手を伸ばし、思いきり背伸びをした。口をあけてあくびをする。

「お眠いでしょう」

お文が後ろからはいってきた。手に湯たんぽを抱えている。

「すみませんが、まだお風呂《ふろ》が沸いてないんでございますよ」

「いいよ、いいよ。湯たんぽを入れてくれたら、そのままもぐってひと寝入りする」

「すみませんね」

お文は布団の裾《すそ》に屈《かが》んで湯たんぽを適当な位置に差しいれた。上からとんとんと掛布団を叩《たた》いて、

「どうぞ、ごゆっくりおやすみください」

と言って襖《ふすま》を閉めた。

——それから一時間経《た》った。お文は、その時刻を覚えている。九時半だった。

「ここに、峰岡周一《しゅういち》さんという人が泊まっていますか？」

電報配達人はきいた。ちょうど、玄関先で掃除をしていて電報を受けとったのがお文だった。

「はい、お泊まりのお客さんです」

お文は、自分の受持ちの客が峰岡という名前だとすぐ気づいた。

「電報ですよ」

お文は、その当人がまだ眠っていると思い、自分が代人として判コを押し、受けとった。

客が起きているかどうかまだわからない。電報を見ると、東京からしい。とにかく、様子を見るだけは見ておこうと思い、二階に上がって、楓ノ間《かえでま》に行った。

「ごめんください」

控の間から小さく言ったが、返事がない。

もう一度呼ぶと短い声が聞こえた。

お文は襖をあけた。客は寝床に顔を半分埋めている。

「お目ざめでございますか?」

客は眼だけ開いた。

「なんだか声が聞こえたから、眼がさめた。なんだね」

「はい、お客さまに電報でございます」

「なに、電報?　ああ、ぼくがここに泊まってることは連絡がついてるから、それで寄こしたんだね。どれ、どれ」

布団から片手を伸ばした。

お文は、そこまですわった格好で歩き、電報を渡した。

客は電報を開いて、仰向けになって見ていたが、

「なに、死んだ？」

とびっくりしたような声を出して、上半身を起こした。

夜の相模湖《さがみこ》

1

相模湖は、神奈川県の北端にある。東は東京都南多摩郡に接し、西は山梨県北都留《つる》郡と隣りあっている。

案内書によれば、新宿から一時間二十分で、春は桜、夏はキャンプ、秋は紅葉、冬はワカサギ釣《つ》りと、四季を通じて観光客が訪れ、東京から最も近い行楽の最適地だとある。

「相模湖は駅から南へ徒歩五分のところにあり、四方は山で囲まれていて、昭和十三年から昭和二十二年まで、勝瀬《かつせ》部落八十六戸の民家を湖底にうずめ、五十六人の犠牲

者をだして完成した一大人造湖で、その目的は横浜・川崎両市の水道源として、また相模川治水対策、相模原灌漑《かんがい》用水として、現在は水力発電も行なわれている多目的ダムである。

湖は四季それぞれに趣を異にする風景と、季節によって開設される施設、電気科学館や先住民族住居跡などの見学場所など数多くあり、だれにでも遊べ、しかも楽しめるものが多い。また、相模湖には岸辺をとりまいて、青田《おうだ》天狗《てんぐ》坊淵《ぼうぶち》・勝瀬橋・与瀬《よせ》権現《ごんげん》・与瀬湖《こ》畔亭《はんてい》・弁天島・尾房山《おぶさやま》・嵐山《あらしやま》・石老山《せきろうざん》の相模湖八景もえらばれている」

（案内書）

東京から近いために、行楽客のなかには湖畔の宿で一泊して帰る者もある。湖岸には宿屋が五六軒ある。また、近ごろのことで、アベックのために、それ向きの設備もできた。

二月六日の午後六時ごろだった。碧潭亭《へきたんてい》ホテルの玄関に、一組の男女客が立った。男は四十歳ほどで、痩《や》せ型の長身だった。手に黒皮の手提鞄《てさげかばん》を提げていた。女は二十四五ぐらい、すらりとした背で、ショート・カットの髪が色白の細面《ほそおもて》によく似合っていた。

女中が玄関に膝《ひざ》をつくと、

「食事をしたいのだが、部屋はありますか?」

と男の方がきいた。女は傍《そば》で顔をうつむけている。

「ございます。どうぞ」

女中は二組のスリッパを揃《そろ》えた。

相模湖の宿が忙しいのは、やはり夏や秋である。冬だと宿も閑散になる。この晩も碧潭亭は座敷ががら空きだった。

男の身なりは立派だった。女は錆朱《さびしゅ》の地に黒い縞《しま》のはいったお召、その上に白っぽい茶羽織を着ていた。この対照が趣味もよく鮮《あざや》かだったので、あとで女中が警察官の尋問に服装を詳細に答えることができた。女は明かるいグレイのモヘアのコートを、たたんで持っていた。

重い雲の垂れさがった寒い晩である。

碧潭亭では、男女客を奥の離れに案内した。この宿で一番いい座敷になっている紅葉《もみじ》ノ間《ま》だった。

火鉢《ひばち》に火をついだり、茶を出したりしながら、女中は男よりも婦人客の方を観察した。

女中がそこにいる間、婦人客は顔を伏せていた。

女中が飲みものをきくと、男はビールを頼んだ。

ワカサギの酢のものつきだしを添えて女中が運ぶと、男と女は前の姿勢のままでいたが、女中が襖《ふすま》をあけたとき、両人《ふたり》は話を急に止《や》めたらしい様子があった。

「ほう、この辺はワカサギが獲《と》れるんだね?」

男は大きな眼で女中を見た。

「さようでございます」

女中は答えながら、婦人客の前にビール瓶《びん》を軽く押した。

「お願いします」

女は軽くうなずいた。

「あと、どのようなものを持ってまいりましょうか?」

ここで、女中は川魚料理の品目を並べた。男は鯉《こい》のアライと、鰻《うなぎ》の蒲焼《かばやき》と、ワカサギのてんぷらとを注文した。額の広い、顴骨《かんこつ》の出た男である。

「寒いね」

と男は女中に愛想《あいそ》を言った。

「ほんとうに、今夜は冷えますわね。明日は旧のお正月ですから、無理もありませんし」

「ほう、明日は旧正月か」

男は初めて知ったようにそう言った。

女中は調理場から次々と料理を運んだ。そのとき見たのだが、男のすわっている位置がさきほどより女の方に近づいて移っている。女も前のようには行儀よくすわっていなかった。

女中はこういう場面には慣れている。自分のいない間に、男が連れの女の肩を抱いたに違いないと思った。

だから、最後の料理を運びおわると、女中は男に低い声できいた。

「あの、今晩、お泊まりでいらっしゃいますでしょうか?」

男の眼はちらりと女の方をうかがったが、

「そうだな、まあ、もう少しして決めよう」

とためらいがちに答えた。

この様子からすると、男はそれほど女と深い関係ではないらしい。おそらく、ここに誘ったのも男の方からだろうと想像された。多分、これから男は女をここに泊まるよう説得するに違いない。

冬は閑散《ひま》だから、宿の女中は三人しかいなかった。係りの女中は梅子《うめこ》といったが、ほかの朋輩《ほうばい》といっしょにテレビを見たり、いま紅葉ノ間にはいっているアベックのことを噂《うわさ》したりした。

三十分ぐらいして部屋から電話がかかった。

梅子はフルーツを二皿《さら》持って、部屋にはいり、眼を伏せて座卓《テーブル》に近づいたが、二人の様子は、彼女の予想どおり、前よりはずっと崩れている。女は身体を斜めにしていたが、顔だけはやはり恥ずかしそうにうつむけていた。こういう場所にあまり慣れていない女のようだった。

「ちょっと、その辺を散歩してくるよ」

男は蜜柑《みかん》の皮をむきながら、梅子に言った。

「まあ。外は暗うございますよ」

梅子が腕時計を見ると、七時二十五分だった。

「道に街灯ぐらい点《つ》いているだろう？」

「はい、それはございますが、夜では何も見えませんわ」

「いや、ちょっと、湖のあたりを眺《なが》めてくるだけだ。夜の景色もまたいいものだからね」

アベックだから、これは野暮に引きとめようがない。

「では、玄関にお履物を用意しておきます」

そう言いながら、客二人はいよいよ泊まる決心になったと思った。

梅子は男客の傍に行って、それをきいている。

ところが、その男は大きな眼をむいて、

「いや、もう少し待ってくれ。散歩から帰って決める」

と連れの女に気をかねたように低く答えた。

この答え方は、どうやら、女がまだ泊まるのを承知しないので、暗い湖畔を歩きながら口説《くど》きにかかるつもりのように思えた。

梅子が先に部屋を出て玄関に待っていると、やがて客二人が出てきた。

婦人客は、さきほど手にしていたモヘアのコートを着ていた。

2

それから一時間ぐらい経《た》った。二人はまだ宿に戻《もど》ってこなかった。

「あの人たち、何をしてるんでしょうね?」梅子は暗い表を覗《のぞ》きながら言った。「ほんとに、暇がいるわね」

「男一人と女一人が真っ暗いところに行ったんだもの。何をしているかわかったものじゃないわ」

年嵩《としかさ》の女が卑猥《ひわい》な笑いを浮かべた。

「そいじゃ、外で用をすませてくるのかしら?」

「まさか」梅子は否定した。「お座敷の様子では、男が女の人に泊まるように、さかんに誘惑していたらしいけれど、なかなか、うんと言わなかったようだわ。だから、男は泊まるとはっきり言えなかったのよ。そんなんだから、まさか外でね」

「わかるもんですか」と、やはり年嵩の女中が応じた。「近ごろのアベックは、あつかましいからね」

そんなことを言いあっているうちに、また三十分ぐらい経ったが、やはり二人の戻ってくる様子はなかった。

「あんた、部屋の様子をちょっと見てきてごらん」

梅子は先輩に注意されて座敷に行ったが、べつに変わった様子はない。男の持ってきた黒皮の手提鞄は、艶《つや》を光らせて床の間の脇《わき》に立てかけてある。

時計が十時を鳴らすと、さすがに宿でも心配になってきた。客が散歩に出てから、もう、二時間半になる。昼間と違ってこの辺は遊びに行くところもないのだ。

悪い想像が起きた。情死である。

でなかったら事故だ。暗い湖岸を歩いているうちに客が過って足を踏みはずし、水中に落ちたのではないかという推測である。

とにかく、今ごろになっても客が帰ってこないのは普通ではない。

宿では、主人がこのことを女中たちから聞いて、すぐに駐在所へ届けるように言いつけた。

同時に、たとえ一時間でも自分のうちの客には違いないから、男の雇人たちに命じて、その辺一帯を捜すように言いつけた。

駐在巡査もこの届け出を聞いて捨ててはおけなかった。付近の青年を集めて、湖岸一帯を捜索することにした。

このときは、もう、十一時に近くなっている。捜索隊は、懐中電灯や提灯《ちょうちん》を振って出動した。暗い湖面に、懐中電灯の灯《ひ》と提灯の灯とが映って動いた。

相模湖は広く、それに、長い橋のかかっている弁天島もある。ここは、夏になるとキャンプ村になるところだ。湖岸の樹林は鬱蒼《うっそう》と茂り、奥も見えない。あの男女がもし心中したとすると、湖中に入水《じゅすい》したものか、また、湖岸の山林中で死んだものか、これでは見当もつかない。灯《あか》りを頼りに捜索はしたものの、夜明けを待たないとはっきりしたことがわからない。

ところが、捜索隊がいちおう諦《あきら》めて引きあげようとしたときだった。弁天島には石老山と名づけている丘があるが、その麓《ふもと》にはバンガローがならんでいる。その付近を歩いていた消防団員の提灯の灯りが、偶然、倒れている男の死体を発見したのである。

すぐ、皆の者が呼び集められ、駐在巡査も駆けつけてきたが、懐中電灯の光に映しだされた男の頸《くび》には、太い麻紐《あさひも》が三重に巻きついていた。

死人は、暗い空を覗くように大きな眼をいっぱいに見ひらき、口を半分あけ、手足を伸ばしていた。

連れの女の死体は、どこを捜してもなかった。

その夜は、土地の青年の警戒で現場保存がなされ、駐在所には津久井《つくい》警察署から当直の警部補が到着して、とりあえず、当面の事情の取調べを行なった。

碧潭亭の紅葉ノ間に残された男客の黒皮鞄が、被害者の身もとを知る唯一《ゆいいつ》の手がかりになる。

鞄の中は、印刷物がいっぱい詰めこんであった。取りだしてみると、どれも同じもので、『交通文化情報』というタブロイド判の業界紙だった。一枚見開きの四ページものである。日付けを見ると二月十一日号となっている。それが二十部ばかりはいっていた。そのほか、雑記帳、交通法規書、タクシーやトラック、バスに関する印刷物など、ごっちゃに詰めこんである。この被害者が『交通文化情報』の関係者であることは間違いなかった。その業界紙の奥付けには〝発行人及編集人　土肥武夫《どいたけお》〟とあった。

当人が土肥武夫自身であることは、死体の上着のポケットから出た名刺入れがそれを証明した。名刺入れの中には、他人の交換名刺といっしょに〝土肥武夫〟の名刺が二十枚揃ってはいっている。

被害者の身もとはこれでいちおうわかったが、〝東京都新宿区山伏町《やまぶしちよう》三七〟の発行所はもちろん、〝東京都杉並区永福町二ノ三〇三〟の自宅への連絡も、夜明けを待ってすることにした。

問題は、被害者と同行した二十四五歳ぐらいの女である。彼女の死体はどこにもない。この場合、行方不明になっている彼女がこの殺しに重大な関係をもっていることは、誰にも想像できる。いや、もしかすると、彼女自身が犯人かもしれないのだ。

警察では、すぐ、相模湖駅を調べた。

七時二十五分から十一時の間、中央線上下線の列車に乗ったそれらしい女を、駅員について、ききあわせたのである。この時間中には、上り五本、下り四本の列車が通過している。この季節では、夜、この駅から列車に乗る客は少ない。事実、交替で立った二人の改札係は、該当の女は見かけなかった、と答えた。

碧潭亭の女中の証言では、その女は錆朱《さびしゅ》の地に黒い縞のはいったお召を着て、白っぽい茶羽織を羽織り、さらに、その上から明かるいグレイのモヘアのコートをつけている。

ところが顔の特徴をきかれたとき、係女中だった梅子は、少し困ったように答えた。

「とてもきれいなひとのようだったと思います。その女《ひと》は、わたしのてまえ恥ずかしいのか、始終、顔をうつむけていました。それで、はっきり、こういう人相だとは言えないんです。でも、色の白い、細面《ほそおもて》の、ととのった顔立ちで、あかぬけした女《ひと》でした。素人《しろうと》さんとは思えませんでしたわ」

恥ずかしそうに顔を伏せていたのは、実は、その女が女中にはっきりと人相を知られたくなかったためだとわかった。

が、とにかく、モヘアのコートを着た和服の若い女というのは、駅員の記憶にはない。乗降客の少ない駅だから、もし、彼女が改札口を通過していれば、必ず、駅員の印象に残っているはずだった。だから、その女は列車に乗ったのではない。

当然、自動車が考えられた。

自動車といえば、彼ら二人が碧潭亭ホテルに来たときはハイヤーだった。それは、女中が運転手に、どうもご苦労さまでした、と煙草代《たばこだい》を渡しているので、はっきりしている。のみならず、その車が新宿から来たことは、女中がきいたとき、運転手がそう答えていたのでわかった。

参考になったのは、係女中の梅子の観察だった。

「あの二人は、初めてここへお見えになりました。様子では、男のかたが女の人を誘ってきたように思います。男の人は、しきりに連れの女《ひと》に泊まるように謎《なぞ》をかけていたようですが、この宿から出てゆくまでは、まだそれがはっきりとしませんでした。わたしが料理を持って部屋に行くときは、二人の会話はありませんでした。男のお客さんは、わたしに料理のことなど話しかけましたが、女の人は、始終、黙って下を向いていました」

前後の事情から判断して、どうやら、その女が男を絞殺《こうさつ》して逃走したように思われる。原因は、もちろん、痴情関係と推定された。

3

所轄署《しょかつしょ》に捜査本部が置かれた。

本部ではいちおう、女客の死体が水中に沈んでいることを考えて湖辺の捜索を行なった。だが、舟で一日中捜したが、予想どおり死体は出てこなかった。

その男女の客を碧潭亭に送ったハイヤーの運転手はすぐわかった。新宿から乗せてきたという女中の話が、その手がかりになったのである。

運転手は新宿区小滝橋《おたきばし》にガレージのある某ハイヤー会社所属の真面目《まじめ》そうな中年男だった。

彼は係官にきかれて、次のように答えた。

その男客は、公衆電話で会社を呼びだし、いま、新宿駅西口で待っているからすぐに一台よこしてくれと頼んだ。

さっそく、車が指定の西口に行くと、男は電話で告げた目印の黒皮の手提鞄を提げて待っていた。

電話では、客は行先を相模湖までと指定している。だから、運転手はわざわざガソリンを補充してきたくらいだった。車に乗るとき、その男は、高円寺でもう一人乗せるからと言っていた。

相模湖なら列車で行った方がよほど早いし、第一、運賃がまるで違う。わざわざハイヤーを頼むのは、よほど贅沢《ぜいたく》な客か、それとも列車では都合の悪いことのある人に違いなかった。

この予想が当たったのは、そのハイヤーが青梅《おうめ》街道の高円寺一丁目電停付近にさしかかったとき、乗せる、と言っていた客が女だったことである。道端に立っていたグレイのコートの若い女が、急いで車に近づいた。客はあれが自分の連れだと言ったので、運転手は降りてドアをあけてやった。

車の中での客の会話は、運転手にあまり聞きとれなかった。男も女も運転手の耳を意識しているらしく、大きな声を出さないのである。運転手は、ときどきバック・ミラーを覗いていたが、二人はクッションに身体をすりあわせ、ひどく親密そうであった。

男客の方は、運転手にいろいろと話しかけている。高円寺一丁目から相模湖までは相当な道程《みちのり》で、ハイヤーでも約二時間近くかかる。

男客と運転手の交わした話題は、ハイヤーやタクシーの商売に関係したことが多かった。男は業界にひどく詳しい。素人では知らないような術語などが飛びだしたりしたので、運転手は、この客はどこかのハイヤー会社の重役ではないかと思ったくらいである。客の話し方はひどく明快で、態度も明かるかった。

女は終始うつむきかげんだった。話も、男の方が細い声で話しかけると、小さく答える程度だった。

しかし、その客の様子には、別に変わったことはない。碧潭亭ホテルに着くと、男はメーターの料金を支払った以外に三百円のチップをくれた。

以上が両人《ふたり》を乗せた運転手の申立てだった。

警察では、男が新宿から乗り、女が高円寺一丁目から乗ったことで、その男女は、事前に打ちあわせておいて、わざと人目を避けるため別々に車に乗ったものと推測した。

碧潭亭の女中の証言と、この運転手の申立てを合わせると、この両人の仲がどのようなものか想像される。

一方、被害者、土肥武夫の身もとについての調査が行なわれた。

土肥は彼の持っている名刺のとおり、『交通文化情報』という業界紙の発行人兼編集人だ。この新聞は主として、タクシー、ハイヤー、バス、トラックなどの陸上運送業者を対象に配布されている。

発行所は名刺にあるとおり、新宿区山伏町だったが、そこは小さなビルの二階で社員は若い男が二名いた。

被害者の妻女は、急を聞いてすぐに相模湖に来たが、遺体を見せられて泣きくずれた。

　妻、よね子について事情をきくと、夫の土肥武夫は三十九歳で、現在夫婦の間に子供が一人いる。土肥の経歴は、もと満州で、ある自動車製造会社に働いていたが、戦争中、軍に徴用され、終戦となって内地に引きあげた。しばらく東京でタクシーの運転手をしていたという。結婚は満州時代である。

　しかし、満州でかなり贅沢な暮らしをしていた武夫は、タクシー運転手で満足せず、そのうち、前記の業界紙を発行するようになった。これは、かなり当たっていたようで、はじめ一人雇っていたのを、二名にしたのも去年からである。

「夫の収入は不規則でしたが、わたしには月々五万円渡してくれました。でも、ときどき、思わぬ大金を持って帰ることもありました」

　妻、よね子はそう言った。

　当日の土肥の行動を彼女にきくと、朝、家を出かけるとき、今夜は少し遅くなるかもしれない、もしかすると、家に帰れず、よそに泊まるかもしれないと言いのこして出たと話した。土肥はその職業上、外泊することは珍しくなかった。女関係の点は、以前にはあったが、現在では思いあたらないと彼女は言った。

『交通文化情報』は旬刊になっていて、発行部数は三千部である。

こういう業界紙の例として、業者に二十部、三十部とまとまって買ってもらうことになっている。これはいちおう購読料の形式になっているが、広告代その他の名義で実質は寄付だった。

だから、業界紙の中には、このような事情から、なかにはいかがわしいものがあって、恐喝《きようかつ》行為になることがある。

警察でもその方面を考えて、土肥武夫の身辺を調査した。

すると、外部には、土肥はひどく評判がいいのである。

『交通文化情報』は、なかなか良心的だと好評だし、また、土肥自身の人間性も情熱型の方で、寄付を頼みにきても、たいそう紳士的だということだった。

記事が正確だということは、土肥が満州で自動車製造会社の社員だった経験が大きくものをいっている。また記事の扱いも、わりあいに公平だということだった。

だが、ここに見落とせない事実があった。それは二年ぐらい前から、『交通文化情報』がしきりと、運輸省陸上交通局と、業者の一部有力者との間に、不明朗な取引があるという〝世論〟を掲載していることだった。

この記事も彼はなるべく公平な立場で取りあつかっている。一部業者が陸運行政の役人と結んで種々な弊害を起こしているとの非難は、主として、中小業者や、運転手側からあがっている声であった。

『交通文化情報』は、この非難する側の主張も取りいれているが、同時に、攻撃される側、つまり大口業者と官庁側の反撃意見も大きく載せている。だが、紙面構成は公平を期しているようだが、見方によっては、いわゆる業者や官庁側に味方しているような印象を与える。

なお、『交通文化情報』は、現在わずかだが黒字で経営されていた。

警察側では、土肥の仕事面に関して、だいたい以上のような調査を遂げた。

二人の事務員がいたが、これは何も事情を知っていなかった。大きな取材や外部の交渉ごとは、ほとんど社長の土肥がやっていた。その二人はただ一部の事務的なことしかわかっていない。

捜査本部では、碧潭亭ホテルに土肥と一緒にきて、夜の相模湖畔で姿を消した女の行方を重点的に捜索することにした。

もし、彼女が遠方に逃げたとすると、列車の点が考えられない以上、逃走手段は自動車以外にない。だが、タクシーとハイヤーをその関係方面で洗ってみたが、その線も出てこなかった。残るのは自家用車である。

しかし、二人が相模湖に来たときは、新宿からハイヤーを雇っているので、もちろん、自家用車を持ってきたのではなかった。

警察では、土肥武夫の友人や知人について該当の女の心当たりを調べたが、答えは一致していた。

「さあ、土肥君にそんな女がいましたかなあ。どうも心当たりがありませんねえ。いたとすれば、われわれのまだ知らない新しい女でしょうな」

彼の周辺

1

相模湖畔《さがみこはん》から逃げた女が問題である。

被害者の土肥武夫が湖畔のホテルに誘いこんだところをみると、土肥とはよほど親密な間柄《あいだがら》とみえる。しかし、女中の言葉でもわかるとおり、女はまだ土肥とは深い関係を結んだ仲ではないようであった。

調べてみると、土肥には女関係がないではなかった。捜査本部では、その一人一人について当たってみたが、湖畔から逃げた女に該当する者はなかった。

だから逃げた女は、土肥の周囲の者が言うとおり、彼の新しい相手だったと考えられそうである。

この女が本部ではどうしても突きとめられなかった。二人を乗せた新宿の運転手の話によると、女は高円寺一丁目の電停付近で待ちあわせて、土肥の車に乗りこんでいるから、その辺一帯に彼女の住まいがあるようにも思える。

捜査本部は、ホテルの女中の証言と、運転手の記憶でその女のだいたいの輪郭を作りあげた。この特徴によって高円寺一丁目を中心とする付近一帯にわたって、アパート、貸部屋、下宿などが調査された。

その女は、一見水商売ふうであった。ホテルの女中の観察でもわかる。着物の着つけといい、「素人《しろうと》さんとは思えなかった」という。客商売だけに、女中の観察はだいたい正しいと思われる。

土肥の女への趣味は、素人よりも、芸者やお座敷女中、バーの女といったところが多かった。この意見は彼と交際している周囲の誰とも一致した。

したがって、相模湖から逃げた女も、どこかの料亭かバーに働いている女と推定される。このような職業の女は、たいてい、アパート住まいか部屋借りである。

しかし、どのように調査しても、彼女が土肥の車を待っていた付近に該当の女はいなかった。さらに杉並区（高円寺は杉並区である）、中野区一帯にまで調査地域を拡大したが、これも徒労だった。

その女は、なぜ、土肥武夫を殺害したのだろうか。

夜の相模湖畔のホテルまで男と同行した以上、女はある程度土肥に好意を寄せていたものと思わねばならない。事実、ホテルの女中の話では、部屋に呼ばれてゆくたびに、二人の態度が崩れていたという。

男が彼女を散歩に連れだしたときも、女の方はむしろうれしそうに従《つ》いていっている。

このような事情から考えて、暗い湖畔で、男が女に情交を迫り、それを拒絶するために女が男を殺したのではないかという仮説は成りたたないことになる。

これも女中の証言だが、土肥武夫は、その晩、女とホテルに泊まりたがっていた。女中が、今夜はどうしますか、ときくと、確答はしなかったが、それは女の意志をもう少し確かめてから決めたいという様子があった。

こうなると、だいたい、二人の間は想像できる。つまり、彼女は、最近土肥にできた女であろう。だが、まだ肉体関係にまでは発展していない。二人は相当親密を重ねたが、土肥は、その晩、彼女を湖畔の宿に誘いだして、最後の関係を結ぼうと思ったにちがいない。

このことから考えると、土肥と女との交際は、それほど長くないとみられる。捜査本部はこの点から土肥武夫が最近足しげく通っている料理屋、バー、キャバレーといったところを詳しく調査してまわった。

しかし、この線からもまた該当の女は出てこないのであった。

「どうもふしぎだな」

と、捜査本部の係官は首を傾《かし》げた。

「殺しの動機がわからない」

しかし、そのうちに新しく怨恨《えんこん》説が出てきた。

それを言いだしたのは、警視庁から応援にきた捜査一課の若い警部補、三原《みはら》紀一《きいち》だった。

捜査本部は、神奈川県警察本部と東京警視庁との合同捜査になっていた。凶行現場は神奈川県側だが、被害者は東京の人間であり、また加害者も東京の女だと推定されたので、両者の協力となったのである。

「単純な殺しとは思えない。女が大の男の頸《くび》を絞めたというのも不自然だ。かりに、男がその場で女に挑《いど》み、女が言うことを聞くような態勢になって、その不意の油断を見すまして男の頸に麻紐《あさひも》を巻いたとしても、当然、男は暴れるだろうし、女の力では押さえきれまい」

三原警部補は言った。

「すると、共犯者があるというわけですか?」

会議で質問が出た。

「ぼくはあるように思います。それは女をめぐる痴情関係かもしれません。たとえば、被害者の土肥武夫は、その女を籠絡《ろうらく》しようとしていた。ところが、彼女に愛人がいて、二人の様子を絶えずうかがい、その晩も相模湖畔に来ることがわかっていたとします。二人が散歩に出たところをあとから尾《つ》け、現場で襲いかかったということも考えられます」

この説は、皆に合理的な判断としていちおう納得を与えた。

ただ、多少の疑問がある。

「もし、そういうことだったら、殺しにまで発展する必要はないように思われる。なぜなら、その女はまだ完全に土肥のものにはなりきっていないと推測されるからだ。自分の女を土肥が横取りすることへの報復なら、ほかにそれを妨害する手段はいくつもあるはずだ。それだけで殺すというには、少し動機が弱いように思われる」

この説ももっともなところがあった。

ただ、そういう場合の加害者は、えてして感情的に激していて、発作的に殺害にまで持ってゆく場合が多い。犯人はかっとして、冷静な判断を失ったともいえる。

だから、三原紀一の推定でも、そう無理ではないと考えられそうだった。

数次の会議の末、だいたいの意見は、その女の単独犯行とするには少し弱いという点に固まってきた。

また、痴情説を原因とする一方に、それとはまったく離れた別な怨恨説も考えられた。

これには、土肥武夫が業界紙を発行している関係上、かなり敵をもっていたのではないかという推測である。

本部では、土肥のそのような関係を洗いはじめた。

現在、交通関係の業界紙は四種ほどあった。一紙は戦前からあったもので、あとの三紙は戦後の発行である。土肥武夫の『交通文化情報』は五年前に発行されたもので、戦後の三紙のうち二番目に古い。

評判をきくと、だいたい、その報道は公平だという意見が多かった。業界紙は、たいてい、経営者側から購読料のかたちで寄付金を取っているが、土肥武夫はそれほど強引なやり方ではなかった。どちらかというと、おとなしい経営方針だった。だから、彼が経営する業界紙をめぐる紛争というものは、その調査に浮かんでこなかった。つまり、彼には格別敵というものがいなかったのである。

2

土肥武夫の葬式は、二月十二日、自宅付近の寺で行なわれた。

葬式は盛大だった。本堂には花輪がところ狭いまでに並べられた。その多くは交通会社のもので占められた。現在都内のハイヤー、タクシー会社は、約三百ぐらいである。式場には、その中のわりあい大きな社ばかりが花輪を贈ってきていたから、それだけでもおよそ三十組ぐらいあった。また、個人名で贈られた花輪もある。土肥の新聞の関係上、交通監督局の局長や次長、課長といった人たちだった。そのほか、自動車の部品販売会社や塗装会社、ガソリン会社なども、それぞれ花輪を霊前に供した。

会葬者は百二三十名にもなっていた。この寺が始まって以来の盛大な葬式になった。だが、その会葬者の中には、捜査本部の刑事も五六名まじっていた。彼らは神妙な顔をして数珠《じゆず》を繰っていたが、その眼は絶えず同席者の様子を追っていた。

本堂の中だけではない。さりげない様子で寺の境内に佇《たたず》んでいる者もいた。

犯人が何くわぬ顔で、被害者の葬式に出席していることは、これまでの多くの犯罪事例に残っていることである。

ことに、今度の場合は、皆目犯人の手がかりがない。動機にも見当がつかなかった。捜査本部は迷っているわけである。

もし、会葬者の中に少しでも素振りのおかしい者や、おたがいの内証話に、事件のきっかけとなるようなものがありはしないかと、その中にまぎれこんだ刑事たちは、神経を集めていたのだ。

告別式は順調に進んだ。

会葬者は最後に焼香に立ったが、それがすむと、順次本堂から帰ってゆく。

この葬式の世話人は、同業紙の社長二人だった。社長といっても社員は数名ぐらいのところばかりだから、たいそうな新聞ではない。

一人は『帝都交通新聞』社長大隈辰吉《おおくまたつきち》であり、一人は『中央自動車情報』社長の佐《さ》原福太郎《はらふくたろう》だった。大隈は五十二歳、佐原は四十八歳だった。このうち大隈の『帝都交通新聞』は戦前からの発行で、いっとう古い。

この二人のところにも、捜査本部からはたびたび土肥武夫の事情についてききにいっている。二人とも、土肥についてはその人柄をほめていた。本部としては、生前の交遊もあり、このほめ方は儀礼的なものとして不満だった。

「われわれとしては、一日も早く犯人を挙げたいのです。それで故人に対しては気の毒な事情もあるでしょうが、このさい、故人の霊が一日も早く浮かばれるように、言いにくい話でも全部うちあけていただきたいのです」

本部側ではそう頼んだのだが、二人ともそれ以上のことを答えなかった。口が堅いのか、それとも、実際に土肥のことに秘密がないのか、本部としては二人の話からは重要な手がかりは得られなかった。

「土肥君は、そりゃいろいろ女遊びはしていたようですがね、どれもそれほど深い仲ではなかったようです。つまり特定の女というのはないと思いますよ」

これは大隈辰吉の意見だった。

「そんなことで今度の事件が発生したとは思いません。また、土肥君はわれわれ同業の仲間ですからよく知っていますが、新聞の経営方針は堅実なものでした。決して、そのことで他人《ひと》に恨みを買うとか、嫌《きら》われるとかいうことはありませんでした」

佐原福太郎の話である。

業界紙というのはいろいろな問題をはらんでいる。二人が土肥武夫について多くを語らないのはその辺の事情からとも思えないことはない。

だが、本部はこれまで調べてみて、その線が少しも出てこないのだから、当分の間は、二人の言うことを信用するほかはなかった。

さて、告別式が終わってから、この二人のところに来て短く挨拶《あいさつ》を交わしている男があった。

三十七八の体格のいい男だった。

二人の業界紙社長がひどく丁寧に挨拶している。

「このたびは、いろいろとありがとうございました。お宅の方でいただいた花輪で、一段と盛大になりました。どうぞ、お帰りになったら、社長によろしくおっしゃってください」

「そう申しつたえます」

その男は会釈《えしやく》した。

「しかし、驚きましたね。まさか、土肥君がこんなことになろうとは、夢にも思いませんでしたよ」

彼は祭壇の方をちらりと見た。

「まったくです。人の運命ほどわからぬものはありませんな」

「ぼくは、土肥君のことを九州で知ったのですがね」

とその男は言った。

「新聞でですか？」

「いや、本社から電報を貰《もら》ったんです。驚きましたね」

「そうでしたか。九州は、ご出張だったんですか？」

「いや、たいした出張でもありません。博多でちょっと用事がありましてね。だが、それは付けたしで、実は、門司に和布刈《めかり》神事というのがありましてね。毎年、旧暦の正月に神主が海に降りて若布《わかめ》を刈るという古い行事です。それを見にいったんですよ」

「ははあ、それはまた風流なことで」

と大隈が言った。

「そうそう、峰岡さんは俳句をおやりでしたね？」

と佐原福太郎が微笑した。

「いや、駄句《だく》ばかりやっていますが、近ごろ、その和布刈神事のことを聞いたもので、行ってみたわけです。行事は徹夜で行なわれるのですが、一晩中の見物で、くたくたになって小倉の宿に行って、ひと寝入りしたところに電報が来たわけです」

「そうですか。お宅の社長と土肥君とは、昵懇《じっこん》でしたからね」

「そうなんです。あの人はぼくもよく知ってるので、本社の宿直員が気を利《き》かして、電報をくれたものと思います」

「それで、すぐこちらにお帰りになったんですか？」

「いや」

と彼は少し笑って、

「故人には悪いが、べつに親戚《しんせき》でもありませんから。その帰り、博多で用事をすませてから、あくる日の列車で博多を発《た》ちました……いや、これは、つい、むだ話をしてしまいました。では、失礼します」

「ありがとうございました」

二人の社長はいっせいに頭を下げた。

刑事の一人は、受付に備えられている参会者の名簿を見ていた。

それは、寺にはいってくる人を一人一人、係りが名前を確かめて書きとめておいたものである。

これには警察側からの要請もあった。そのため几帳面《きちょうめん》に参会者の名前が記録された。

二人の葬儀係と話した人物を、刑事の一人が見ていた。

「いまの人は、なんという人ですか？」

刑事はきいた。

受付に立っていた者も業界紙の社員だったので、すぐにそれに答えた。

「あの人は極光《きょっこう》交通専務の峰岡周一さんといいます」

刑事はその名前を名簿から見いだした。

「極光交通というと、大きなタクシー会社ですね？」

「そうです。現在、都内では大手筋五社といって、五つの大きな自動車会社がありますが、極光交通さんはその五番目です」

係りは答えた。

「台数はどのくらい持っているのですか？」

「バスが五十台、タクシーが八百台、ハイヤーが百二十台です。もとは中くらいのところだったのですが、最近になって大きくなってきました」

「なるほど。極光交通というのは、よく街を走っているタクシーの看板についていますね」

「社長は海津良策《かいづりょうさく》さんといいますが、なかなかのやり手ですよ。それに、いま見えた峰岡さんがまた仕事のできる人で、両人《ふたり》のコンビでぐんぐんのしあがってきました」

「専務さんが、わざわざ土肥さんの葬式に来るというのは、故人とはよほど親しい間柄だったのでしょうね？」

「そうなんです。土肥さんは海津さんにだいぶんかわいがられていましたからね。さすがに社長は来なかったが、専務が代わりに来たとみえます」

刑事はそれを手帳に書きとめた。

3

捜査本部では、土肥の交遊の線から、おもだった者の内偵《ないてい》をはじめた。

土肥武夫は、職業がら交通関係のおもだったところに出入りしている。ことに、タクシー会社の大手筋五社には頻繁《ひんぱん》に出入りしていた。

そこで、五社の幹部の身辺をいちいち洗ってみた。

重点は幹部の女関係である。

内偵してみると、それぞれにかなりな女関係が浮かんだ。なかには二号として囲っている女もあり、女に資金を出して商売をやらせている重役もいた。

この調査はかなり手間どった。しかし、相模湖畔《さがみこはん》で消えた女に該当する女は浮かんでないのだ。

捜査本部は、次に、女の捜査を諦《あきら》めて、土肥と交際している人物の当夜の行動を調べることにした。

土肥と女とを乗せた運転手の供述でもわかるとおり、それは二月の六日だった。両人《ふたり》が相模湖畔の碧潭亭《へきたんてい》ホテルに着いたのが六時ごろだった。

それで、二月六日午後八時から十二時までの行動が問題の焦点になる。土肥の死体を解剖した監察医の鑑定によると、死亡推定時刻は当夜の午後九時から、十時となっている。

調査の対象になった人物は、およそ二十名にのぼった。その中には、監督局の役人も、大手筋五社の幹部も、土肥武夫個人の友人もふくまれていた。そのリストでは、はっきりとアリバイが証明された者が三分の二で、あと三分の一は当人の供述以外には確証が取れなかった。

三原警部補はそのリストを眺《なが》めていたが、ふと、その中の人物に〝博多出張中〟とある事項が眼に止まった。

名前は、〝極光交通株式会社専務　峰岡周一〟とある。

この人は、二月六日の午後三時羽田発の日航機で福岡に行ったと説明がついている。

「君」

と三原警部補は担当の刑事を呼んだ。

「この峰岡という人は、この前、告別式に来ていた人だね?」

「来ていました。私は、その人が葬儀委員の二人と挨拶を交わしていたのを見ています」

答えたのが、例の参会者の名簿を手帳に写した刑事だった。

「日航機で行ったというなら、間違いないだろう。裏づけは取ってあるね?」

「あります。その飛行機は、福岡の板付《いたづけ》に午後七時十分に着きます。乗客名簿には、確かに記入がありました。それから当人の申立てによって、福岡市内渡辺通りにある自動車の部品会社で、大東《だいとう》商会というのに立ちよっている事実がわかりました」

「それは福岡署に照会してみたのか?」

「そうです。ここに、その回答が着いています」

刑事は、自分の机の引出しから一通の手紙を出してみせた。

「拝啓 ご照会の件について課長の命により調査しましたところ、左記のとおりであります。

福岡市渡辺通り六丁目二三番地大東商会(自動車部品販売業)主任、高坂信之《こうさかのぶゆき》氏

についてたずねると、東京都千代田区神田司町《かんだつかさちょう》一二三四一番地極光交通株式会社専務、峰岡周一氏は二月七日午後一時ごろ同商会に訪ねて約五十分ばかり懇談して帰った、という証言を得ました。

内容は商用だったが、同氏は前夜門司に赴き、七日未明にかけて挙行される和布刈神事を見学した、ということでありました。小倉での休憩は大吉旅館です。同旅館について電話でききましたところ、右の事実に間違いないと返答を得ました。

右ご報告します。

福岡警察署　鳥飼重太郎《とりがいじゅうたろう》」

三原紀一は、この回答書に見入った。回答の内容の検討よりも、鳥飼重太郎という名前がなつかしかったからだ。

鳥飼刑事とは、四年前、三原が捜査二課にいたころの事件（「点と線」）以来、特別な間柄《あいだがら》になっている。去年の五月、博多のどんたく祭には鳥飼に誘われて福岡に遊びにいったくらいだ。

三原警部補は、鳥飼刑事の人柄に惹《ひ》かれていた。

近ごろ、捜査が近代化するにつれ、だんだん昔ふうな刑事が少なくなってきた。これはいいことだが、一面寂しくもある。

鳥飼重太郎の博多の住まいは、八畳と六畳の二間だけの狭い家である。趣味といえば、濡《ぬ》れ縁の上に五つか六つの鉢植《はちうえ》を並べている程度だ。五十二歳の老刑事は、一人娘を嫁入らせたあと、この家に妻と二人きりで暮らしていた。

鳥飼とはその後も文通をつづけていたが、今度の事件を福岡署に依頼して、その回答者が彼だったのは偶然の因縁だった。

鳥飼重太郎の調査なら間違いなかった。

容疑者

1

三原警部補は、極光交通株式会社専務、峰岡周一という人物が、どうも気にかかった。

「極光交通というのは贅沢《ぜいたく》な会社らしいね。福岡だったら、東京発十八時三十分の《あさかぜ》があるだろう。これは翌日の十一時半ごろ博多駅に着くんだ。その人が十三時ごろに大東商会に現われてるくらいだから、《あさかぜ》に乗って十分間に合うはずだがね」

三原の頭には、前の事件（「点と線」）で《あさかぜ》というのがしみこんでいる。だから、彼はすらすらとその時間が言えた。

「いえ、主任さん、そうじゃありませんよ。峰岡氏は、六日にどうしても飛行機に乗らなければならない用事があったんです」

「ああ、この報告書にあるお祭りのことだな」

「そうです。六日の夜半から七日の未明にかけて、門司の和布刈《めかり》神社で特別な神事があるんだそうです。つまり、旧暦元旦《がんたん》の未明に、関門海峡の若布《わかめ》を神主が刈って神前に供えるという、古めかしい行事です。彼はそれを見にいったんだそうです」

「そんな趣味のある人かね？」

「そうらしいですな。本人に言わせると、俳句をひねるので、ぜひ、それが見たかったんだそうです。かねての念願を果たせたと言って、よろこんでいましたよ」

「そうか」

「それで、本人は、その日、つまり七日ですね。七日の朝八時ごろ、小倉の大吉旅館という宿にはいって休んでいると、九時半ごろ東京の本社から電報が来て、土肥武夫の死亡を知ったというんです」

「峰岡という人と、被害者の土肥武夫とは、そんなに身近な関係だったのか?」

「いや、ただ商売の上で親しくしていたという程度だったらしいです」

「ずいぶん仁義が堅いんだな」

三原は、そのときはそれで聞き流した。

しかし、あとで考えてみて、ちょっと変な気がした。商売上でつきあっていた人間の変死を、なぜ、わざわざ九州小倉にいる峰岡のところに知らせねばならないのだろうか。

それに、三原にはもう一つの疑問があった。東京と小倉とは、電話では直通区域になっている。二時間もかかる電報をわざわざ打つまでもなく、電話だとすぐに小倉が出てくるはずだ。

それも大吉旅館というのに電報を打ってるくらいだから、峰岡という人がその旅館に泊まっていることも予定でわかっていたはずなのだ。なぜ時間のよけいかかる電報を打ったのだろう。三原は首を傾《かし》げた。

彼は部下に時刻表を持ってこさせた。

時刻表の末尾には、航空会社の時刻表がついている。峰岡周一が羽田を十五時に発《た》ったことがわかっているので、それを見ると、その日航機は下り３１１便だった。これは、時刻表によれば大阪の伊丹《いたみ》空港に十六時五十五分に着き、福岡板付空港には十九時十分に到着する。つまり、二月六日の夜七時十分には福岡に着いているのである。門司の和布刈神社の神事は、刑事の話だと、二月六日の深夜から翌七日の未明にかけてあるそうだから、峰岡という人は夜の七時十分に板付に着いて、門司に行ったのであろう。

すると、博多・門司港間は、急行なら約一時間、鈍行で二時間半を要する。峰岡という人がどの列車に乗ったかわからないが、板付・博多駅間は車でだいたい二十分少々はかかるから、鈍行だとすると待ち時間をみてこの所要時間は約三時間ということになる。

なるほど、これでは和布刈神社に到着するのが六日の夜十時半ごろということになって、神事を見るのにちょうどいい時間である。

三原紀一は、時刻表を眺めているうちに、ふと峰岡という人間が相模湖で殺人を犯したと仮定すればどうなるであろうか、と考えた。

峰岡周一は、福岡板付に十九時十分に着く。それからすぐに別の便で東京に引き返したとすると、どうなるだろう。時刻表を見ると、その時間以後に発つ飛行機は十九時二十分発と二十時二十分発の二本があった。だが、これだと直行のジェット機でも羽田着は二十一時三十五分になる。

なお、全日空機を見たが、これはもっと前におしまいとなっている。

三原紀一は頰《ほお》を搔《か》いた。

彼は七日の午前八時ごろに峰岡が小倉の大吉旅館に現われた事実をつい忘れていたのだ。これは有力なアリバイである。峰岡はそこで東京から電報を貰《もら》い、午後一時に福岡の大東商会に現われているのだ。

だが、どうもこの電報のことが三原には気にかかる。

彼はもう一度時刻表に眼をさらしたが、これはと思う発見はなかった。やはり峰岡周一は福岡に十九時十分に到着したあとで、東京に引きかえしたはずは絶対にない。

しかし、三原は、ふと、ここで気がついたことがある。

それは、部下の者が峰岡が羽田発十五時の日航機に乗ったことを確かめてはいるが、彼が門司の和布刈神社の神事を見物したという証拠が取れていないことだった。

なるほど、峰岡は七日の午前八時には小倉の大吉旅館にはいっている。が、福岡板付空港に六日の夜七時十分に着いた峰岡が、翌七日の午前八時に小倉の宿にはいるまでの間の裏づけがとれていないのだ。この間、約十二時間五十分の余裕がある。もちろん、これは博多・門司・小倉間の交通時間を含めてである。

一方、相模湖で土肥武夫が殺害されたのは、六日の午後九時過ぎから、死体発見の十二時までの間だ。もっとも、解剖した監察医の所見では、午後九時から十時となっているが、もとより、絶対正確とはきめられない。

しかし、とにかく、午後九時から十二時の間が相模湖畔の犯行時間とすれば、峰岡周一は絶対疑惑の圏外にいる。

三原警部補は、いったん、これを諦《あきら》めかけた。

が、どうも気になって仕方がない。一つは、ほかに有力な容疑者が挙がらなかったせいでもあった。

三原は思いきって、今度は自分が当の峰岡周一に会ってみる気になった。ほかの刑事をやらせてもいいが、なんだか自分ひとりで会ってみたかった。

三原警部補は警視庁を出て、タクシーを拾った。

「どちらへ？」

「神田司町二三四一番地だがね。極光交通という会社があるだろう？」

「ああ、極光さんですか。それだったら、ＹＭＣＡのすぐ近くですよ」

やはり同業者だ。運転手の方がよく知っていた。

2

極光交通の事務所は広い自動車置場と、長いガレージの端に建っていた。堂々とした三階建の事務所である。

三原紀一が名刺を出すと、係りの者は丁寧に応接間に通した。警視庁捜査一課という肩書から合点《がてん》がいかぬふうだったが、交通業者には、警視庁はとかく苦手である。

応接間はかなり広く、壁には商売がら、観光バスや、タクシーや、ハイヤーなどの写真が並べて掛けてあった。

待つほどもなく、三十七八の小太りの紳士が現われた。

彼はその手に三原紀一の名刺を握っていた。

「よくいらっしゃいました。私が峰岡でございます」

彼は丁寧にお辞儀をした。

「三原です」

両人《ふたり》は向かいあって挨拶《あいさつ》したが、峰岡専務は愛想《あいそ》のいい商売人といった態度だった。

「お宅にはいろいろとお世話になっております」

と峰岡は太い眉《まゆ》をあげて如才なく言った。しかし、それは交通課の管轄《かんかつ》で、捜査課とは関係がないので、三原は苦笑した。もっとも、タクシーの犯罪となれば別だ。

「実は、今日うかがったのは」と三原はすぐに用件を切りだした。「ちょっと、ご迷惑なことをおききしたいと思いましてね」

「ははあ、どういうことでしょう？」

女の子がはいってきて、三原の前にケーキと紅茶を置いた。

「たいへん失礼なことをきくかもしれませんが」と、三原は誰もいなくなってから言った。「われわれは犯罪を捜査している立場で、なんとか市民の皆さんにご協力を願わなければならないのです。そこで峰岡さんにもぜひご協力を願いたいんですがね」

「私でできることなら」と、峰岡は微笑した。「どんなことでもいたします。いえ、いつも商売の方で警視庁にはご迷惑をかけていますから、このさい、幾分でもご恩返しができればありがたいと思っています」

「それをうかがって安心いたしました。理由《わけ》をお話ししないとわかりませんが、実は私は、相模湖で起こった殺人事件、つまり、あなたもよくご存じの、土肥武夫さんを殺した犯人を追及しています。これは神奈川県警と協力になっていますが、まあ、私が警視庁側の責任者になっています」

「それはご苦労さまです。……土肥さんは、本当にお気の毒なことになりました」

と、峰岡周一はしんみりした顔になった。

「いい人でしたがね。私なんか、まあ、あの人がああいう業界紙を出されていたことでお近づきになっていましたが、まれにみる善良なかただと思っていました」

「そこで、警視庁としては一日も早く土肥さんを殺した犯人を挙げたいところですが、ザックバランに申しますと、残念なことに、まだ犯人の手がかりがついていません」

「ははあ。しかし、新聞記事によると、どうやら、土肥さんといっしょに現場に行った女の人がおかしい、と出ていましたが」

「それなんですよ。その女の行方も全然つかめないんです。それで、私の方としては、この捜査を根本から建てなおして、まず、地道にやっていこうということになったんです」

「ちょっと、お待ちください」と、峰岡周一は言った。「そんな捜査上の機密を、私などにお洩《も》らしになってもよろしいのですか?」

「いや、ご協力を願うからには、機密なことにわたっても仕方がありません。ただし、このことはご内聞に願いたいんです」

「承知しました。よくわかっています」

「そこで、土肥さんが生前交際していたかたがたの様子を、いちおう、確認したいと思っています。峰岡さん、あなたにもぜひそれをお願いしたいと思ってやってきたんですよ」

三原紀一は眼もとに軽い笑いを浮かべた。

「つまり、われわれのアリバイを確認されたいわけですね？」

峰岡周一は苦笑に似たものを顔に浮かばせた。

「もちろん、峰岡さんがどうというわけではございません。ただ、警察として土肥さんの知りあいを全部当たっていますから、峰岡さんだけを除外すると、あとで不公平だとそしりを受けますからね。なんだ、おれだけ調べて、あの男は調べないじゃないか、という非難が困るのです」

「いや、よくわかりました。なるほど、当事者となると、いろいろお気をつかわれるわけですね。いや、どうぞ、ご遠慮なくおききください。そうだ、そういえば、この前、刑事さんが見えて、私のことを聞いて帰られましたよ」

「ご迷惑かけました」と、三原は軽く頭を下げた。「その報告は、部下から聞きました。あなたは、二月六日の十五時発の日航機で羽田から福岡に行かれたそうですね？」

「そのとおりです。刑事さんにも、そう話しておきました」

「それから、あなたは、門司の和布刈神社というお宮に行って神事を徹夜でごらんになった？」

「そうです、そうです」

峰岡はうなずいた。

「それから、七日の午前八時ごろ、小倉の大吉旅館におはいりになって、おやすみになったわけですね？」

「そのとおりです」

「そのとき、東京から土肥さんが死んだという電報を受けとられたわけですね」

「そうです。わたしが刑事さんにお話ししたとおりです」

「ははあ。そこで、峰岡さん、ちょっとうかがいたいんですが」

と三原警部補は接待煙草《たばこ》を一本指先につまんだ。

「あなたに、その電報を打ったのはどなたですか」

「それはですな」と、峰岡は静かな眼差《まなざ》しで言った。

「うちの宿直員です。私が九州の小倉の旅館にはいっていることを知っているものですから、土肥さんの死を知ってすぐに電報をくれたんです」

「それは、あなたと土肥さんが親しいことを知っておられたからですか？」

「そうなんです。あの人とはよく飲んでいましたからね。それに、宿直員はその日の朝刊の記事を見て、びっくりしたようですね。普通の死に方でなく、殺されたんですから」

三原紀一は、なるほどそうかと思った。彼もその朝刊の記事を読んだ記憶がある。朝刊が配達されるのは、六時か六時半ごろだろう。それから小倉に電報を打てば、ちょうど九時ごろに間に合う。

相模湖で死体が発見されたのは前夜の十二時過ぎだから、新聞社がそのニュースをキャッチしたのは、七日の午前一時ごろと思われる。すると、朝刊の最終版締切にはぎりぎりに間に合うのだ。

「よくわかりました」と、三原はうなずいた。「峰岡さんは、門司の和布刈神社の神事なんてよくご存じでしたね?」

「いや、それは」と、峰岡は照れくさそうに笑った。「私は俳句を少しいじっていましてね。駄句《だく》ばかりなんですが、俳句の本を見ていると、冬の季題に和布刈神事というのがあるんです。旧暦の大晦日《おおみそか》の晩から元旦の未明にかけて、海の草を刈って神社に供えるという古い行事ですね。私はこれが見たくて仕方がなかったんです。しかし、なかなか九州まで出かけられないんですが、たまたま福岡の取引先に用事がありましてね。これはいい機会だと思い、前の日の十五時に日航機で行ったようなわけです」

「ははあ。それはまた、近ごろ風流な見物でしたね。福岡の板付空港にお着きになったのが十九時十分ですね」

「そうです、そうです」

「その飛行機は空《す》いていましたか?」

「いえ、東京からずっと満席でしたよ。一つも席は空《あ》いていませんでした」

「そうですか。で、それからすぐに門司に行かれたんですか?」

「板付空港から博多まで、タクシーを飛ばしましてね。駅に着いたのが七時四十分ごろでした。まだ時間はゆっくりでしたから、博多の街を歩いて、腹ごしらえをしてから、門司港行の列車に乗りました。待ってくださいよ。たしか、二十一時四十八分の鈍行だったと思います。これが門司港駅に着いたのが、二十三時二十三分でした」

「ははあ。じゃあ、二月七日まであと半時間ですね」

「そうなんです。あと三十七分で旧暦元旦でした」

3

「それから、私は門司港駅からタクシーに乗って、和布刈神社に行きましたよ」

と、峰岡周一はおとなしい話しぶりをつづけた。

「いや、驚きましたね。ずいぶん、見物人が集まっているんです。夜中だというのに、観光バスが出ているくらいですからね」

「神事はごらんになったんですか？」

「拝観しました。なかなか荘厳《そうごん》なものでしたよ。灯《あか》りを全部消しましてね、松明《たいまつ》を持った神主さんが干潮の海に降りてゆくのです。束帯《そくたい》姿の神官が、海の中で若布《わかめ》を刈るのですが、想像した以上に神々《こうごう》しい気分に打たれました」

峰岡は当時の光景を回想するように、眼を半眼に閉じた。

「それでは、かねてのあなたの念願が果たせたわけですね」

「そうなんです。私はカメラを持っていましたから、その神事を撮影しましたがね」

「なに、カメラでお撮りになった？」

三原紀一はびっくりした。

いままで、板付に降りた峰岡が、翌日の午前八時、大吉旅館に現われるまでの裏づけが取れていないと思っていたが、ここに立派な証拠があるではないか。三原は、自分がよけいな疑いを持ったことを反省した。

「あなたはその写真をお持ちでしょうね？」

と、彼はきいた。

「もちろんです。あの写真は、いつまでも記念にしておくつもりで保存してあります。ここにアルバムがありますから、お目にかけましょうか?」

「見せていただけますか?」

「どうぞ、どうぞ」

峰岡周一は応接間を出ていったが、やがて、小脇《こわき》に古代布片《ぎれ》を模した表紙のついた大型アルバムを抱えてきた。

「これです」

と、それを三原紀一の前に出した。

「拝見します」

三原はそれをめくった。アルバムの第一ページから、その神事の写真ははじまっている。手札型の大きさだった。

3Sのフィルムで撮ったらしく、なかなか鮮明に写っていた。峰岡の説明のように、神官が白い装束で海の中にはいっている。股《もも》の上まで裾《すそ》をからげ、一人は鎌《かま》を持ち、一人は桶《おけ》を抱え、一人は大きな松明をかざしていた。

こういう写真が異なった構図で五枚ぐらい貼《は》ってある。神官のポーズが一枚ごとに違っていた。境内の玉垣《たまがき》。それに群がっている拝観の群衆。松の梢《こずえ》の間から見える社殿の千木《ちぎ》、鰹木《かつおぎ》。

三原紀一は、その次をめくったとき、おやっと思った。それは全然別な写真だった。かなり広い家の中庭らしく、小さな築山《つきやま》の泉水の横に、二十二三の和服の女が、少し笑いかけた顔で立っている。

「これはどなたですか?」

三原はきいた。

「いやあ」と、峰岡は頭を掻《か》いた。

「実は、私が大吉旅館にはいったとき、少しフィルムがあまっていましたのでね。つれづれに、係りの女中さんをモデルに撮ったんですよ」

「ああ、そうですか。なかなか美人ですね」

三原はそれに見入った。

「ちょっと、かわいい子でしょう。写真は、これと同じものを女中さんに送ってあげましたよ」

旅先ではよくあることだった。

三原紀一は峰岡に頼んだ。

「すみませんが、このアルバムを、二三日拝借できませんでしょうか?」

峰岡周一は驚いた顔をした。

「こんなものをどうなさるんですか?」

「いや、決してあなたを疑っているわけではないのですが、この写真について、いちおう調べさせていただきたいのです」

「そうですか。仕方がありませんね。どうぞお持ちください」と、峰岡はうなずいて、

「まずい写真ですが、何も間違いはないはずです」

「無理を申しあげてすみません」

三原はアルバムを閉じた。

「写真のほかに、私が和布刈の神事を見て作った駄句もあるんですが、あんまり恥ずかしくてお目にかけられません」

と峰岡は、気を悪くしたようすもなく笑った。

「それも、ぜひ、拝見したいもんですね」

三原も笑顔になった。

「いえ、いえ、どういたしまして。ご披露《ひろう》するようなシロモノではありません」

「しかし、峰岡さんもいい趣味をお持ちですね。私なんかも、警視庁の中で、俳句だ

とか短歌だとかのグループにすすめられてますが、生来、文才がないので、どうも苦手です」

「いや、おやりになった方がよろしいですよ。へたながら、結構、たのしめますからね」

「へたながらというのは、恐れいりましたね」

両人《ふたり》は声を合わせて笑った。

「どうも、長い間、お邪魔をいたしました」

三原紀一は言った。

「ところで、最後にちょっとおうかがいしますが、あなたは小倉の大吉旅館を出て、すぐ福岡に行かれたわけですね？」

「そうなんです。あの電報を貰《もら》ったものですから、もう、おちおちと旅館になどいられません。私はそこを早々に引きあげて、博多に汽車で行ったわけです。そして、大東商会で約一時間ばかり話をして、十六時三十分の《あさかぜ》に乗り、翌日の九時三十分に東京へ着きました」

峰岡周一はすらすらと答える。

「あ、その電報のことなんですがね」

三原は言った。

「東京から小倉までは、直通の電話がありますね。電報を打たれたかたは、どうして電話をおかけにならなかったのでしょうか?」

三原は、自分の抱いている疑問を言った。

「それはですね」

と、峰岡周一は眼を細めて答えた。

「係りが料金のことを考えたらしいんですな。電報だと、急報でも二十字百六十円です。ところが、東京・小倉間の電話料金は一通話四百八十円、二通話だと千円近くなります。百六十円と千円では、ちょっと桁《けた》違いだから、料金を倹約したと、言っていました」

なるほど、その説明を聞くともっともだった。三原紀一の疑問は解けた。

それから三原は、博多で降りたとき食事に寄ったという店の名をたずねた。それは、駅の近くの〝うめや〟という店だ、と峰岡は柔和な顔で答えた。

警部補はアルバムを抱いて警視庁に帰った。さっそく、鑑識課の人に来てもらった。

「すみませんがね、このアルバムに付いている写真を全部複写してください」

係りはのぞいていたが、

「何枚ずつ焼きますか？」

「そうですね。各三枚ずつで結構です」

三原はそのあと、ゆっくりと煙草をくゆらした。

彼は峰岡周一の言ったことを、もう一度心の中で反芻《はんすう》していた。それは一つの検討でもあった。

アルバムの複写は、明日の朝できてくる。彼はその一組を門司署に送り、一組は福岡署の鳥飼刑事に送るつもりだった。

もしかすると、和布刈神社の神事の写真は今年の分ではないかもしれないのだ。神事の風景は毎年決まっているから、去年の写真でも間に合う。このへんに峰岡の作為はないかと疑ったのだ。

門司署でこの写真を調べてもらえば、去年の分か、今年のものかはっきりと判定はつくだろう。和布刈の写真五枚の中には、今年のものでなければ見られない人物が必ずはいっているはずだ。

鳥飼刑事に送ったのは、以上の意見を添えて彼のアドバイスを求めたかったからである。どうやら事件の調査は九州までひろがってゆきそうだった。

完全なアリバイ

1

門司警察署から三原警部補あてに回答が来た。

それは、三原が、峰岡周一の撮影したという和布刈《めかり》神社の複写写真を送付して、この写真が当夜の、つまり、峰岡周一が参観したという昭和三十×年二月七日（旧暦元旦《がんたん》）未明の神事かどうかの鑑定を依頼したのだった。

その回答によると、写真を検討したが、まさしくそれは当夜の神事に間違いはないというのである。

理由として次のように挙げていた。

写真の画面には、神官が裾《すそ》をからげて三人海の中にはいっている。一人は鎌《かま》を持ち、一人は桶《おけ》を抱え、一人は松明《たいまつ》をかざしているが、その中の松明を持っている神官は、今年からその役目に当たった人である。これが何よりの証拠。

さらにもう一枚の写真は、玉垣《たまがき》に拠《よ》って見物人が海の神事を見守っているところだが、その見物人の中に門司警察署の刑事が一人写っている。これは当夜の警戒のために私服で出かけたのだが、その刑事もその年初めて現場に行っている。

なお、そのほかにも、それが三十×年二月七日の未明だという証拠はある。たとえば、神官の位置とか、ポーズとか、背景に写っている神社の改築個所だとかいうような特徴だ。

さらに、この写真は当日の午前二時四十分から三時過ぎにわたって撮影されている。それは、神官三人が海にはいって若布《わかめ》を刈るのがこの間の行事で、当日、それが二時三十五分から四十五分の十分間にわたって行なわれたという。

三原紀一は、門司署の回答文を机の上にほうりだして、煙草を吸った。

峰岡周一の供述に誤りはない。

その時刻に峰岡周一が門司の和布刈神社にいたことは、動かせない事実となり、彼のアリバイは証明されたのである。

しかし、三原紀一は粘りづよい性格の持主であった。彼はその回答だけでは簡単に諦《あきら》めなかった。そして、次に彼の思案に浮かんだのは、果たしてこの写真を峰岡周一自身が撮影したものかどうかということだ。その証明はない。

なるほど、峰岡周一は、私が写したものです、と言って写真を見せてくれたが、しかし、それは、他人の写した写真を自分のものだと偽ることもできるのである。

三原紀一は、ここで、ふと、峰岡周一の話の中に、彼が小倉の大吉旅館にはいって、そこの女中を撮影したというくだりを思いだした。

もし、和布刈神社で写したフィルムで旅館の女中を撮影したとなれば、同じフィルムの中に、和布刈神社の絵と旅館の女中の絵とがつながっていなければならない。

もっとも、フィルムが別だったという場合も考えられないではない。和布刈神社で一本のフィルムを全部使いはたし、旅館にはいったときは別なフィルムで撮ったということもありうるからだ。

しかし、と三原紀一は考えた。

和布刈神社の神事は夜間である。現に、峰岡周一はフラッシュで撮影したと言っていた。すると、その写真のコマはそれほどたくさんではないはずだ。

前にカメラのことを聞いたのだが、峰岡は、それは国産のライカ判で、三十六枚撮りだ、と言っていたが、三十六枚をベタに和布刈神社の神事に使ったとは思われない。前に撮影した残りのフィルムを使うか、またはあとを残して別な場面に使うか、どちらかであろう。

そうなれば、和布刈神社の画面のあとに、大吉旅館の女中の像が写っているはずだ。あるいはフィルムを取りかえたとすれば、和布刈神事の場面の前に、それ以前に撮影された映像がなければならない。

三原紀一はここまで考えると、大急ぎで手紙を書いた。

「いつもご協力を願って恐縮です。

この間、拝借したお写真は、現地へ問いあわせましたところ、仰《おお》せのように、今年の和布刈神事であることは間違いないと認定されました。この点は、私どもも喜んで了承いたしたいと思います。

しかし、警察官はまことに猜疑《さいぎ》的で、さぞかし不快にお考えでしょうが、私どもとしては念には念を入れるために写真の原板、つまり、フィルムを拝見したいのでございます。これは、何も峰岡さんをお疑いするわけではありませんが、本事件は近来にない難航を示して、捜査本部としても、今やあらゆるものに神経過敏になっている最中でございます。この点、よろしくご了承の上、なにとぞ和布刈神事の場面のはいっているフィルム一本分をご貸与願いとう存じます。

失礼の段は幾重にもお許しください。なお、この上ともご協力のほどお願いしとう存じます。

三原紀一」

三原警部補は刑事を呼んで、この手紙をすぐ峰岡周一のところに持っていくように命じた。

「先方はフィルムをくれるはずだからね」彼は刑事に言った。「丁寧に礼を言って貰《もら》ってくるのだ。決して先方に不愉快な印象を与えないように、気をつけてくれたまえ」

「はい、わかりました。その峰岡周一という人は、参考人ですね？」

「参考人だが、強制的にはこういうことを頼めないのだから、あくまでも低姿勢でやってくれ……ああ、それから、先方は、もう、そのフィルムは処分したとか、紛失したとか言うかもしれないが、そういうときは、あまり深追いをしないでもらいたい。あっさりと引きさがるのだ」

「わかりました」

「要するに、先方の機嫌《きげん》を悪くしないように気をつけてやってもらいたいのだ」

三原紀一がこれほどくどくどと念を入れたのは、いま峰岡周一につむじを曲げられては困るからである。

事実、峰岡周一が容疑者だという線はどこにもない。

三原は、峰岡周一の和布刈神社行について納得できるまで確かめてみたかっただけである。

刑事は帰ってきた。あんがい、にこにことしている。

「主任さん、もらってきましたよ」

と、その刑事は封筒を差しだした。

「どうだね、向こうは不愉快な顔をしていなかったかい?」

「いいえ、別にそれほどとは思いませんでしたよ。主任さんの手紙を読んで、ああ、わかりましたと言って、さっそく、机の引出しからこれを取りだしてくれました」

「なに、その場にあったのか?」

「はあ、事務机のたくさん縦に並んでいる引出しの一つに、それがはいっていました。峰岡さんの手紙もことづかってきました」

三原紀一は、ずいぶん手回しがいいのだなと思った。フィルムは自宅にあるのではなく、まるでこちらの行くのを待っていたように事務所に持ってきている。いやいや、これは自分のカングリかもしれない。会社の近くのDP屋で処理をさせ、フィルムはつい自宅に持って帰るのが面倒くさくなって、机の引出しの中にほうりこんでおくのは普通ありそうなことである。

したがって、刑事がそれをもらいにいって、すぐその場で間に合ったとしても、不自然ではあるまい。

三原紀一は、とにかくその封を切った。

「ご丁重なお手紙いただきました。捜査に携われる当局側としては、あらゆることに気を配られるのは至極当然なことであります。この意味で、小生に和布刈神事を撮影したフィルムの提出の要請に対して、心からご協力するしだいであります。なにとぞ、該当のフィルムをご検討の上、ご用ずみになりましたらご返却願います。

峰岡周一」

2

三原はフィルムのはいっている袋を取りあげた。

それはDP屋のサービスとして出しているもので、フィルム六コマずつ一枚に切って、パラフィン紙に差しこんである。

数を数えると、完全に三十六コマ分が収まっていた。

彼は窓の明かりでフィルムをかざした。

最初の十枚ばかりはバスやハイヤー、タクシーなどを背景に運転手やバス・ガールなどといった人物が、肩を組みあわせたり、地面にしゃがんだり、車の窓から顔を出したりして写っている。峰岡が自社の従業員を撮影したのであろう。よくあるスナップ風景だ。

問題の和布刈神事の写真は、十五コマ目からはじまって、この前、三原が峰岡からもらった写真のネガだった。それが約八コマばかり並んでいる。

三原は窓の光線に透かしてみたが、あの印画のネガに間違いなかった。

神事の次のコマから女の姿が写っている。小さな築山《つきやま》を背景にして、立ったりしゃがんだりして、さまざまなポーズを作っている。これが小倉の大吉旅館の女中であろう。そのあとに未撮影のコマが九つばかりある。

つまり、この一本のフィルムは、次のようなコマの構成になっているのである。

《失敗三、会社スナップ十一、和布刈神事八、宿の女中五、未撮影分九、計三十六コマ》

これで見ると、和布刈神事の撮影者は峰岡周一に間違いなしということになる。つまり、あの神事の写真は、よそから借りてきたネガでもなければ写真でもなかったわけだ。

三原紀一はフィルムをもとどおりに納めて考えた。

峰岡周一は、二月七日の午前二時半から三時過ぎまでは、完全に門司の和布刈神社の社頭に佇《たたず》んでいたのである。そうなると、相模湖《さがみこ》の殺人現場に彼が立っていたという線は完全に消えるわけだ。

だが、三原は疑念に執着していた。

彼はべつに峰岡を執念深く疑ったわけではないが、もし自分が峰岡の立場にいてこの犯行をやり遂げたとなると、どういう方法を採るだろうかと思った。

だが、相模湖の殺人がその前夜の午後九時から十時の間とすれば、なんとしても不可能だった。

そこへ刑事が大阪府警察本部からの手紙を持ってはいってきた。

それは、二三日前に依頼した調査の回答だった。

「二月六日十五時羽田発日航311便は、大阪伊丹空港に定時の十六時五十五分に着いてます。これは十七時十分に福岡板付に向かって発《た》ち、予定どおり、板付空港には十九時十分に着いています。

なお、乗客について調査すると、東京羽田発のときは六十四人が満席で、うち、大阪伊丹までの客が三十八人、福岡板付まで直行する客が二十六人でした。伊丹から搭乗《とうじょう》して板付に向かった客は三十八人で、同機は板付まで満席でした。（日航伊

丹空港調べ）

右ご回答申しあげます」

時日がたつと事情がわからなくなることがある。たとえ、それが問題にもならないようなことでも、裏づけはいちおう取っておきたかった。三原紀一はその理由で大阪府警察本部に問いあわせていたのだ。

三原が考えていた仮説というのは次のようなことだった——。

峰岡は東京を十五時の飛行機で福岡に向かっているが、これはいったん大阪で着陸する。時間的にいえば十六時五十五分に着き、十七時十分に出発する。

もし、峰岡が犯人だとすると、伊丹からふたたび東京に引きかえして来なければならない。そうだとすると、十八時五分大阪発、十九時三十五分東京着の１３２便が可能である。

羽田に午後七時三十五分に着陸すれば、ここから新宿までが自動車で約一時間、新宿から相模湖までが車で約二時間、所要時間は三時間である。相模湖の現場に到着するのは二十二時三十五分ごろということになる。

しかし、これではどうにもならないのだ。土肥武夫の死亡時刻は午後九時から十時の間だと発表されている。

だが、１３２便で犯人が東京に引きかえした場合の想定をつづける。

峰岡周一は福岡までの飛行機を予約しておいたことは間違いないので、彼が大阪に降りて東京に引きかえせば、あとのコース、つまり大阪・福岡間の座席に一つ穴が空くことになる。

つまり大阪から空席が一つできるかどうかが、このさいの問題だった。もし空席があれば、峰岡は大阪から東京に引きかえしたという証明になる。

しかし、大阪府警察本部からのこの回答は、三原の以上の想定をまず潰《つぶ》してしまった。３１１便は福岡まで一つの空席もなく、満席の客を運んだという調査の結果を知らせたのだ。

だが、諦めるのは早い。

東京から福岡に行く旅客機は、３１１便のあと十八時十分発と十九時発の便があり、さらに翌日の零時三十分出発のは板付着が四時四十分、一時三十分出発のは五時十分に板付に着く。いわゆるムーンライト号である。

もし、犯人がこの便を使ったら、どうなるだろう。

これだと、犯人は二月六日十八時五分の１３２便で大阪から東京に引きかえしても、翌七日の午前五時には東京から福岡に着けるわけである。

ただし、この場合でも、もちろん門司の和布刈神社の神事には間に合わない。

だが、これだと和布刈神事は抜いても小倉の大吉旅館に八時にはいるのは十分に可能である。


日航機の時刻表は次表のとおりだ。

すなわち、311便で大阪に行き、そこで降りて、次の折返し132便（十八時五分）を利用すれば、東京に十九時三十五分に着けることは、前に三原が考えたとおりだ。が、これは車を利用して現場の相模湖に十時三十五分に到着する勘定になるから、九時から十時という犯行時刻には間に合わないことになる。


旅客機といえば、むろん、全日空機もはいる。日航に乗ったという峰岡の供述であるが、念のために全日空を考えてみよう。しかし、峰岡が会社を出た以後に利用しうる全日空機といえば次の二本しかない。（95ページの表）しかも、二本とも大阪から福岡行の連絡便は無い。いや、大阪から福岡行は全日空には一本も無いのである。

ただし、東京から大阪までは全日空利用、大阪から福岡までを日航機に乗り換えたということも考えられるが、これは何の意味もない。

大阪から東京に引きかえす場合も、該当しうるものは伊丹発十八時十分、十九時十分の二本があるが、日航機発の時刻と五分ずつしか違わないので、これも意味がない。

寄航地	331	333	311	123	315	317
東京(羽田)発	0.30	1.30	15.00	16.00	18.10	19.00
大阪(伊丹)着	2.25	｜	16.55	17.35	｜	20.55
大阪(伊丹)発	2.40	｜	17.10	……	｜	21.10
福岡(板付)着	4.40	5.10	19.10	……	19.35	23.10
寄航地	332	334	132	134	316	318
福岡(板付)発	0.01	1.30	……	……	19.20	20.20
大阪(伊丹)着	1.55	｜	……	……	21.15	｜
大阪(伊丹)発	2.10	｜	18.05	19.05	21.30	｜
東京(羽田)着	3.55	4.40	19.35	20.35	23.15	21.35

もちろん、日航機のムーンライト号に当たるものも無い。

要するに、峰岡の行動に関するかぎり、全日空はまったく除外していいのである。

次に、日航のムーンライト号を利用するのは思いつきだが、これも福岡に朝の五時に着いたのでは、門司の和布刈神事にはとうてい間に合わない。福岡から門司までは急行の汽車で一時間はたっぷりとかかる。さらに、板付から博多駅、門司港駅から和布《め》刈岬《かりのはな》までとそれぞれ別な所要時間を加算しなければならぬ。331便を利用しても福岡着が四時四十分なのだから、条件は同じである。

しかるに、峰岡周一が撮影したフィルムには、ちゃんと午前二時四十分の和布刈神事が写っている。これはどう説明したらいいか。

東京（羽田）発	16.10	17.10
大阪（伊丹）着	17.25	18.25
大阪（伊丹）発	………	………
福岡（板付）着	………	………

他人のものを借用したのでないことは、そのフィルムのコマの前後に彼でなければ写せない写真が続きのコマになっているのだ。

三原は頭の毛をつかんだ。

3

三原紀一は、日比谷《ひびや》のゆきつけのコーヒー店にはいった。

彼は日に三度はコーヒーを飲まずにはおられない男だった。ことに、捜査が行きづまって頭の中がもやもやしているときは、一ぱいのコーヒーでどのように元気がつくことか。ときには思わぬアイデアさえ浮かんでくることがある。

ことに、地方に出張したときなどは、うまいコーヒーが飲めないので、東京駅に着くやいなや、家に帰るよりも、まっすぐにこの店に駆けつけるのが習慣だった。

「いらっしゃい」

ここにはもう四年も勤めている女の子が近づいてきた。三原とは長い間の顔なじみだった。

「なんだかお疲れのようですね」

彼女は三原の顔を見守った。

「ああ、いろいろと苦労があってね」

店にはほかに客も少なかった。

「寒いのにここまでいらしていただいて、すみません」

「庁内の食堂だと三十円のコーヒーがあるんだよ。それをわざわざここに来るのは、前からの病みつきだな。さっそく、一ぱい入れてくれないか」

「はい、はい、ただいま」

三原は椅子《いす》にすわると地図をひろげた。羽田空港から都心を通らず、相模湖にぬける道はないか。それはあった。川崎から南武線《なんぶせん》に沿って府中《ふちゅう》にぬける。府中から甲州街道を立川《たちかわ》に出てそれから八王子《はちおうじ》へ。あとは山一つだ。

いや、ちがう。そうではない。相模湖までハイヤーなりタクシーを利用したとすれば運転手はそれを覚えているかもしれない。ぬけめのない峰岡がそんな危険をおかすはずはない。彼は、川崎まで自動車で行き、そこで立川行の南武線に乗りかえたのではないか。

三原はちょうどコーヒーを運んできた女の子に頼んで時刻表を借りた。

南武線は川崎から武蔵中原《むさしなかはら》、登戸《のぼりと》、府中本町《ふちゆうほんまち》を経て立川まで行っている。この間約一時間、運転間隔は十二分。羽田・川崎間は、自動車《くるま》なら三十分かかるまい。そこから電車で一時間、終着立川から中央線に乗りかえる。三原は時刻表を繰った。——中央線の下り甲府行に立川発二十一時五分というのがある。これだと相模湖駅には二十一時四十八分に着くのだ。

三原は時刻表を卓に置いてコーヒーを口に運んだ。芳香が鼻を突いた。三原はモカ一本槍《やり》だった。

——これで、峰岡を十時前に相模湖畔に立たせることができる。

しかし、だからといって彼を加害者と考える裏づけは何もないのだ。ただ三原は、自分の気持に納得がゆくまで峰岡周一の線が切れないでいるだけだった。もとより、今度の事件が起こってからはしきりと加害者を物色しているが、それは峰岡周一に限ったことではなかった。ほかにも線がいくつか出ている。それにはそれぞれの臭《にお》いもあった。

そういう点では、峰岡周一は一番無色といえる。彼が土肥武夫を殺害する動機も人間関係も浮かんではいなかった。

いうなれば、相模湖で犯行のあった数時間後に、この峰岡が九州の古い神事を見ていた、という完全なアリバイに、かえって気持がひっかかるのだ。これがいつまでも峰岡に未練を持たせている。

三原は考えぬいてもわからなくなった。

が、彼はいつぞや福岡の鳥飼老刑事から聞いた言葉を思いだした。

（人間は、自分で絶対間違いないと信じこむと、それがいつか心の盲点となっている。錯覚しているから、それを訂正する気持にもなれないのだ。これがわれわれにとって恐ろしいのです。どんなに大丈夫だと信じこんだことでも、もう一度、こわしてみることです）

どこで錯覚しているだろうか。

おれには、和布刈神社の神事と被害者の死亡時間のこととが、対立した丘陵となっている。

その死亡時刻の点では、峰岡を相模湖畔に立たせることが不可能でないとわかった今ではないか。では次に、残された問題を証明してみよう。

まず、峰岡周一が日航３１１便で実際に福岡まで通しで乗っているなら、当日の日航事務所に彼の名前が登録されていなければならない。

と同時に、彼が大阪で降りたとなれば、伊丹・板付間の乗客名簿に彼の名前が消えていなければならない。

よし、これをひとつ調べよう。

次は、ムーンライト号だ。二月七日の午前一時三十分に羽田を発《た》った333便は、大阪には立ちよらずに福岡板付の直行だ。もし峰岡が犯人に違いないならば、彼はおそらく零時三十分発の331便ではなく、この便を利用したであろう。だがこの乗客名簿には、もちろん、峰岡周一の本名は記載されていないはずだ。当然、偽名でなければならぬ。

それには、その旅客機を利用した乗客の全部に当たって峰岡の搭乗の有無《うむ》をたしかめるのだ。

その日のムーンライト号は何十人が利用したかしれないが、日航に保存された名簿によって、刑事に当時の乗客の一人一人を洗わせよう。もし、全部の者が本名で実在だったら、逆に峰岡が乗っていなかったと証明される。

これは、同時に、二月六日の十八時五分の132便に乗っていた乗客についても言えるのだ。この乗客が全部ホンモノだったら、東京に引きかえす峰岡周一の幽霊はなかったことになる。

よろしい。ひとまず、この線を当たってみよう。

彼はその言葉を独りで口の中で呟《つぶや》いた。

ある仮説

1

三原警部補は、ぎっしりと書きこまれたリストをひろげて睨《にら》んでいた。それは、今度の事件について彼の部下がこつこつと調べあげた容疑者に関する一覧表であった。二十名あまりの人名がそれには並んでいた。だが、その大部分は、土肥武夫となんらかのかたちで接触があったというだけの人たちで、多少とも被害者に恨みを持っていたと思われるのは、最初の方に並んだ三名だけであった。

藤本三郎、土肥《どい》信雄《のぶお》、沢村《さわむら》欣七《きんしち》である。

藤本三郎の下には『交通新報』記者、年齢三十九歳とあった。被害者の競争紙の記者であり、ことごとにせりあっていた。二月六日のアリバイは、夕方からずっと家にいた、とある。家庭は両親と妻と十歳になる女の子。性質はあけっぱなしで激しやすく、喧嘩《けんか》早い。……

土肥信雄は被害者の実弟であるが、性格が合わず仲がわるかった。生命保険会社勤務。十歳違いの二十九歳。生母が違う。独身。二月六日の夜は同じ会社にいる恋人と千駄《せんだ》ヶ谷《や》の旅館に泊まった。

沢村欣七は土肥がタクシー運転手をしていたころからの友人。三十九歳。だが近ごろは、土肥が冷たくなったと言い、去年の暮ごろ、金の貸し借りのことで口論している。二月六日は、風邪《かぜ》をひいて朝からずっと寝こんでいた。

三原は、リストを閉じ、首を振った。この中にはいない。この事件は、口論の果てや、かっとなったあげくの殺人ではない。犯人は、冷静な頭のいい男だ。これは練りに練り、考えに考えられた殺人なのだ。……

三原の頭脳《あたま》には、落ちつきはらった峰岡周一の笑顔が浮かんだ。

証拠は何もない。動機もわかっていない。こういう先入観は、警察官としては厳に戒めなければならないところだ。いわゆる見込み捜査がどのような過ちを犯すかは、これまで数々の実例が残っている。

しかし、と彼の心は呟いている。峰岡周一が絶対にシロだとは考えられないのだ。峰岡は何かを隠している。その何かを見つけださなければならないのだ。今はひと昔前と違って物証主義である。

本人の自白ではなんにもならない。被疑者は警察で自白しても、公判では自供を翻《ひるがえ》すとみなければならぬ。その点、証拠の薄弱なものでは公判維持ができない。上司も慎重になっているし、検事もよほどの証拠品を揃《そろ》えないと起訴に踏みきってくれない。

いま、三原が峰岡周一が犯人だろうと考えたのも、ただそれだけのことであった。すでに一カ月を経過しているが、湖畔から逃げた女の行方は依然としてわからなかった。捜査課では、いちおう、逃走した女性を犯人とみなして行方を追っているのだが、少しも手がかりがつかめない。

一見水商売ふうの女で、被害者とは面識があり、かつ相当親密な段階にあった——ということはわかっているが、女の身もとさえ知れないのである。

水商売ということを根拠にして、都内はもとより近県にも手配して、料理屋、旅館、キャバレー、バー、芸妓《げいぎ》など各方面を調査させている。現在までのところでは、今年の二月七日以後失踪《しっそう》したものはない。ただし、キャバレーやバーの女は移動が激しいから、その行先を突きとめるのには骨を折ったが、今までのところ、該当者と思われる女は捜査線上に浮かんでいないのだ。

三原警部補は、なんとなく、この女性が実際の加害者とは考えられなかった。また
しても、なんとなくである。べつにそれを決定づける材料があるのではなかった。
だが、彼女を犯人とするのは、どうもぴんとこない。むしろ、彼女は実際の加害者
の共犯と考えた方がいいのだ。女は土肥武夫を暗い相模湖畔《さがみこはん》に連れだす役目であった
ろうと思われる。
そうすると、当然、その女は犯人の情婦といったような特別な仲でなければならな
い。もっとも、それ以外に肉親関係といったようなことも考えられないではないが、
報告にある〝一見水商売ふう〟の文句が前の場合をより強く推定させる。
しかし、峰岡周一の身辺を洗ったが、どうもそういう女が出てこない。逆に被害者
の土肥武夫を洗ってみても、彼を相模湖畔に連れだした女が浮かんでこないのである。
もっとも、被害者の場合、彼の周囲の口からききだすほかはないので、その連中が
警察に言う言葉を故意に控えていれば、これは探りようがないわけだ。
その点、峰岡周一は生きているから、もし、彼にそのような女がいれば、彼の毎日
の行動の周囲に必ず姿を見せるはずだ。三原は峰岡にはずっと尾行をつけていた。
刑事たちの報告には、まだそれらしい女性が発見できなかった。

三原は峰岡周一から提出されたフィルムを、机の引出しから出して見ている。これまで何回も見たフィルムだった。フィルムは〝ヤマト〟である。メーカー品だ。

例の和布刈《めかり》神社の行事が映っている部分は次の図のようになっている。

すなわち、フィルムの和布刈神事は十五コマ目から始まり、二十二コマ目で終わっている。そのあと大吉旅館の女中さんのスナップとなる。

これでは、峰岡周一が和布刈神社にいたことに文句のつけようがない。神事のコマの前に写されている会社のスナップは、彼が九州に行く二日前に会社の事務員などを写したものであり、あとの大吉旅館の女中は、和布刈神事のすんだ数時間あと小倉の大吉旅館で撮影したものだ。時間的な流れは、このフィルムが立派に証拠立てている。

その神事も今年の行事のものに間違いないことは、画面に現われた神主の顔や神社の改築個所が写っていることなどでも証明ずみとなっているのだ。去年にも一昨年にも無いものが映っている。

三原は頭を抱えた。

この写真が峰岡によって撮影されたことは間違いないし、峰岡周一という人は前々からカメラ道楽があった。だから彼が俳句の季題で有名な和布刈神事を拝観しようとすれば、当然好きなカメラを携行するわけだ。このことにも不自然さはない。

13	14	15	16	17	18
会社 スナップ	会社 スナップ	和布刈 神事	和布刈 神事	和布刈 神事	和布刈 神事

19	20	21	22	23	24
和布刈 神事	和布刈 神事	和布刈 神事	和布刈 神事	大吉旅館 女中	大吉旅館 女中

次に飛行機の問題だ。

峰岡周一が乗った飛行機は下り311便で、福岡まで満席になっている。この乗客を日航保存の搭乗《とうじょう》客名簿によって調べさせた。峰岡のことを記憶している客がいるかどうかを調べるためである。ところが、六十四の座席（満席）の中で、五人ほどの旅客の身もとがわからなかった。

つまり、東京・大阪間で二人、大阪・福岡間で三人が乗客名簿の住所によって調査したが、該当者が発見できないのである。

これは何かの事情によって乗った人が、偽名を使ったとしか考えられない。

「近ごろは、旅行も飛行機がだんだん使われるようになると、愛人を連れてゆくお忍びもふえましてね。そういう人がわざと本名を隠すのでしょう」

報告の刑事は、日航で聞いた話を三原にそう伝えた。

「もし事故があって墜落でもしたら、遺体はどこに引きとってもらうつもりだろう?」

三原は飛行機というと、すぐに危険だという意識があるので、そう不審がった。

「いや、それだけ飛行機に事故がないという安心感が一般にひろがったんでしょうね。日航ではそう言っていましたよ。タクシーなんかより、はるかに安全率が高いと言って自慢しているんです」

刑事は笑った。

2

三原が想定の中に入れている伊丹から東京に引きかえす132便には、これにも身もと不明の者は三人いた。さらに、同じ想定で東京を真夜中の午前一時三十分に発《た》つ333便のムーンライト号の中にも二人あって、零時三十分の331便には三人いた。

こうなると、ちょっと手がつけられない感じだった。峰岡周一が偽名で乗っていることを発見するためには、他の乗客全部が本名を名乗っていなければならない。別な言い方をすれば、この八名の偽名者の中に、峰岡の姿が隠れているということも言えるのだ。

三原は峰岡が東京から311便で板付に飛んだという事実から、彼はそのときどの辺の座席に腰かけていたかを刑事にきかせた。

すると、峰岡は座席に向かって右側のほぼ中央あたりに席をとったと答えたそうである。彼の視界からいって翼の半分が窓に斜めに見えるところにすわっていたと言うのだ。その座席は三つ並んでいる左の端、つまり通路側だったという。

三原は日航本社を訪ねて、翼の先が斜めに窓にかかって見えるというところを確かめた。そこは、前部から数えて十二番目に当たり、座席番号でいえば36番だった。

もっとも、これは峰岡周一の記憶が正確だったという前提に立っている。十二番目の列は、あるいは十一番目の列か十三番目の列かもしれないのだ。それに、窓に翼が斜めにかかって見えたといっても、本人の感じ程度で、正確な指摘ではないからだ。

ここで、旅客機の搭乗手続きのことを簡単に触れる。

日航機でも全日空機でも同じだが、まず旅客機に乗ろうとすれば、航空会社の事務所に行って搭乗申込書を書く。それには本人の年齢、氏名、現住所、連絡場所（遭難した場合の用意）を記入させられる。料金を支払うと同時に、ちょうど二つ折りの定期券入れみたいなサック入りの搭乗券をもらう。これに搭乗機が指定されている。

次に飛行場に行って受付でこの搭乗券を差しだすと、係員は名簿を開いてチェックし、代わりにゲート・パスをくれる。ゲート・パスはセルロイド入りの大型定期券みたいなかたちで、大きく整理番号が付いている。この番号は到着順ではなく、搭乗申込みの受付順になっている。

いよいよ旅客機に乗る時間となると、待合室から通路に出るところに改札口みたいなところがあって、係員が整理番号順に呼びいれる。

たいてい十人単位に区切って乗客を入れるのだが、この場合、乗客は優先的にどの席を選んでもかまわないことになっている。別に座席指定はないのだ。だから、客はその好みによって居心地のいい席を選ぶわけだが、たいていの人は窓からの下界の景色を眺《なが》めたいために、翼で視界が邪魔される中央あたりを嫌《きら》う。後尾に近い方か、前部に近い方が先にふさがるから、後からはいってくる乗客はたいてい両翼の出ている中央あたりにすわらざるをえない。なお、ゲート・パスは機に乗る前に係員が回収する。したがって、乗客は汽車や電車のように、切符を持つという必要はないのである。

さて、峰岡周一が、翼の端が窓の半分ぐらいまでかかっていたと言ったことから、彼の座席が前列から十一列目、十二列目、十三列目ぐらいだと推定されるとすれば、峰岡は、かなり遅く申込みをしたことになる。

「日航では、峰岡の申込みは二日前だと言っていました」

刑事はそう報告した。

近ごろは、旅客機を利用する客がふえている。相当前から申しこまないと、座席が取れない。二日前に申しこんでも、そんな悪い席しかなかったわけである。

ところで、峰岡の隣りに誰がすわっていたかを知るには、かなり骨が折れた。座席指定がないのだから、名簿によっていちいち本人に当たるよりほかなかった。もっとも、峰岡の隣りというのは標準にならない。もし、峰岡が36番の椅子《いす》にすわっておれば、37番の席ということになるが、一つ順序が違えば狂ってくる。

当日の峰岡の服装は、彼自身申したてているので、これを規準に、人相、年齢、特徴その他でききあわせてみた。

さらに、当日搭乗していたスチュワーデス二名についても聞込みを行なった。

スチュワーデスの場合からいうと、毎日数多いお客を扱っているし、それに、日にちが経《た》っていたので、まったく記憶になかった。

ただ、乗客の中で、大阪で降りたという大阪市天王寺区天王寺《てんのうじ》××番地の岩下スギさん（三七）という主婦が、かすかにそれらしい記憶を持っていた。これは、刑事たちが苦心惨憺《さんたん》して当人を突きとめた結果である。

「そういえば、そんな人がわたしの横の席に乗っていらしたように思います……わたしですか。わたしは三つ並んでいる椅子の真ん中でした。右側の窓に翼が半分かかるくらいに見える位置でした。そうですね、隣りのかたは、べつに変わったところもありませんでした。たしか、スチュワーデスが週刊誌やグラフ雑誌を配ってくるときに、その人は『ライフ』を手に取って読んでおられたように思います。わたしとは一度も話を交わしませんでした。また、その人がほかのお客さんと話をしていたような覚えもありません。わたしは大阪で降りたので、その後のことはわかりません」

『ライフ』をその乗客に渡したというスチュワーデスについてきいたが、これは全然記憶がなかった。一方、峰岡周一について問いあわせると、

「たしかにぼくは『ライフ』を読みました。隣りの席には、少し肥《こ》えた奥さんが乗っていたようです。この人は、始終、窓の方へ伸びあがって、下界の眺めを覗《のぞ》いていたように思います」

峰岡周一は、はっきりそう答えた。

問題は、大阪から福岡までの峰岡周一の席がどうなっていたかである。

もし峰岡周一が、その晩、相模湖畔で凶行を行なうとすれば、彼は福岡に直行できなくなる。これは前に三原が考えたとおりである。

ところで、東京から板付までの通し乗客は、いちおう、伊丹で飛行機から降ろされる。乗客は、十五分ばかり空港で待たされる。この場合、板付までの通し客だけが優先的に座席を確保するためのリザーブ券をスチュワーデスから渡される。これを座席に置いて、乗客は飛行機から空港ロビーに休憩のため降ろされるという仕組みだ。だから、もし、峰岡周一が板付まで直行するとすれば、彼は自分の座席に当然リザーブ券を置いておくわけだし、またふたたび機に戻《もど》ったとき、そこに腰かける。ところが、その隣りの席の婦人客は大阪で降りているので、新しく伊丹から乗った客がその後に腰かけたことになる。

問題は、その人物を捜して、果たして板付まで峰岡周一が乗りつづけていたかどうかを知るのが大事である。

捜査当局は、日航機の名簿で大阪から乗った客について調べた。が、その約半分は、自分の席をはっきり覚えていず、もちろん、隣りに峰岡周一らしい人相の男が乗っていたかどうか記憶になかった。さらに、この中に、前記のように捜しだしようもない身もと不明の乗客三名が加わるのである。

これが、伊丹発羽田行の便(132便、十八時五分発)となると、事態はもっと困難だった。身もとのわかっている乗客全部と、スチュワーデスにきいても、峰岡周一の人相、服装に記憶はなかった。

ところが、ムーンライト号の場合は、事情はちょっと違ってくる。というのは、これは冬の真夜中に出発するので、機上では冷えこむし、乗客のほとんどは椅子に背をもたせて眠っている。そのために、スチュワーデスは用意の毛布を一枚一枚乗客に支給するのである。

三原警部補はこの点に注目してスチュワーデスに、その便で何か印象に残るようなことはなかったか、ときいた。ところが、ここでも、スチュワーデスからの記憶は得られなかった。

スチュワーデスの機上での仕事は、乗客に簡単なランチを配ったり、キャンディを配布したり、お茶を配布したりするサービスだ。だから、毛布を配布することも通常のサービス業務なので、特に峰岡周一の人相に記憶はなかったのであろう。

こうして、福岡行旅客機についての峰岡周一の手がかりはまったくつかめなかった。

3

三原紀一のところに、福岡の鳥飼重太郎から手紙がきた。

事件が始まってから三度目の手紙であった。

この前、峰岡周一が撮ったという写真の複写を送ったついでに依頼したときの返事で、鳥飼重太郎は二月六日の午後八時〜九時ごろ、峰岡が食事をしたという博多の〝うめや〟という食堂のことを知らせてくれた。その店は駅の裏手にあり、八時から九時というのはいちばん混雑する時間であること、峰岡のことは誰も覚えていない。もちろん、いなかったという証拠もないことであった。それが二度目のこの前の手紙であった。

三原は急いで封を切った。

「その後ご精励なことと思います。また相模湖畔の事件についても、日夜ご苦労を重ねられていることと思います。私も陰ながら一日も早く事件の解決することを祈ってやみません。

その後、峰岡周一氏について新しいことがわかりましたのでお知らせします……」

厚い壁の前に立って、どうにもならない状態のときである。三原は手紙の文句を読まない先に、早くも一条の光明が洩《も》れてくるのを期待した。

「前便にも申しあげたとおり、峰岡周一氏は二月七日午後一時より当地の大東商会に姿を見せたことは間違いありません。同商会の人が全員証言していることですから、この証言は十分信憑性《しんぴょうせい》があると思います。

ただし峰岡氏の用事というのは、前文にも申しあげたとおり、業務についてさして大切なというほどのことではありませんでした。思うに峰岡氏は、その趣味としている俳句の関係で長年あこがれていた門司の和布刈神社の神事を見て、ついでに同商会に立ちよったことと思います。

同氏はここで五十分ばかり雑談を交わしております。すなわち、二時前に同商会を出て、博多発十六時三十分の《あさかぜ》に乗っているのです。

ところで同氏が二時すこし前に出て《あさかぜ》に乗るまでの時間、約二時間半ばかりをどこでどうしていたかこれまであまり気をつけていませんでした。というのは、これは相模湖畔の犯罪とあまり関係がなさそうだからです。

しかし、私はこのことにふと疑問を抱きました。本当にその時間の同氏の行動は、その前夜に行なわれた湖畔の凶行と関係がないと言いきれるかどうか。地理的にも、時間的にも、事件発生とはまったくかけ離れているので問題にしていなかったのですが、私はこれを少し洗ってみようと思いました。そこでまた、何度目かに大東商会を訪問したわけです。

ところが、同商会の事務員は峰岡氏を玄関の外までは見送ったが、それ以上行動を共にしていません。同商会は市内渡辺通りにあるのですが、そこは市内電車通りになっています。停留所は商会から約一町歩いたところにあり、これは同商会側から駅に向かう進行方向であり、反対側は福岡市目抜き通りの岩田屋デパート前の交差点になります。

峰岡氏を見送った事務員の一人は、同氏は停留所の方に向かわず逆の方向を歩いて、おりから来かかったタクシーを呼びとめたというのです。

その事務員はそこで見ていると、タクシーは駅の方に向かわず、逆の岩田屋方面に方向を変えて走り去ったそうです。事務員は多分峰岡氏が乗車するのに時間があり、市内を見物するのだろうと思っていたそうです。岩田屋デパートの下からは久《く》留米《るめ》までの西鉄電車が出ています。

ところが、ここに、おもしろい聞込みがあります。同商会の社員の一人ですが、この人が、偶然岩田屋デパートの中を歩いていると、ちょうど西鉄営業所のある窓口に峰岡氏が立っていたそうです。社員は、よほど声をかけようかと思ったが、あまり面識がないので遠慮したそうですが、その立っている窓口が少々奇妙でした。つまり、そこは普通の乗車券を売る窓口ではなく、定期券を出す窓口に違いなかったというのです。

私はこのことを特別に考えて、あなたに知らせたくなりました。これが普通の乗車券を出す窓口だと、峰岡氏が西鉄の電車に乗ってどこかに行ったと思うのですが、定期券を売る窓口にいたということが気持に引っかかりました。東京在住の峰岡氏が西鉄の定期券を買う必要がないからです。多分、峰岡氏はその窓口の近くで誰かを待ちあわせたのではないでしょうか。それ以外に考えようがないのです。これは午後二時半ごろだったそうです。このことを、一度、峰岡氏に当たっておききになったらいかがです。なんでもないことですが、あんがい、思わぬ材料が拾えるかもしれません。

あまりお役に立たないことを書いてすみません。また、私の方も心がけてできるだけの聞込みをやってみましょう。また、こちらにご用件があれば、いつでも遠慮なくお申しつけください。できうる限りご協力申しあげたいと思います。

鳥飼重太郎」

三原紀一は読みおわって、ぼんやり考えた。

なるほど、ふしぎな話だった。峰岡周一はなんのためにデパートの階下にある西鉄の窓口に現われたのであろう。窓口は定期券売場だったという。むろん、峰岡には用のないことだ。鳥飼の言うように、そこで誰かを待ちあわせたと思わねばならない。電車の改札口は、どこでも普通券の窓口が混みあう。定期券を取りあつかう窓口は、更新日が集中しないかぎり閑散としている。人を待ちあわせる場所としては格好といえる。

三原は、峰岡周一に会ったとき、彼が西鉄に立ちよったなどということは、一度も聞いていなかったことを思いだした。もっとも、これは、彼が故意に隠しているのか、それとも些事《さじ》のために省略しているのか、わからなかった。隠しているとすれば、もちろん、犯罪に関連しているだろうし、忘れたとすれば、関係なさそうに思える。

しかし、現在、行きづまっている状態では、見のがせない一事だった。いずれにしても、もう一度、峰岡周一に会う必要がある。三原紀一は、今度は部下を使わずに、直接、自分が彼に会ってみることにした。

天気のいい日である。彼は三宅坂《みやけざか》まで歩いて都電に乗った。春が来たような暖かい陽射《ひざ》しのなかを人びとが歩いている。堀端《ほりばた》の白鳥を新聞社の写真班が写していた。多分〝水ぬるむ〟というような題名でも付けて大きく出すのだろう。極光交通の事務所の近くに行くと、タクシー駐車場の広場は、車が数台見えただけだった。非番の運転手らしいのが日向《ひなた》ぼっこをしていた。峰岡専務を訪ねてきたと受付で言うと、すぐに応接間に通された。これで二度目である。

女給仕がお茶を運んで去ると、入れちがいに恰幅《かっぷく》のいい峰岡周一が柔和な笑みを浮かべてはいってきた。

三原も笑顔を浮かべて立ちあがった。

「またお邪魔しています」

「どうぞ、どうぞ」

峰岡周一は掌《て》をつき出して椅子にすわるようにすすめ、

「すっかり春になりましたね」

と、窓の外を一瞥《いちべつ》した。その窓には、芽の出かかっている柳の梢《こずえ》が垂れさがっていた。

「今日なんかは外を歩いた方が気持がいいくらいです」

三原も言った。

「そうでしょう。かえって暖房の中の部屋が気持が悪いくらいですな」

峰岡周一も相槌《あいづち》を打った。

「ところで今日は」

と、三原は切りだした。

「その散歩ついでにお宅の前を通りかかって、つい、お邪魔をする気になりました」

「そうですか」

峰岡専務は、自分で接待煙草《たばこ》の蓋《ふた》をあけ、三原にもすすめて、一本を口にくわえた。

「それはよくおいでくださいました。もし、ご用があったならば、お電話くだされば、いつでも参りましたのに」

「いや、そんなたいしたことじゃないんですよ。ちょっとばかりうかがえばすむことですからね。実は、ぼくも庁内にいるより外を歩きたかったものですから」

「そりゃどうも。で、何か御用というのは？」

「たいしたことではありません。実は峰岡さんが二月七日に博多の大東商会にお寄りになったことは、前にもうかがいましたね。その後のことなんですが、気にしないでください。峰岡さんの姿を西鉄の窓口で見かけたという人が現われましてね」

三原は峰岡周一の瞬間の表情を観察したが、相手は平然としていた。

「ほう。私をそんな所で見たという人がいたのですか？」

「やはり博多の人ですがね。岩田屋デパートの中を歩いていて、偶然、西鉄の出札口に、あなたが立っておられるのを見たのだそうです」

「ああ、そんなことですか」

峰岡周一はなんでもないように言った。

「実は、太宰府《だざいふ》の近くの都府楼址《とふろうし》を見にいったのです」

「都府楼址？」

「ご承知でしょうが、太宰府の役所のあった址《あと》です。現在は礎石ばかりになっていますが、やはり俳句を詠《よ》む場所としては知られています。きっと、私がそこで切符を買っていたのを見られたのでしょう」

筑《つく》紫《し》俳《はい》壇《だん》

1

三原警部補は九州の地理に詳しくない。去年、博多の鳥飼重太郎に呼ばれて遊びにいったことがあるが、むろんまだ不案内だ。

いま峰岡周一が当日に都府楼址に立ちよったと聞かされても、すぐぴんとこなかった。

もっとも、この話は、前回に三原が彼に会ったとき出なかったことだ。もし、カンぐれば、峰岡は大東商会の社員に西鉄の出札口でその姿を見られたと聞かされて初めてそれを言いだしたのだから、彼の言いわけと取れないこともないのだ。

三原はこの点をもう少し突っこんでみることにした。

「ははあ。ぼくはあの辺のことはよく知らないんですが、その太宰府の都府楼址というのはなんですか?」

「いや、ごもっともです。東京から福岡に遊びにいかれるかたもめったにそんなところに行きませんからね。まあ、われわれ俳句をやるような、もの好きが訪れるところですよ」

峰岡周一はやわらかい微笑を眼もとに漂わせた。

「西鉄電車は博多の天神ノ町の岩田屋デパートの下から、久留米、大牟田《おおむた》まで出ていますが、都府楼址というのは、ちょうど久留米までの中間に当たります。ですから、博多から、ほぼ三十分ぐらいですね」

「なるほど。でも、その駅から降りて相当距離があるんですか?」

「十分ぐらい歩かねばなりません」

と峰岡周一は答えた。

「そこには、都府楼の礎石がそのまま残っていましてね。ご承知のように、菅原道真《すがわらみちざね》が太宰府に流されたとき、断腸の思いで詩を作っていますが、その中に詠みこまれている鐘声もこの都府楼の近くにある観世音寺《かんぜおんじ》のものなんです。今でもその鐘は残っていますがね。われわれのように俳句をやる連中は、この都府楼址から観世音寺までを一つの遊歩コースにしていますよ」

「ははあ。すると、あなたはそこから観世音寺までお歩きになったんですか？」

「いえ。私はその晩の夜行で東京に帰らなければなりませんでしたからね。とても、そんな時間はありませんよ。ただ、都府楼の礎石に腰を据《す》えてぼんやりしていたんです。この辺一帯は、まだ田圃《たんぼ》が多く、農家が遠くにちらほら見えるだけですからね。茶店なども閉《しま》っていました。ちょうど二月のことですから、寒い風が吹きわたり、荒廃した歴史の跡を探るにはふさわしかったです」

「あなたは、そこでどのくらい時間を費やされたのですか？」

「そうですね。四十分もいたでしょうか」

「四十分？　そんなに長く同じところを見物されたわけですか？」

峰岡周一は微笑した。

「実は、私は句作をそこで練っていたのです。ついでですから、そのときの駄句《だく》をお目にかけましょうか？」

「ほう。それはありがたいですな。私は文芸方面には全然門外漢ですが、一つお作を拝見させていただきましょうか」

「恥ずかしいですな」

峰岡周一は引出しから便箋を取りだして、たちまち二つの句を並べて書いた。

「これです。どうも、お目にかけるようなシロモノではございませんがね」

峰岡周一は、いかにもそこで時間を消したという証拠をみせるように、自作を披露《ひろう》した。

二つの句は次のように書かれてある。

○天平《てんぴょう》の礎石にわが影の凍《い》ており

○礎石ゆびに触れて歴史の冷たさ

三原紀一がその句に見入ったあと、

「ははあ、あなたは前衛俳句の方ですか?」

「いや、そうじゃないです。私は、もともとホトトギス派ですがね。でも、最近、前衛俳句にも興味を持ってきたのです。この句がそのハシリみたいなものですよ」

峰岡周一は懇切な説明を加えた。

「いや、私は、いま申しましたように、まったく無風流な人間ですから、お作の句が良いか悪いか失礼ながらわかりません。しかし素人《しろうと》考えでも、なるほど、感じはよく出ていると思いますよ」

三原は感想を言った。

「いや、どうも。おほめにあずかって恐縮ですな」

峰岡周一は頭を下げた。

「これでも、俳句は相当やったつもりですが、やはり、いっこうに進歩しません」

しばらく雑談がつづいたが、三原としては、峰岡がなぜ二月七日の午後二時半ごろに、博多の西鉄切符売場に立っていたかの説明を聞けばそれでよかったのだ。

「どうも、長いことお邪魔しました」

ころあいを見はからって三原は立ちあがった。

「いえ、こちらこそ、駄句などをお見せして恐縮しました。また、どうぞお遊びにいらしてください。たいていはここにいますから」

峰岡周一は相変わらず如才がなかった。三原を出口まで見送り、なれたもの腰でお辞儀をした。三原が事務所から道路への出口に向かうと、五六人の運転手たちがタクシーを掃除していた。

警視庁に帰って、三原はいちおう峰岡から聞いた話をメモした。ついでに、いま聞いたばかりの彼の俳句を二つ書きとめておいた。うまいのかへたなのかやはり判断がつかない。しかし、筑紫の史跡に冬陽《ふゆび》を浴びながら逍遥《しょうよう》している彼の姿が、ある程度にはこの二つの俳句から浮かびあがってくる。和布刈《めかり》神事をわざわざ東京から見にいったという俳句好きの男だけのことはあった。

ここで、三原は考えた。

これほど俳句に熱心な男なら、俳句の雑誌などに拠《よ》ってその作品が掲載されているかもしれない。たとえ雑誌の発表でなくとも、どこかの俳句同好会に所属しているかもしれない。この点は、どうなのだろうか。

さらに、彼の句歴は相当古いものでなければならぬ。最近に始めたとなれば、これは少々考えなければいけないのだ。三原は、重大な点を聞きおとしたと思った。

彼はこれに気づくと、さっそく、峰岡に本庁から電話をした。

「峰岡さんですか、先ほどは失礼しました」

「いや、何もおかまいできませんで……」

電話口の峰岡の声は、先ほどの面会のつづきのように調子が変わらなかった。

「いまお作の俳句を私の方の俳句の好きな連中に拝見させてやったのですがね」

「ほう、それはまた……」

「いえ、無断でそんなことをして申しわけありませんが、その連中が言いますには、たいへん立派な句だそうです」

送受器は峰岡の照れたような笑いを伝えてきた。

「いや、どうも」

2

「つきましては、私の方にも、俳句に熱心な連中がかなりいましてね、グループを作って句会を催しております。庁内でガリ版の同人誌を発行していますよ」

「それは、それは。警視庁にもなかなか作家がいらっしゃるわけですね」

「本当です」

今度は、三原が笑い声を立てた。

「美術、音楽、それぞれの分野で活躍していますがね。したがって、俳句も短歌もやっているわけですが、俳句の連中が、峰岡さんは、相当句歴も古いんじゃないかと噂《うわさ》しております。そこで、どこの俳句の結社に所属しておられるか、知りたいものだと申しております。そこで、私がそれをおたずねする羽目になったのですが」

「いや、どうも。警部補さんは人が悪いですな。ああいうものを上手なおかたにお目にかけて、私は赤面のいたりですよ」

「いや、いや、どういたしまして。そこで、いまの質問ですが、峰岡さんの俳句歴と、所属結社の名前をお聞かせ願えませんでしょうか？」

「そうですな。まあ、そうおっしゃっていただけたならば、おくめんもなく申しあげましょう。そうですね、俳句の方はこれで戦時中からやっています」

「ほう、やっぱりね」

「昭和十七八年ごろからでしょうか、十代のころからで。いや、古いだけでいっこうに上達しませんが」

「ご謙遜《けんそん》です。ところで、所属の会の方はいかがですか？」

「はい。いちおうは、はいっています」

峰岡周一は、すらすらと答えた。

「『荒海《あらうみ》』という名前ですがね。海の荒れる、あの荒海ですよ」

「なるほど……荒海や佐渡に横たう天《あま》の川、の荒海ですね？」

「そうです。詩の方に荒地《あれち》というのがありますから、こちらは海でいこうというわけです。千代田区駿河台《するがだい》××番地、江藤白葉《えとうはくよう》方がその同人俳句雑誌の発行所になっています」

三原紀一はすぐに鉛筆をとってメモした。メモと鉛筆とはいつでも間に合うように横に用意してある。

「このかたがグループの指導者格というわけですね？」

三原は、書き取った白葉という俳号を見つめてきいた。

「そうなんです。この人は虚子《きょし》門下でしてね、奥さんもいっしょに俳句を作って、女流俳人としても認められています。もうどちらもご老人ですがね」

「何か、ほかの仕事をお持ちなんでしょうか？」

「本業を持っています。駿河台でも明治大学の坂を都電の方に降りますと、途中で左に曲がる道があります。そこを二三軒行くと経師屋《きょうじや》がありますがね、そこが江藤先生のお宅です」

「そうですか。いや、何度も面倒なことをおたずねして申しわけありません」

事実、三原は峰岡がなんのこだわりもなくすぐに言ってくれたので、かえって気の毒になった。もしや、こちらがよけいな疑いをかけすぎているのではなかろうか。峰岡周一がそれと感じながらも、いっこうに腹を立てることもなく、快く返事をしてくれているのだったら相すまない気持だった。

「どうもありがとうございました。本当にたびたびお邪魔してすみません」

三原紀一は送受器をゆっくりと置いた。そのあとでもまだ峰岡と話しているような気持になっていた。

――峰岡周一の話で、彼が唐突に俳句の話を持ちだしたのでないことがわかった。つまり、彼が門司の和布刈神社の神事を見にいった理由が俳句にあったのは、きわめて自然であったのだ。言いかえると、俳句は単なる彼の口実ではなかったのである。しかし、これは峰岡周一が自分で言うだけのことで、実際にそうであったかは第三者にきいてみなければならぬ。

三原は、電話帳を持ってこさせて、江藤白葉の番号を調べた。〝駿河台××番地　江藤順平《じゆんぺい》　表具師〟と出ている。

三原は電話をかけた。出てきたのは中年の女の声だった。

「こちらは警視庁の者ですが、ご主人はいらっしゃいますか?」

相手の女の声は、すぐに男の嗄《か》れたそれに代わった。

「私が江藤ですが」

「お呼びたてしてすみません。少し事情をおききしたいことがありますので、こちらからうかがいたいと思います。いまご都合はよろしいでしょうか?」

「はあ。結構です。……しかし、どういう筋あいのことでしょうか?」

「いや、決してご心配になるようなことじゃありません。俳句のことで、少し教えていただきたいのです」

「俳句？」

「あとでお目にかかって、詳しくお話ししたいと思います」

三原は相手の不安を拭《ぬぐ》うように、できるだけていねいに述べた。

警視庁と駿河台とは、タクシーを飛ばせば二十分とかからない。経師屋は、峰岡周一が言ったように神田からの坂道をお茶の水の駅の方へ上がる途中、右側に折れた角にあった。経師屋としては高級な方らしく、店の構えも、骨董《こっとう》商を思わせる上品なしつらえであった。

江藤白葉は、五十四五ぐらいの、真っ白い頭をした男だった。彼は職人の働いている仕事場の横を案内して、三原を店続きの客間に通した。白葉は大きな鼻と、落ちくぼんだ眼とを持っていた。

三原は世間話をしばらくしたが、白葉は相槌《あいづち》を打ちながらも、見当のつかない三原の用件に、かすかな不安を顔に現わしていた。

「ところで今日は電話で申しあげたように、俳句のことをうかがいにきたのですが……」

三原は切りだした。

「それは、私に俳句を教えろということですか？」

と白葉はききかえした。

「いいえ、そうじゃありません。だんだんお話ししますが、江藤さんは『荒海』という俳誌を主宰していらっしゃるんですね？」

「はい、そうです」

「その同人に、峰岡周一さんというかたがいらっしゃいますか？」

「峰岡さんなら、よく知っています」

白葉はあかい鼻のすわっている顔を上下させてうなずいた。

「実は、その峰岡さんのことでうかがいに来たのですよ」

「峰岡さんが何か不都合をしたのですか？」

白葉は驚いた顔をした。

「いや、決してそうじゃありません。これはここだけの話にしていただきたいのですが、ある事件が起こりまして、峰岡さんのことが、それに相当影響しているのです。といって、峰岡さんが犯人だとか、被疑者だとか、そういう立場では決してないのです。いわば、参考人といった程度です」

「なるほど。決して口外はしませんから、なんでもおききください」

白葉は自分に関係したことでないとわかって、にわかに元気そうに答えた。

「ありがとうございます。峰岡さんは、ご自分では俳句歴が古いように言っていらっしゃいますが、それは本当ですか？」

「本当です。そうですな、たしか、昭和十七八年ごろからおはじめになったんじゃありませんか。もっとも、私の方に同人として加入されたのは戦後ですが。昭和二十五年ごろからです」

「すると、『荒海』にも作品が発表されているわけですね？」

「たびたび掲載されています。作品はずばぬけて秀抜《しゅうばつ》というほどではありませんが、ときどき、おもしろい句を作る人です。私の方の雑誌では、三度ぐらい巻頭を取ったように思います」

3

江藤白葉の言葉で、三原紀一は峰岡周一の語ったことに嘘《うそ》のなかったことがわかった。

「お人柄《ひとがら》は、どういう人でしょう？」

三原は質問をつづけた。

「そうですね」

　白葉は少しの間考えていたが、

「私とは、俳句以外のプライベートなつきあいがないので、詳しいことはわかりません。しかし、たとえば、句会があるようなときなど姿を見受けますが、おとなしい紳士だと思いますね。それに如才もないし、俳句の投稿の方も熱心ですから、同人の間には、好感を持たれています」

「なるほど」

　三原は話を聞きながら、この座敷の模様をそれとなく眺《なが》めまわしていた。さすがに俳人だけに、座敷の隅《すみ》に置かれた机の上や、その傍《そば》に俳句の雑誌が積みあげられている。『天狼《てんろう》』『天の川《あまがわ》』『馬酔木《あしび》』『自鳴鐘《じめいしよう》』『ホトトギス』『山塔《さんとう》』などの背文字が漫然と眼に映った。

「ずいぶん、方々から俳句の雑誌が送られてくるんですね？」

　三原が言うと、白葉もその方を振りむいて、

「なんですか、こういうことをしていると、やたらと雑誌を送っていただきます。もっとも、こちらもお送りして、ほとんど交換誌になっていますがね」

「すると、全国ほとんどの俳誌がくるわけですね？」

「そうなんです。北は北海道から、南は九州の果てまで、と言うと、少々、大げさに

なりますが、とにかく、鹿児島県あたりのも送ってきますからね」

白葉が九州という名前を出したので、三原はちょっと興味を起こした。

「北九州にも俳句の同人雑誌がありますか？」

「あります。たとえば、『自鳴鐘』『枳殻火《ながらび》』『筑紫俳壇《つくしはいだん》』などといったところが目ぼしい雑誌でしょうね」

「それは、どの辺で発行されているんですか？」

「たいてい、福岡県ですが、佐賀、長崎といったところも多少あります。しかし、なかには資金が不足なのか、思いだしたように送ってくるのもあります」

「ははあ」

三原が俳句の雑誌のことを言いだしたので、白葉はうれしがって、自分でもその九州の俳誌を、積みあげた雑誌の間から抜きだして持ってきてくれた。

「恐れいります」

三原はぱらぱらとページをめくったが、いずれも三十二ページ前後のうすっぺらなものだった。彼は、ふと、囲いもので予告の記事が出ているのが眼に止まった。

三原は、改めてその雑誌の表紙を読みかえした。『筑紫俳壇』という文字が、薄緑色の表紙に草書体で書かれてあった。

和布刈神事吟行

恒例により、来たる二月七日（旧暦元旦《がんたん》）午前一時より四時までの間に行なわれる和布刈神事を拝観し、つづいて句会を現地で催したいと思います。参会希望のかたは、二月六日午後十一時半までに門司港駅前にご参集ねがいます。西鉄の厚意により、そこから特別バスにて和布刈神社に行き、社務所で休憩します。ご希望のかたは、一月二十五日までに当社幹事までお申しこみください。なお、当夜は寒気きびしいことと思いますので、なるべく厚着をしてきてください。

三原は顔を上げた。

「『筑紫俳壇』というのは、古くからある俳誌ですか？」

「わりと古いですね。それも昭和七八年ごろだと思います。主宰者の大野《おおの》残星《ざんせい》は、福岡の禅寺の坊主でしてね。ぼくもよく知っています。この男も古い虚子門下でした」

「この予告を見ると、和布刈神事の吟行は、例年のようですね」

「そうです。『筑紫俳壇』は、福岡で発行されているのですが、土地がら、門司が近いために、やってるようですな」

「この和布刈神事というのは、俳句の方でも有名なんですか?」

「わりと知られています。そのことを主題にした秀句も、少なくはありません。私の記憶している限りでも、注連《しめ》たれて和布刈の手桶《ておけ》岩にあり(蘭女《らんじょ》)和布刈禰宜《ねぎ》二つの袂《たもと》背に結ぶ(晴)というようなのがありますよ」

「それについて」

と、三原は吸いつくした煙草を灰皿《はいざら》に揉《も》みけした。

「峰岡さんは、今年の和布刈神事を見にいったということですが、お聞きになりましたか?」

「もちろん、聞きました。いや、聞くも聞かないもない。彼は私に、和布刈神事に行きたいが、どういうふうに行ったらいいか、と相談しにきましたからね」

「ははあ。それはいつごろですか?」

「たしか、今年の一月の終わりごろだったと思います」

「私は峰岡さんにその句を見せてもらいましたが、そのよさがよくわかりません」

三原はわざと言った。

「そうですね、正直に言って、あの句は私もあまり賛成できないのです。しかし、当人としては、たいへんうれしかったようですよ。いろいろと、帰って話をしてくれました」

「福岡の郊外に都府楼址というところがあって、そこへも峰岡さんは寸暇をさいて見にいったということでした。それをお聞きになりましたか？」

「そうですか。さあ、それは聞かなかったようですが」

「ほう。お聞きになっていないんですか？」

「聞いたかもしれませんが、私が忘れたのかもわかりませんね」

白葉は、さすがに用心深く答えた。

一つの発見

1

峰岡周一が門司の和布刈《めかり》神社の神事を参観するのも、福岡郊外の都府楼址《とふろうし》にゆくのも、彼が俳人ならば当然であろうと、三原警部補は江藤白葉の家を出てから思った。

和布刈神事はすでに俳句の季題にもなっている。白葉の話だと虚子編の『新歳時記』にも収録されてあるという。

いま見せてもらった『筑紫俳壇』にも、その吟行の予告が出ていたくらいだ。近い土地だけに、それは毎年の行事になっているのであろう。

また白葉の言葉では、都府楼址もしばしば博多や北九州あたりの俳人が吟行を試みる場所だそうである。奈良朝時代のこの遺跡は、歴史の哀歓を偲《しの》ぶ場所として格好なものかもしれない。要するに、この二つの所に峰岡が現われたことは不自然ではないわけだ。

しかし、三原は、理屈の上ではそれがわかっても、まだ気持の中にそれが溶けこまなかった。どこかで引っかかるのである。

それは、結局、峰岡の行動に作為が感じられるからだ。いわば、彼はあとから第三者に調べられる場合を予想して行動したといった感じが強い。――

電車の窓から見ると、千鳥《ちどり》ヶ淵《ふち》あたりの堀端《ほりばた》に、子供づれの家族がのんびりと歩いている。柳もだいぶ芽をふいていた。

電車の乗客も、気候がよくなったせいか、居眠りしている姿も見受けられた。ちょうど、三原の斜め前に、二十二三ばかりの女性が本を膝《ひざ》にしながらうとうととしている。本は膝から何度も落ちそうになったが、女性は眠りながらもそれを指先で無意識に支えている。

車掌の厚ぼったい冬外套《ふゆがいとう》がこの天気だと暑苦しく感じられるくらいだった。

電車は三宅坂《みやけざか》に止まった。三原が立つと、居眠りしていた娘さんも、目ざまし時計が鳴ったようにふいと眼をあけて腰を浮かした。そのしぐさがいかにも自然だった。彼女は三原のすぐ前を車掌台の方へ歩いていったが、ハンドバッグから定期券を出すと、手品師のような手つきですばやく車掌に見せて降りた。

定期券。――

三原は三宅坂から警視庁へのだらだらの勾配《こうばい》を歩いた。

――峰岡周一は西鉄の定期券売場の前に立っていた。

あれは人を待ちあわせるために立っていたのだろうか。それとも、実際に定期券を買うためにいたのだろうか。普通、利用者が申しこむと、窓口では定期券を作製するためちょっと時間がかかる。峰岡周一がその窓口のあたりに佇《たたず》んでいたのは、その作製を待っていたからだろうか。

峰岡周一の言葉によれば、自分がいたのは定期券売場でなく、その隣りの都府楼址行の出札口にいたのだという。

しかし、三原警部補は、この部分だけが峰岡周一の用意していなかった盲点だという気がする。なぜなら、峰岡はこちらがきくまで都府楼址行のことは黙っていたではないか。彼が初めてそれを告げたのは、三原が質問してからなのだ。

すなわち、峰岡周一は門司の和布刈神事を見て、その日の八時ごろ小倉の大吉旅館にはいり、しばらく少憩して博多に向かい、大東商会を商談のために訪れた。そして、その日の夕方の《あさかぜ》で東京に帰った——これが最初の供述だった。大東商会からすぐに列車に乗ったようなことになっていて、都府楼址行のことは最初の話には脱落していたのだ。

もっとも、人間には重要でない部分を話から省くこともあり、また忘れることもある。しかし、三原は、峰岡がその西鉄の窓口に立っていた点だけを故意に省略したように思うのだ。

峰岡周一にとっては、まさか自分が岩田屋デパートの西鉄出札口に立っているのをほかの人間に目撃されたとは知らなかったに違いない。東京とは違って、旅先の博多だ。それを聞かされたときの彼は、おそらく内心、ぎょっとしたのではあるまいか。

第一、カメラを持っていたという峰岡が都府楼址に行って、そこを撮影せぬはずはないのだ。あれほどあとのために備えて、入念にフィルムに自分のアリバイを写しとっているのだから、都府楼址もその一環として当然撮影しておかなければならないところだ。フィルムのコマ数はまだ未撮影のものがあるくらいあまっていた。これはおかしいではないか。――

もっとも、峰岡にそれを追及しても、写欲がわかなかった、と言われればそれまでである。

いつのまにか警視庁の前に来たが、三原は庁内にはいる気がしなかった。彼はその前を素通りして日比谷公園の方へ向かった。玄関前に立っている警備巡査が少しふしぎそうな表情をして顔なじみの三原の素通りする後ろ姿を見送っていた。

公園はサラリーマンで賑《にぎ》わっている。時計を見ると、十二時半だった。昼休みの時間を利用して、近くのオフィスの人たちがひとときの憩《いこ》いをここに求めているのだった。BGが、花壇や、公園内の花屋に集まっていた。

三原はゆきつけの喫茶店にはいった。

「いらっしゃい」

女の子が三原の顔を見て隅《すみ》の席を指さした。

「空《あ》いていますわ」

いつも三原がそこに好んですわるので、店員も知っている。

――峰岡周一は都府楼址に行ったのではない。

三原は決断をくだした。

峰岡周一が自分に話した都府楼址の情景は、そのときに行ったのではなく、彼がかつて訪れたときの経験を言っていたのだ。つまり、彼がふいと都府楼址を持ちだしたのは、自分の姿が不用意にも西鉄の前でたれかに見られた事実を聞かされて、その弁解に役立てたのだ。

では、なぜ、彼は定期券売場に立つ必要があったか。すでに彼の都府楼址行を打ち消した以上、峰岡は普通券売場の前に立っていたのではないことになる。彼はあきらかに目撃者の証言どおり、定期券売場に用事があったのだ。

しかし、この場合、その売場の前が閑散としていることから、人と待ちあわせていたということも考えられる。が、三原はそれを除外した。なぜなら、峰岡周一が知人と待ちあわせていたのだったら、そのことが公明なかぎり、三原に正直に言うはずである。

それがあまり人に知られたくない人物との面会のためだったとしたらどうだろうか。いや、それだったら、なにも人目の多い開放的な出札口前という場所を選ぶことはないのである。もっと遮蔽《しゃへい》された場所が適切なはずだ。

つまり、峰岡周一は西鉄前では誰とも会うつもりではなかったのである。彼はそこに一人で佇んでいたのだ。

――峰岡周一はたしかに普通定期券を買ったのだ。係員がその券を作製するまで佇んで待っていたに違いない。

では、この想定を起点として推定の線を延ばしてみるとしよう。

むろん、峰岡は東京の生活者だ。博多にめったに来ることのない彼が、どこに西鉄の定期券を買う必要があろう。

岩田屋デパートの西鉄駅で取りあつかわれている定期券の範囲は、福岡市内はもとより、南は久留米《くるめ》、大牟田《おおむた》、柳川《やながわ》まで含まれている。東は箱崎《はこざき》から福間《ふくま》（博多と折尾《おりお》駅のほぼ中間に当たる）までである。これは、三原が福岡県の地図を調べて知ったことだ。

だが、この西鉄管内のどこにも、峰岡周一の定期券を買わねばならぬほど頻繁《ひんぱん》に行く土地はなさそうである。

――しかし、峰岡は定期券を買っている。

これは、福岡の西鉄営業所に保存されている定期券申込書を調べればすぐわかることだ。しかし、おそらく、峰岡は偽名を使っているに違いないから、その中から峰岡周一の手がかりを発見するのは困難であろう。

だが、峰岡は必要があるから定期券を買ったのだ。——

三原警部補は熱いコーヒーをすすりながら、自分の考えを追う。

——いったい、峰岡はどこでその定期券を利用しようとしたのだろうか。こちらが気がつかない峰岡の利用区間が、この福岡を中心とした西鉄管内のどこかにあるのだろうか。

しかし、どう考えてもこれは不自然だ。峰岡はいつも東京にいて、東京で働いている。定期券を利用する以上、彼は始終福岡に来ていなければならないことになるが、彼の福岡出張は年間に数度で、しかも、大東商会にくるのが目的である。

すると、峰岡は誰かに定期券を買ってあたえようとしたのではなかろうか、という想像が浮かぶ。

ここで三原の頭には、いま相模湖畔《さがみこはん》から逃走した例の女のことが現われる。被害者の土肥武夫と一緒に湖畔の旅館で食事を共にし、散歩に出たまま姿をくらましたあの女である。

その女は、峰岡とは無関係ではないと三原は直感的に思っている。いまだに東京都内からなんの手がかりも発見されないところを見ると、彼女はあるいは東京の女ではないのかもしれない。

もし、その女が福岡市周辺の居住者だとすれば、峰岡が定期券を彼女に買いあたえたとも想定できるのだ。これは峰岡と彼女とは土肥武夫殺しで共謀だったという前提に立ってである。

だが、ここでもう一つの疑問がわくのだ。では、峰岡はなんのために自分で彼女の定期券を買わねばならなかったかだ。

相模湖畔の犯行は、峰岡が定期券を買ったはずの七日の前の晩である。もし、その女が共犯とすれば、彼女はその晩、東京都内のどこかに泊まり、あくる朝の列車で東京を出発したことになる。しかし、これだと峰岡が西鉄駅の窓口付近に立っていた七日の午後二時半ごろにはとうてい博多には到着できない。

飛行機ならそれが可能である。

三原は手帳を取りだして旅客機の時間表を調べた。すると羽田発八時五十分の日航機は、十二時三十分には板付に着く。板付から天神ノ町の西鉄駅までは車で約四十分だ。これだと西鉄窓口に立っている時間内には悠々《ゆうゆう》と間に合うわけである。

しかし、前の捜査の段階で峰岡の女関係を洗ってみたが、彼の周囲からは該当の女は発見できなかった。だが、その女が博多の者だとすると、峰岡の友人や知人は遠地のためあんがい気がつかないでいるのではなかろうか。

三原は峰岡がその女のために定期券を買ったと仮定した場合、その女の身もとはかなり限定されてくると思った。

①女は福岡市の内外に居住していること。

②勤めをもっていること。

③その勤め先は西鉄沿線を利用する範囲内にあること。

④定期券は通学、通勤、普通定期にわかれているが、彼女は学生とは思えないから勤め人もしくは、頻繁に沿線を利用する必要のある職業をもっていること。

⑤相模湖畔の旅館の女中の証言にもあるように、その女は水商売ふうだったというから、福岡市内の料亭かバーの女ではなかろうか。

峰岡がその定期券を申しこんでいれば、女の名前で西鉄の営業所に、そのときの申込書が残っているはずだ。買った日付けもわかっていることだ。

(これは福岡署の鳥飼刑事にききあわせてもらおう)

万事はそのあとだ。三原はコーヒーの残りを飲んだ。

しかし、ふと、ここでまたかねての疑問が頭をもたげてきた。例のフィルムのことだ。

峰岡周一が西鉄の駅前に立っていたことはそれでいいとして、まだわからないのは、フィルムに残っている和布刈神事のネガだった。

これが彼の絶対のアリバイとなっている。フィルムの撮影順序からすると、彼は完全に二月六日の夜中から七日の明け方にかけて和布刈神社の境内に立っていることになる。

だが、もしや、この部分だけは他人の撮影ではあるまいか、という疑惑が起こる。

つまり、ここでも協力者の存在である。

峰岡と、その協力者とがあらかじめ打合わせをしておいて、協力者が峰岡のカメラを持って和布刈神事の撮影に向かう。この場合、フィルムは峰岡が撮影した分をカメラに装塡《そうてん》したまま使用する。共犯者はそこで八枚の和布刈神事をフィルムに撮るのだ。

峰岡は相模湖の凶行を終えて、七日午前一時半発のムーンライト号で羽田を発《た》ち、五時十分に板付に着く。協力者は峰岡の到着を門司か小倉かのいずれかで待つ。旅客機を降りた峰岡が博多駅から列車で小倉に到着するのは、七時か七時半ごろであろう。ここで協力者と峰岡との間にカメラの受けわたしが行なわれる。峰岡はそのカメラを持って八時ごろ小倉の大吉旅館にはいり、残ったフィルムのコマで、旅館の係女中を撮影する。——

こういうふうに考えると、きわめて整然とフィルムの種明かしができるようだ。

しかし、問題は、その協力者の存在である。これは峰岡のアリバイを立てるために協力したのだから、共犯者と同じである。果たして峰岡にそこまでつくした人物がいたであろうか。

しかし、ここに直感がある。いちおう協力者の存在を考えはしたが、それがどうも素直に心にはいってこない。理屈だけが気持の上《うわ》すべりしているのだ。どうもピンとこない。

三原の直感は、峰岡一人の犯行と決めている。いや、もう一人は、例の逃走した女だった。彼女は相模湖畔の土肥殺しでは補助的な役目であろう。犯人としての登場者はこの二人以外ないような気がする。

では、その女が和布刈神事の撮影者だろうか。

それは絶対に不可能だった。あの女は二月六日の午後七時半ごろに被害者の土肥武夫と一緒に湖畔の旅館を出ている。彼女も門司の真夜中の神事にはとうてい間に合わない。この点峰岡と同じだ。

すると、やはり神事の撮影者は峰岡一人ということになる。しかし、峰岡の単独犯はフィルムの矛盾で、やはり厚い壁となっている。

（その場に居ないで、そのときの情景があとから撮影される方法があるだろうか？）

こんな都合のいいことがあればいいが、三原には、まだわからない。

現在は何もわからない。が、近いうちには、きっとそれが解けてくるだろう。そう思うだけでも、闘志はおとろえなかった。

3

三原はアパートに帰った。

事件が本部がかりとなると、帰宅の時間が遅れる。しかし、捜査が停頓《ていとん》すると帰りも早かった。捜査が進展して絶えず多くの捜査員たちが本部に出入りし、捜査会議に時間がとられたりすると、三原の帰宅は午前一時、二時になることがある。むろん、この方が張りあいがあるのだ。活気が、眠気も疲労も、身体から吹き飛ばしてくれる。だが、相模湖畔事件の捜査は、最も悪い状態にさしかかっていた。活気の代わりに倦怠《けんたい》がひろがっていた。速力のない、じめじめと湿っぽい不快な停頓だった。

安アパートのドアを軋《きし》らせてあけると、座敷で妻が誰かと向かいあうようにしてすわっている姿が見えた。相手はカーテンの陰で見えない。三原は黙って入口で靴《くつ》を脱いだ。

妻が立ってきた。

「お帰んなさい」

おや、と思った。妻は一人のようだった。

「お客さんではないのか？」

彼は靴を脱ぎながら妻の顔を見上げた。

「いいえ。どうして？」

「いま君が誰かと話していたようだったから」

「あら、そんなふうに見えましたか？　話し声はテレビですわ」

「なあんだ」

三原は座敷に上がった。

部屋の隅にこの前やっと月賦《げっぷ》がすんだばかりのテレビが据《す》えてある。そこで初めてテレビの声が聞こえたが、妻の癖でいつも声を小さくしている。画面は若い男と女の愛情場面が大写しで交互にくりかえされていた。

「ごめんなさい」と、妻は言った。

「おもしろいものだから、お帰りになってもすぐにテレビの前から立てなかったんですよ」

三原は上着を妻に渡して、ネクタイを解き、ちらりと画面を見た。

「消しましょうか？」

「いや、いい」

「でも、お食事はまだでしょう。テレビを消した方が、わたしは落ちつきますわ」

「そんなにおもしろいのか？」

「ええ。バカバカしいけれど、見ているとやっぱりこの前から動けませんわ」

妻はスイッチをひねろうとした。

「いや、そのままにしておいてくれ。飯ができるまでおれも見ている」

三原はそこにすわった。妻は台所で音を立てている。

画面が変わった。時計がいっぱいに現われて針が動いている。十時だった。ニュースが始まった。

国会の何かの委員会で、政府側と野党側とでやりとりが行なわれている場面を三原は眺《なが》めていた。ライトが眩《まぶ》しいのか、答弁に立つ大臣も、質問している委員も眼をちかちかさせていた。

「できましたよ」妻は食卓に皿《さら》を並べおわっていた。

「うむ」三原はテレビを見つめている。

「ニュースが終わるまでお待ちになりますか？」

「そうだな」

「食事をしながらごらんになったら？」

妻が三原の見やすいような位置に食卓の向きを変えた。

三原は茶碗《ちゃわん》を抱えた。テレビは今日の出来事を次々と写している。見ていておもしろいのだが、料理の味が身につかなかった。

「それ、お刺身ですよ」

「うむ」

「それ、市場に出ていた小エビをてんぷらにしたんですけど、どうかしら」

「ああ」

眼はそのとき皿に向かうだけだった。あとは画面にすぐ戻《もど》った。

いつのまにか味もわからないまま食事がすんだ。

「おもしろかった」と、三原はスイッチを切って湯呑《ゆのみ》を抱えた。

「そうでしょう。あなた、夢中でしたから。せっかく市場から買ってきたのに、ゆっくり味わってもらえないんですもの」

事実、三原は、近ごろ、テレビを見ていない。今日など偶然の機会だった。

考えてみると、ニュースは今日の午前中に写したものもちゃんと集録されてある。早いのには感心した。新聞は明日の朝刊でないとこれが出ないのだ。

「テレビの視聴率は、やっぱりニュースが高いんですって」

妻は自分も湯呑を抱えて言った。

「そうだろうな」と言ったが、三原は、ふいと、湯呑を掌《て》に止めた。

（いま見たニュースは、今日の午前中の出来事だった。自分がその場にいなくとも、あとでそのとき起こった情景が見られる）

彼は急に妻に言った。

「おい、スイッチを入れろ」

「何を思いだしたの？　今ごろおもしろい放送があるんですか？」

「なんでもいい。すぐつけてくれ」

妻はいったん消したスイッチをひねった。

「どこのチャンネルにするんですか？」

「どこでもいいんだ」

「変なかたね」

写しだされたのは時事解説だった。解説者がしきりと鞭《むち》を持って地図を示している。

「それはだめだ。ほかを回してみてくれ」

画面がかわった。西洋の映画だ。部屋の中で男と女が話しながら争っている。

次は広い道路を物凄《ものすご》い勢いで車が走っている。

三原はそれを凝視した。画面は白と黒だ。

(これがカメラにきれいに写るだろうか)

彼は瞬《また》きもせずに活劇を凝視していた。

(写るだろう。いや、きっと写る。普通の景色のように必ず写る)

三原は妻に言った。

「おい、カメラを持ってきてくれ」

妻は驚いた顔をした。

「なんですか、今ごろ?」

「なんでもいいんだ。フィルムはたしかまだ残っていたはずだ」

妻は立って箪笥《たんす》の袋戸棚《ふくろとだな》をあけた。カメラは、彼がボーナスで三年前に買ったものだ。

三原はレンズをテレビに向けた。妻が笑いだした。

「子供みたいね」

しかし、三原の表情は真剣だった。

レンズにはアタッチメントを付けなければならない。しかし、三原にその持ちあわせがなかった。

(明日、さっそく、アタッチメントを買おう)

彼はカメラを投げだして、仰向けに畳に寝転んだ。しかし眼は天井の一点を見つめていた。

(今年の和布刈神事は、地方テレビ局のニュースに撮影されただろうか?)

ありえないことではなかった。和布刈神事は北九州地方では有名な行事である。

撮影者が、その時刻、その現場に立たずに、そのときの状態とまったく同じ場面をフィルムに収めるには、この方法以外にない。

過去の出来事をそのまま再現するのは、テレビの録画か、映画のニュースである。

(そうだ、ニュース映画を、カメラに収めることも考えられるな。あれだと画面が大きいから、客席から自由に撮れる。アタッチメントの必要はない)

三原は妻が何か言いかけるのにも返事をしないで、天井の凝視をつづけていた。

(それはいい。だが、あの神事を写した次のコマが、当日の午前八時半ごろに、小倉の大吉旅館の女中を写しているのはどうしたことだろうか?)

ネガの秘密

1

ネガのコマには和布刈《めかり》神事のあとに小倉の大吉旅館の女中が写っている。

時間的順序にしたがえば、これで正確なのだ。しかし、三原の考えからすると、実は逆になっていなければならない。和布刈神事の写真は、大吉旅館のものよりずっとあとに撮影されたと思えるからである。

この和布刈神事のネガは七日午前三時前後の場面をうつしている。小倉の大吉旅館の撮影を午前八時半ごろとすれば、約六時間の間がある。

こう考えてくると、少しずつ峰岡の行動の謎《なぞ》が解けてくるような気がする。

峰岡は七日の午後一時に福岡の取引先、大東商会に立ちよっている。彼が帰京のため選んだ列車は、博多発十六時三十分の《あさかぜ》である。

この間の彼の行動といえば、例の都府楼址《とふろうし》に行ったという彼の言葉で説明がなされている。

しかし、彼が都府楼址に実際に行ったかどうかはなんの証明もないのだ。午後二時半から四時半まで果たして彼はどこに存在していたのだろうか。わずかにその一部を証明するのは、例の西鉄の窓口の前に彼が佇《たたず》んでいたという目撃だけである。

三原は、この間に峰岡がテレビのニュースで神事の場面を撮《うつ》したのではないかと考えている。ローカル・ニュースは地方のテレビ局で出しているし、未明の出来事が午後のニュースに出るのも、普通だ。

峰岡が西鉄の出札口付近に立っていたというのも、あるいは西鉄管内のどこかに峰岡の知人が住んでいて、その知人をあそこで待ち合わせ、いっしょに行ってその家のテレビから写したのではあるまいか。

(なんだか、わかってきそうだ)

三原は思った。

ところが、問題はまた前に戻る。

もしそうだとすると、ネガのコマ順は峰岡の撮影のとおり大吉旅館の女中の次に神事の場面がつづかなければならない。つまり、こうなるのだ。

①東京の会社のスナップ　②大吉旅館の女中　③和布刈神事

ところが実際のネガではこれが入れかわっている。

①東京の会社のスナップ　②和布刈神事　③大吉旅館の女中

しかも、この神事の場面は八コマも撮られている。

協力者の設定を排除すれば、峰岡一人の単独撮影に規制せねばならぬ。したがって、和布刈神事のネガは峰岡の撮影ということになるから、必然的にその写真は、あとで、記録映画類から複写したことになる。だが、そうなれば、このコマ順はいったいどう説明したらいいか。

しかし、この謎を解くのには、さして暇はかからなかった。

翌日、三原は警視庁に出勤すると、四階の鑑識課にすぐ上がっていった。

「黒崎君」

と三原は写真技師を呼んだ。

「フィルムのことだがね。あとから起こった出来事を、時間的には前に起こった出来事のコマの前に写すことはできないかね?」

「は?」

黒崎鑑識技師は、なんのことかわからないような顔をした。

「いや、こういうことだ」

三原は一通り説明した。話がニュース映画とテレビ映画からの複写のことになると、技師もにわかに興味を示してきた。

「なるほど、考えましたね」技師は長い顔を微笑《ほほえ》ませた。

「それはできないこともありませんね」

「なに、できる？」

「ええ、簡単ですよ」技師は説明した。

「もし、その人が計画的にそれをやろうとすればですね。本人が東京のタクシー会社のスナップを写したまま止めておくのです。このネガのコマをAとしましょう。この場合、最初から何コマ目がAの最終場面になっているかを知っておくんです」

「うん、それから？」

「和布刈神事のコマは八コマでしたね」

「そうだ」

「では、八コマ分を写さずにキャップをはめたままシャッターを切ります。つまり八回シャッターを切るわけですね。この神事の場面の予定コマをBとしましょう」

「うむ、なるほど」

「それから本人は小倉の旅館にはいり、そこの女中さんを何コマか撮影するんです。何コマ目といっても、ちゃんと当人は計算しているわけです。この女中像をCとしましょう。つまりですね、こうすれば、AとCのネガの間に未撮影のコマBがはさまっているわけですね。そこで今度は、最後のCの撮影を終わると、巻き戻しをやるんです。そして、Aの最後のコマ、これは当人が覚えていますから、キャップをはめたままそのコマ数だけシャッターを切る。こうすると、二重写しにはならないで、例の空白のBの最初のコマを迎えます」

「わかった」

三原はそこまで聞いて礼を言った。

「それから先はぼくなんかにもわかるよ。つまり、当人は未撮影の八コマ分だけを、改めて撮影すればいいわけだな」

「そうです、そうです……しかし、うまく考えたもんですな」

技師は感心していた。が、すぐそのあとでちょっと妙な顔をした。

「三原さん、それはそれでいいんですが、ぼくには疑問がありますよ」

「ほう。どういうことかな」

「あなたは、当人がテレビのニュースからそれを撮ったと言われていますが、それは一種の複写ですからな。動いている写真を撮るだけのことです」

「それはそうだ」

「ぼくの疑問というのは、その複写が果たして実景を撮影したのと同じシャープな効果になるかどうかですがね」

「………」

「たとえばですね。テレビのニュースに例をとってみましょう。あれは、鈍いでしょう。ですからその画面を撮って、果たして実写の感じが出るでしょうか?」

「黒崎君」

と、三原警部補はニンマリと笑った。

「今朝、ぼくはその実験をやってみたよ。このフィルムだがね」

彼はポケットから一本を出した。

「君、すぐにこれを現像して、つづいて焼付をしてくれないか」

「ほう。ずいぶん熱心ですね」

「気づいたときは、無性に早くやってみたくなるものだ」

「わかりました」

2

それから三十分後だった。

三原の部屋に黒崎鑑識技師が顔を出した。手に封筒を持っている。

「三原さん、できましたよ」

「そうか」

三原はそれを待っていたのだ。

「ありがとう。さっそく、見せていただこうか」

技師は三原の机の上に封筒から出した写真を並べた。

「これですがね」

三原は手にとって見た。今朝自分が撮影してきたテレビの画面である。ところが、これは普通レンズを使っての撮影だから、予想どおり、テレビの枠《わく》がはっきりと出ている。

「少しうすいかな」

三原はその辺のメモを取って枠だけを隠してみた。すると、その空間に今朝のテレビ画面が再現されているのだが、どうも、思ったよりは色調がうすい。

「どうだね？」

彼は横に立っている技師を見上げた。

「やっぱりテレビから複写したと見えるかね」

「わかりますね。ほら、ここにうっすらとですが、画面の横縞《よこじま》が見えています。これですぐテレビから複写したことがわかります」

技師は気の毒そうに言った。

「やっぱりテレビから撮るというのは無理ですな」

「そうかね」

三原はがっかりした。

「ところで、問題の写真はこれだがね」

三原は机の引出しから丁寧に包んだ封筒を出した。

それは、峰岡周一が提出した写真のネガで撮ったプリントだった。焼付は別の技師に頼んだので、この黒崎という技師はこの写真を知らない。

「これは実写ですね」

技師はひと目見るなり言った。

「そうかね」

三原は腕を組んだ。

「ネガを見せてください」

鑑識の技師は峰岡周一のネガを指先につまんだ。彼は窓ぎわに寄って、外の光線に透かしながら、専門家らしい眼つきでフィルムを調べている。

「三原さん」

彼はフィルムを外光に掲げたまま言った。

「こりゃホンモノですよ。映画やテレビの複写じゃありませんね」

「そうかい」

三原は半分失望していた。しかし、あとの半分はまだ勇気を残していた。

「あきらかに実景を撮ったということは、このネガの調子でもわかるんです。こりゃナマの実景ですよ」

技師は断言した。

「君」

三原は最後の勇を鼓した。

「問題のコマだがね。君のさっきの理論と考えあわせて、やはり計算されてフィルムを巻き戻《もど》して撮ったものかね?」

「さあ」

技師はさらに入念にフィルムを調べていた。フィルムの端にかすかに擦《す》れた跡があります。

「どうも、そんなようなところも見えますがね。ほら、わずかですが、筋がはいってるでしょう」

三原は、技師の眼の位置に自分から姿勢を沈めて凝視した。指摘されてみると、なるほど、筋らしいものがはいっている。

「これが巻き戻しのさいの擦れアトとも見えますがね」

「そうかい」

「しかし、はっきりそれだとも断定できませんよ。フィルムの装塡《そうてん》具合や、また機械の調子によっては、こういう擦れアトができることもありますからね」

「やれ、やれ」

三原はがっかりした。

「そいじゃ、なんにもならない」

「ええ、なんにもならないが、擦れアトがないよりもましですよ。フィルムの巻き戻し操作が行なわれていたとすると、やはり有力なデータにはなりますからね」

「しかし、君」

三原は言った。

「それがわかっていても、問題の八コマが実写だとすると意味がなくなるからね。実写と決まれば、この擦れアトも問題でなくなる」

「まあ、ぼくは実景から撮ったというよりほか言いようがありませんな」

技師はフィルムを警部補に返した。

三原は考えこんだ。今の男は写真にかけては専門家だ。少なくとも自分よりはその方面の知識が深いとせねばならぬ。

しかし、三原はそれで諦《あきら》めきれなかった。たとえ専門家がそう断定しても、真実を見きわめるまで疑問を解消してはならない。やはり事実調べはとことんまでやって納得すべきだ。

三原は、すぐ、警察電話で福岡署を呼びだした。

「鳥飼刑事はいませんか？　こちらは警視庁の三原警部補だと伝えてください」

約二分間待たされた。電話を受けた者が刑事部屋に鳥飼を捜しにいってるに違いない。三原はかつて訪れたことのある福岡署の内部を想像して、電話口に鳥飼刑事が歩いてくるのを眼に浮かべた。

送受器の向こうに足音が近づいてくる。急いでいる足だ。それが近い声にかわった。

「鳥飼です」

「三原ですよ。こないだから、いろいろ……」

「いや、少しもお役に立ちませんで」

鳥飼の声は隣りのおじさんの話を聞いているような、なんとも言えない親しさがある。

「また面倒なことをすぐお願いしたいんですがね」

「わかりました。なんでもおっしゃってください」

「実は」

三原は電話に向かって話しだした。

手短に用向きを言って、

「こういうわけですから、そちらの映画館で今年の和布刈神事を写したニュース映画が上映されたかどうか。それから、福岡地方のテレビで、この神事をニュースにして出したかどうかを調べていただけませんか?」

送受器の向こうで鳥飼が請けあった。

「さっそく、調べてすぐにご返事します」

福岡署の返事は一日ぐらい余裕があればこちらに戻ってくるだろう。三原警部補はそう思った。

3

その間、電話だけをぼんやりと待っていたのではない。例の相模湖畔《さがみこはん》で失踪《しっそう》した女の追及もある。

もっとも、この捜査は前からずっとつづけられていたものだが、いっこうに手がかりがない。その後ももっぱら峰岡周一の周辺を探りつづけているが、それらしい女は線上に浮かんでこない。また、殺された土肥武夫の線からも探ってみたが、同じ結果なのである。

これはありうべからざることだった。なぜなら、まず土肥武夫の方から言えば、彼は、その女を高円寺一丁目の電停あたりで拾い、相模湖まで同車している。それは運転手の証言だが、女は水商売ふうで、高円寺で拾ったときも、彼女は前から待ちあわせていた様子だったという。

車の中でも両人《ふたり》は仲が良く、相模湖畔の旅館にはいってからでも、たいそうむつまじかった。

男が旅館に連れこむくらいだから、女も土肥といっしょに泊まる意志があったのかもしれない。たとえそのつもりがなくとも、旅館にいっしょにはいるくらいだから、よほどの親密さだ。女中の証言によると、土肥武夫の方が、しきりと泊まるように女の気を引いていたと言い、散歩に旅館を出るときもまるで夫婦のような格好だったとも言っている。

三原は、この女が犯人の囮《おとり》だと考えている。

夜の相模湖畔は暗い。その暗い場所で犯行が行なわれている。

犯人が土肥をその暗い場所に呼びだそうとしても、それは警戒されて不可能である。しかし、誘い出しが女だと、彼女に特別な意図を持っている男なら唯々《いい》として従う。女は相模湖畔のある場所まで土肥を連れだして、それから彼を犯人に手渡したと推定される。

それ以後の女の足どりがさっぱりわからない。もしかすると、峰岡周一が自家用車でやってきて、付近の目立たぬ所に車を隠し、犯行を終えてから、女といっしょにその車で都心へ戻ったとも考えられる。というのは、推定犯行時刻前後に相模湖駅員が該当の女を目撃していないからである。

だが、この女は、峰岡周一と被害者の土肥武夫とを結ぶ扇のカナメになっている。

つまり、女は土肥とも犯人ともある程度熟知の間柄《あいだがら》とみなければならぬ。ことに、犯人とは特別な交渉を持っていたようだ。犯行の手引をするのだから、それくらいの関係はあったとせねばなるまい。

したがって、峰岡周一の周辺と、死んだ土肥武夫の周辺を捜せば、必ずこの女が浮かびあがらねばならないのだ。彼女は峰岡、土肥の共通の知りあいかもしれないし、また別々に知った女かもしれないのだ。

「どうも妙だね」

三原は部下とも話しあった。

「こんなふしぎなことは初めてだ。峰岡周一の周辺をどんなに洗っても、その女が出てこない。土肥武夫は峰岡と違って、いろいろと女関係が多かったようだが、相模湖畔の女だけは生前の交際から発見されない。これは、いったいどういうことだろう?」

それに、その女が死んだか生きたかもさっぱりわからないのだ。だから、気の早い刑事の間では、もう、女の死亡説も出ている。犯人が女の口をふさぐために土肥といっしょに片づけたという見方である。これもむげには退けられない説だ。いや、大いにありうべきことかもしれない。その事態に備えて、三原は都下の女の変死体にも十分手配をさせている。が、めぼしいその報告はいまだに手もとに着かない。

「主任さん」

と、一人の刑事が言った。

「女はわからないような所に埋められているのかもしれませんよ」

しかし、その場所の推定がつかない。これでは自然に死体が発見される報告があるまでお手あげということになる。それよりも当面の問題は、女の正体を一日も早く知ることである。

もし、彼女が家を出たまま失踪したとなると、その届け出がなされていなければならない。この点から、管下の家出人捜索願いは全部三原も眼を通している。ことに、容貌《ようぼう》の特徴、年齢、服装には気をつけた。それらしい届け出があれば、それに貼付《ちょうふ》された家出人の写真を刑事たちに持たせ、相模湖畔の碧潭亭《へきたんてい》ホテルの女中や、被害者と女を乗せたというハイヤーの運転手などに見せている。

「しかし、家出人といっても」

と三原は反省する。

「まだ事件発生後一カ月半しか経《た》っていない。女が本当にいないということがわかって届け出が出るのはもう少しあとになるだろうな」

「しかし、主任さん」

と老練な刑事は言った。

「これは普通の女じゃありませんね」

刑事は説明する。

「もし、ちゃんとした家の女だったら、無断で三日家をあけても、すぐに警察に届け出が来ますよ。一カ月以上も経って、まだその届け出がないというのは、つまり、それだけ経っても女が周囲から不審がられない環境にいるということでしょう」

「すると、どうなるんだね？」

「女は水商売ふうということです。これは、宿の女中が客商売に慣れた眼で見ているから間違いないと思います。してみると、女はどこかの料理屋かバーに働いている者で、独りでアパート住まいということになりませんかね？」

「独りでね」

「今のところ、都内の料理屋、バー、キャバレーといった場所からは、なんの手がかりもありません。しかし、アパートだと、これは一カ月半ぐらい部屋に戻っていなくとも変に思われないこともありますからね」

「そんなことはないだろう。やっぱり隣室の者だとか、管理人は変に思うよ」

「そこです。水商売の女だと外泊も多いでしょうし、旦那《だんな》か恋人かといっしょに遠出ということも珍しくないでしょう。そうなると、犯人があらかじめ管理人に二カ月分なり三カ月分なりの女の部屋代を払い、事情があって女はしばらく戻ってこないとでも話しておけば、女の留守が長期にわたっても変に思われないでしょう」

この意見をいれて都内のアパートを全部洗ったのはかなり前である。だが、どこからもそれらしい報告はなかった。

だが、三原は、ここで思うのだ。それは、峰岡周一が福岡の岩田屋デパートにある西鉄の出札口に立っていたという事実だ。三原は前に、その窓口が定期券売場だったことに注目して、峰岡が女のために定期券を買っていたのではないかという想像を働かしたことがある。

ところが、そのことについての鳥飼刑事からの報告は、完全に三原の見込みを裏切ってしまった。

峰岡が西鉄の窓口に立っていたのは、七日の午後二時半ごろだという。これにもとづいて、鳥飼刑事は西鉄の窓口に保存されている定期券の申込書を調べあげたのだった。

その結果、当日の午後から夕方にかけて申込書に記載された学生定期券十三枚、通勤者定期券二十枚、普通定期券十六枚の住所氏名が、ことごとく実在の人間と判明した。つまり、三原が想定するような曖昧《あいまい》な人間は一人も定期券を申しこんでいなかったのである。

鳥飼はことに二十歳から三十五歳までの女性に注意を払った。申込書の一人一人について洗ってみたが、いずれもちゃんとした人間ばかりで、峰岡につながっているような女はなかった。この報告の届いたのが昨日のことである。これで三原の推定は完全に崩れ去ったのだ。

三原の推測は、峰岡周一がなんのためにその窓口に立っていたのか、という初めの課題に返った。

やはり峰岡は人を待つためにそこに立っていたのか、それとも、都府楼址の切符を買うためにいたのを目撃者が窓口の位置を見あやまったのだろうか。

だが、これまでの想定はまるっきりむだではなかった。〝相模湖の女〟が博多の人間でないにしても、東京の人間ではあるまいという信念を三原は持ったからである。

三原が電話で頼んだ翌々日の午後だった。福岡署の鳥飼から直接彼に返事がきた。

「さっそく、例の件を調べてみました」

鳥飼の声が送受器から伝わる。

「どうもご苦労をおかけしました。で、結果はどうでした？」

「それが、三原さん、各社を調べましたが、和布刈神事のあった当日、どこのテレビ局もビデオには撮っていないそうです。したがって、あの神事はテレビでは放送されていません」

「ニュース映画は？」

「ニュース映画はありました。たとえば、ＡＢＣニュースが約三分間にわたって、その場面を集録しています」

「ほう。それが映画館にかかったのは？」

「博多では二月の第三週。つまり、十六日から上映しています」

三原は、とにかく、和布刈神事のはいったそのニュース映画を製作元のＡＢＣニュース映画会社に試写を頼むことにした。

調査

1

ABCニュース製作株式会社は、京橋の近くに事務所を持っていた。ビルの四階だった。

三原は、前もって電話でそこの責任者に試写の件を依頼した。

「まだフィルムは処分しないで置いてあると思います」

と営業主任というのが電話口に出て答えた。

「今から捜させておきますから、一時間後にお出かけください」

「どうも、ご面倒かけますね」

「どういたしまして。捜査の協力となれば、喜んでさせていただきます」

先方は物わかりがよかった。

三原は、電話をかけてから一時間後に、四階のABCニュースの部屋のドアを押した。汚ないビルだ。部屋の中も雑然としていた。社員が机が五六脚並べてあって、社員が四五人忙しく働いていたが、四五人忙しく働いていたが、さすがに映画会社で、いたるところの壁をポスターがふさいでいた。机の上にも、フィルムを入れた箱や、パンフレットみたいなものが束になって置いてある。

三原は衝立《ついたて》の陰に通された。そこが簡単な応接室代用になっている。

初めて会った営業主任というのは四十二三の男だったが、

「フィルムはありましたよ。いま、試写室に用意をさせています」

「どうも恐縮です。さっそく、拝見しましょうか」

「しかし、和布刈《めかり》神事のニュースが、どういう事件にお役に立つんでしょうか？」

向こうはそれに興味がありそうだった。

「いや、ちょっとしたことです」

「ははあ、やはり捜査中は打ちあけられないんですね？」

「勝手なお願いをしておきながら、申しわけありません」

三原は、頭を下げた。

「そのかわり、事件が終わったら、なんでも話しますよ」

「その事件の解決に、うちのフィルムが役立つといいんですがね」

主任は廊下を隔てた真向かいの部屋に三原を導いた。そこが試写室になっている。

「普通の劇場《こや》にかけるときは画面が大きいのですが、ここはずっと小さくなりますから」

主任は部屋が暗くなる前に言った。

「それに、和布刈神事だけを写すわけにはいきませんので、はじめから通してごらん願います」

「結構です。私もひさしぶりにニュース映画がたのしめます」

主任が合図をすると灯が消えた。とたんに正面の小さなスクリーンが白くなり、音楽がはじまった。タイトルが出た。

今年の二月第三週に封切られたので、写されている時局ものは相当古くなっている。

テーマものが終わると、〝各地のトピックス〟という字幕が出た。

「この次、すぐにはじまりますから」

横で主任が三原に耳打ちした。

その声が終わらないうちに、いきなり画面に神社の屋根の千木《ちぎ》が大写しに現われた。夜の千木の一部に篝火《かがりび》らしい光が白く揺れている。

三原は緊張した。

ナレーションが音楽的な声で滑らかにつづけられていた。

神社の大写し、そのロング。画面が流れて暗い海となり、その中で松明《たいまつ》が一つ燃えている。海の水にその光が映っていた。もっとも、白黒だから火は白い。

《……和布刈の神事は、毎年旧元旦《がんたん》の未明に執り行なわれます。神主さんが昔ながらの古式で、潮のひいた神前の海の中にはいります。『古事記』にも出ているこの習俗は二千年来つづいたもので、わが国の神社行事として最も古い型を残しています。神主さんはどんな寒いときでも冷たい海の中へ膝《ひざ》まではいり、年初めの若布《わかめ》を鎌《かま》で刈って桶《おけ》に入れ、神前に供え、新しい年の海の幸の豊饒《ほうじょう》を祈ります……》

篝火の大写し。つづいて三人の神主の姿。禰宜《ねぎ》が狩衣《かりぎぬ》を手繰《たぐ》って海面すれすれにかがみ、手を動かしている。ときどき、刈った若布を、傍に立っている神官の桶の中に入れる。――

こういう場面が、次々とカットバック式に写った。

三原は瞬《また》きもせずに画面をみつめる。峰岡が写した写真のとおりだったが、三原が注目しているのは、ニュースの写真の角度と、峰岡の写真のそれとが一致しているかどうかだ。いや、もっと小さい部分、つまり、峰岡の写した写真にこのニュース映画の画面を当ててみて、ぴたりと一致するかどうかに眼をむいた。三原は、峰岡の撮った写真を網膜の中に灼《や》きつけている。

《……この日の行事を見るために、北九州の人たちはもちろん、遠く大阪、東京からも駆けつける人があります……》

見物の群衆の大写し。それが左右にぶれて流れる。バックの暗い闇《やみ》。眩《まぶ》しいライトが群衆の姿を浮きだしながら移動する。

ときどき、見物人の中からカメラのフラッシュが光った。

ふたたび神主の姿。拝観者の群れ。老人の手を叩《たた》く横顔。千木、鰹木《かつおぎ》を置いた荘厳《そうごん》な神社の屋根。

《……こうして、若布刈りを中心とした神事は約一時間もつづきます。その間、集まった拝観者はおりからの寒さをものともせず、古式ゆかしき行事に柏手《かしわで》を打ちながら熱心に見守っております》

最後に、夜の関門海峡を取りいれたロング。それが変わると、今度は別の写真になった。

「おい、そこまで」

営業主任が撮影技師に手を上げた。

場内は明かるくなった。技師が映写機の後ろに立ってこちらの様子を見ている。

「すみません。もう一度写してくれませんか」

三原は頼んだ。

「わかりました。やはり一度だけでは無理でしょうね」

営業主任は初めから映写しなおすように技師に言った。

二人はフィルムが巻きとられる音を聞きながら再度暗くなるのを待った。

「今のではご参考になりませんか。だいたいのところはおわかりになったでしょう?」

主任がきいた。

「ええ。しかし、もう一度拝見してからでないとわかりません。今度は小さい所を気をつけて見たいと思います」

また和布刈神事が写った。

三原は、映像の細部を瞬きもせずに見つめた。

違う。やっぱり違う!

三原は画面の流れを凝視しながら否定しつづけた。最後までその否定はつづいた。

「ありがとうございました」

明かるくなって、三原は主任の厚意を謝した。

「いや、お安い御用です」

ただ、今の画面を見て三原が参考になったのは、拝観者の中からしきりと撮影用のフラッシュが光っていたことだった。

「この撮影に現地にいらしたかたは、いま、ここにおられるでしょうか?」

営業主任は後ろを振りむいて、

「おい、古川君はいるかい?」

と、大きな声できいた。

「いるそうですよ」

主任が返事を伝えると、

「ついでに、そのカメラマンのかたにお会いできませんか?」

と、三原は頼んだ。

「お安い御用です。彼も喜んで協力するでしょう」主任は言った。「なかなかいい奴《やつ》でしてね。うちの社ではピカ一ですよ。若いからどこにでも出張します」

2

三原はまた営業主任に連れられて、もとの部屋に戻《もど》った。

「古川君です」

営業主任は、呼ばせにやった男が来ると、三原に紹介した。古川というカメラマンは、まだ二十七八の陽灼《ひや》けした顔の長身の青年だった。

「古川さん、ちょっと、これを見ていただけませんか?」

三原はポケットから封筒を取りだした。鑑識課に焼かせた峰岡周一の撮ったという写真の複写だ。

「ほう。和布刈神事ですね」

古川カメラマンは、八枚の写真を一枚ずつ興味深そうに繰って見ていた。

「これは、あなたが写されたときの神事と同じだと思いますか?」

三原はそう問いかけながら、古川のうつむいている眼にたずねた。

「そうです。今年のですね」

「ああ、今年とおっしゃった。あなたは、毎年この神事を撮られるんですね?」

「いや、去年は撮りませんでしたが、たしか、三年前に撮ったことがあります。毎年というわけにはいかないので、だいたい、三四年ごとに九州まで出張するようにしております。この写真が今年のに違いないことは、ぼくが証明できます」

「この角度だと、あなたがニュース映画を撮られた場所と、どういうふうに違いますか?」

「そうですね。この三枚の写真の位置だと、ぼくのいた所より、かなり右側になるでしょうね。あとの五枚はいろいろですが」

「右側というと、海に向かって右側ですね?」

「そうです。ぼくは拝殿の前で撮っていますから、この写真の角度だと、それから東側にある広場のあたりでしょうね?」

これはいい手がかりだと思った。三原は手帳にそれを記《つ》けた。

「さっきのニュース映画にもちょっと出ていましたが、カメラを持っている人が相当多いようでしたか?」

「そうです。近ごろはどんな田舎《いなか》に行っても、カメラだけは普及しました。アマチュアも玄人《くろうと》はだしの写真を撮りますよ」

「もう一度、この写真を見てください。あなたが撮られたと同じような場面がありませんか?」

「場面ですか?」

「場面というよりも、つまり、あなたの写されたのとまったく同じ写真は、ここにないか、という意味です」

「ほほう。すると、ぼくのフィルムから複写したのではないかとおっしゃるんですね？」

カメラマンはのみこみが早かった。

「そうです」

「それは一つもありませんね。第一、アングルからして全然違いますから」

カメラマンは断言した。

「では」と、三原は言った。「広場にはアマチュア・カメラマンが、だいたいどれくらいいましたか？」

「ええと、ずいぶんと、いたようですな」カメラマンは、ちょっと考えるような表情をして、

「その辺が神事を写すのに、一番いい場所だったんです。ですから、そうですね、ぼくの覚えているだけでも、十人あまりはいたと思います」

「そこにいたアマチュアの顔は、はっきりとあなたに見えましたか？」

「いや、なにしろ、神事は真っ暗な中でやるのですから、顔の判別はつきません。行事が始まるまで境内には電灯が点《つ》いていましたが、顔つきまでは覚えていません」

三原は念のため、別のポケットから峰岡周一の顔写真を取りだした。

「この人がそのときの群衆の中にいたかどうか、わかりませんか?」

古川はその顔写真を、ややしばらく眺《なが》めていたが、

「わかりませんね」

と首を振った。

「なにしろ、たいへんな人数ですよ。ぼくらは撮影機を倒されやしないかと思って、そればかりが気になって、はらはらしていましたからね」

「ほかの社からもニュース映画を撮りに来ていませんでしたか?」

「いいえ、和布刈神事を撮ったのはウチだけでしたね。テレビも来ていなかったようです」

「テレビは全然来ていないんですか?」

「姿を見ませんでしたね」

これで完全にテレビの線は消えた。ニュース映画もだめだということになる。神事を撮影したのは、このＡＢＣ一社だけだというのである。

「警部補さんは、ニュース映画のスクリーンから普通のカメラで写しとったというふうに考えられるわけですか?」

古川は浅黒い顔をニヤニヤさせてきいた。

「ええ、そうなんですが」

「そりゃだめですよ」

と、彼は言下に言った。

「ここに持ってこられた写真は、完全に普通のカメラで直接に撮っています。うちの写真でしたらライトがあるので、すぐに見やぶられます」

この証言は、警視庁の鑑識課員が言ったことと合致していた。

三原は古いビルを階下《した》に降りた。しかし、ここに来たのはまんざら、むだではなかった。古川カメラマンの話から、当夜の境内には、十人以上もアマチュア・カメラマンが詰めかけていたということがはっきりしたからだ。

三原は本庁に帰った。彼はカメラ専門雑誌を発行している新聞社に電話した。雑誌の編集部につないでもらうと、デスクだという人が電話に出た。

「こちらは警視庁ですが、ちょっとうかがいたいことがあります」

「ははあ」

「北九州に、アマチュア・カメラマンでできている同好会といったようなのがあるはずですが、そちらで、その団体名はわかりませんか?」

「それはすぐわかります。ちょっとお待ちください」

三分間待たされた。

「お待たせしました」

デスクは、門司《もじ》、小倉、下関《しものせき》、八幡《やはた》、戸畑、若松、それに福岡のアマチュア団体の名前を、住所と責任者といっしょに教えてくれた。三原は書きとった。

彼はすぐに手紙を書いた。

「――本年二月六日の夜から七日の未明にかけて、ご承知のように、門司市の和布刈神社で恒例の神事がありました。これについては貴団体の会員諸氏も撮影に出かけられ、傑作をモノされたことと思いますが、当警視庁ではある事件の参考に次の事項について、おうかがいしたいと思います。
①当夜の撮影に出かけられたかたがたのお名前と住所。②撮影されたフィルムまたは印画を他のかたに貸与なさったことがありますか。③そのフィルムまたは印画から複写を頼まれたことがありますか。④プリントを他のかたに配布されていたら、できる限り配布先をお知らせください。⑤和布刈神事の作品展などを開催された事実がありますか。あれば、その日時と会場とをお知らせください。⑥お手もとにフィルムと写真とがあれば、神事に関する撮影分の密着全部をご貸与ください。⑦フィルムまたは印画が盗難にあった事実はありませんか」

3

三原はこの手紙をタイプでプリントさせて、それぞれの団体あてに送らせたが、さらに、このプリントを添付して福岡県警本部にも協力かたを依頼した。県警から北九州六市の警察署への協力を手配してもらうことにしたのだ。

福岡署の鳥飼刑事にも一通を送ることにした。県警には事件の概要を詳しく報告し、こちらの意図を十分にあらわした。この処置はむしろ遅いくらいだった。人間の観念は一カ所に固定すると、ぞんがい眼が狭くなるものだ。今までの三原はニュース映画とテレビだけに考えかたが固定していたのだ。

他人の撮った写真からの複写なら、ネガは〝実写〟に近い効果を見せているに違いない。

三原はこの処置にかなりの期待を持った。

しかし、これでもまだ完全とはいえなかった。なぜならこの照会先は、アマチュア・カメラマンで結成されている団体あてのもので、会員以外の者はこれから洩《も》れているからだ。彼が県警に頼んだのは、前記の団体以外に各市内のＤＰ屋についても、同趣旨の調査を依頼したのだった。

普通のアマチュアは、現像焼付をほとんど街のDP屋に出している。自分のところに暗室を持ち、自分で現像し、自分で焼付をやるのは数が少ない。

また和布刈神事を見にいったのは北九州の住人だとは限らない。だが、そこまでは手が回らないわけだ。カメラ団体の会員なら、二月の寒夜に一晩中和布刈神社の境内に立って撮影するくらいの情熱があると思えるから、まず、この人たちにだいたい限定していいと思っている。

三原が考えたのは、その撮影ずみのフィルムを他人に貸したり、印画をやったりする場合よりも、和布刈神事の作品展のことだ。

アマチュア団体の撮影会は多い。もしかすると、峰岡周一もそんな作品展があるのを予期して、そのころに東京から九州にふたたび飛び、会場に陳列された他人の写真をこっそり複写したのではないか、とも想像できる。

こうすれば、撮影した当事者に気づかれずに、峰岡は自分の八コマのフィルムに自由に〝当時の光景〟を収めることができるわけだ。

そこで、その後、峰岡周一は九州方面に出張していないか、出張があれば、それはいつのことなのか、を三原は調べてみる必要を感じた。

三原は部下を呼んで、今度は直接に峰岡本人に当たらずに、二月七日以降の彼の出張を周囲から調べさせることにした。

部下はその日の夕方には、もうその報告をもって帰った。

「やっぱり峰岡には出張がありました。極光交通の事務員にこっそりきいて、その出張日と行先とを確かめてきました。これがそうです」

刑事は一枚の紙を見せた。

「二月十六日より三日間・福岡大東商会。三月十五日より二日間・名古屋T自動車製造株式会社。三月二十七日より二日間・名古屋A自動車製造株式会社」

三原はその文字に二三度眼を往復させた。

「なるほど、彼はやっぱり福岡に行っているね」

二月十六日から三日間というと、ちょうど和布刈神事の作品展が開かれそうなころである。ニュース映画も市内で上映されていた期間だ。だが、この線は残念ながらすでに崩れてしまっていた。

「この福岡出張は、福岡市内だけかね?」

三原が顔をあげてきくと、

「さあ」

刑事は頭を掻《か》いた。

「私は事務員の言うとおりを書いてきましたので、その辺はまだきいておりません」

「よし、よし。もうこれ以上はしばらく叩かない方がいいだろう」

あまり騒がせては峰岡の今後の調査に悪影響を与える。これは、やはり鳥飼刑事に依頼した方が正確だし、早いのだ。

「名古屋によく行っているね。三月二十七日から二日間というと、ついこの間じゃないか？」

それは今から五日前になる。

「なんですか、タクシー会社は、始終、車を替えなければいけないとかで、自動車の注文に名古屋出張は多いそうです」

三原はそこまでの報告をきいて、刑事を退《さが》らせた。

彼はまだ発送していない鳥飼刑事あての封筒を手もとに置き、つづいて追加の照会文を書きそえた。

三原はもどかしい気持で回答の来るのを待った。

返事は鳥飼刑事の分が一番早いだろうと思った。カメラ団体では会員間に連絡したり、話を集めたりして手間がかかる。警視庁の照会というから必要以上に緊張して慎重になっていることも想像された。

三原のこの予想は的中した。

三日後に鳥飼刑事からの最初の回答が来たのである。

「ご照会の件についてはさっそく調査しました。たいへんお急ぎのようなので電話でお話ししようと思いましたが、間違ってはいけないので手紙にしたためました。

まず、写真同好会とDP屋のことから書きます。

写真同好会については、現在、福岡市内に八団体あり、たいへんに盛況です。ただし、なかにはわずか三人、五人というようなところもあります。これらについてききあわせたところ、どの団体も和布刈神事には行っていないとのことでした。したがって、和布刈神事作品展といったものは、まったく開かれていないとのことです。

次にDP屋については、管内の交番の協力を得まして調査しました。現在、福岡市内には約四十軒のDP屋があり、ご趣旨の件をききあわせたところ、どの店も、今年の和布刈神事を撮影したフィルムは焼付も現像も取りあつかっていないとのことです。

また、和布刈神事を撮影に行った人はいないか、と心当たりについてききあわせましたが、現在のところ、それもないという返事です。ただし、この方はもっとあとから調査をしなおしてみる必要があります。

次に峰岡周一氏の行動について。

峰岡氏は二月十六日朝十一時二十五分の特急《あさかぜ》で来博、大東商会に午後一時ごろ現われています。右の列車で到着したというのは、同氏が同商会でそう言ったからです。ここでは商談に約二時間を費やし、三時ごろ辞去しています。それ以後の行動は、同商会に洩《も》らした峰岡氏の言葉によれば、しばらく博多市内を散歩し、六時ごろにふたたび現われると約束したそうです。この六時ごろから、峰岡氏は大東商会の幹部と市内の〝新三浦屋〟という水たき料亭で会食をしています。宴会が終わったのが午後九時で、それから峰岡氏は大東商会幹部のおごりで市内のバーを二三軒回り、宿舎の博多ホテルに帰っています。

同ホテルについてきくと、たしかに峰岡氏は午後十一時半ごろに帰り、部屋に戻って寝ていますが、翌朝は午前十時ごろに起きて、部屋で朝食をとっています。同ホテルを出たのが十一時二十分ごろで、ふたたび大東商会にゆき、正午から昨日の幹部たちと話をしています。

この日は引きつづき午後五時まで商談を行ない、六時十八分発の東京行特急《さくら》に乗りました。これは同商会の人が駅まで見送っていますから確かです。

以上、とりあえず報告しておきます」

三原が鳥飼の手紙を貰《もら》って、次のアマチュア団体関係の回答を待っている間だった。ある事件が新しく西に起こった。

西の死体

1

福岡から鹿児島本線に沿って約三十分ばかり行くと、水城《みずき》という駅がある。元水城村だったが、今では太宰府《だざいふ》町に併合されている。

水城は、七世紀のころ大陸からの侵攻を防衛するために太宰府の北二キロの地点に造られた土塁である。『日本書紀』天智天皇三年の条に、「筑紫《つくし》ニ大堤ヲ築《つ》キテ水ヲ貯《たくは》ヘシム。名ヅケテ水城トイフ」とある。

ここは左右の山が最も迫った所で、現在でもそのままに残っている。延長約一キロ、基底幅約三十七メートル、高さ約十四メートルだ。

もっとも、近年の研究では、この堤の内に水を貯《た》めるのではなく、水城の東の端が大野城《おおのじょう》のあった山麓《さんろく》につながっていること、土塁が外に急で内側に緩やかになっていること、水城の西の山丘の谷間が小土塁で塞《ふさ》がっていることなどから、太宰府の郭《くるわ》を守る防衛線であろうという想定もある。

四月十日の午前八時ごろだった。近くの農家の主婦が珍しくこの堤の竹藪《たけやぶ》の中にはいった。珍しくというのは、この土塁の址《あと》は、竹林と雑木林と雑草に蔽《おお》われているので、向こう側の部落に至る径《こみち》を通る以外は、ほとんどこの林の中にはいる用がないからである。

春の草が伸びて、枯木だった林も葉を茂らせているころだ。

農婦は頭を出しかけた筍《たけのこ》を掘りに竹林の中にはいったのだが、ふと、彼女は雑草の中にベージュ色の婦人用手袋が左の片方だけ落ちているのを見つけて拾った。

もう一つ落ちていないかと、その辺を眼で探ってみたが、それはなかった。

しかし、斜面の中ほどに（土塁は二段の築堤になっている）青い草が生えていない場所があるのを見た。そこだけは、むしった枯草や黒い土がほぼ直径一メートルぐらいの大きさでひろがっていた。

農婦は何かあると直感してその黒い土を鍬《くわ》で掘りはじめた。すると、二十センチぐらい掘りさげた所に、男用の黒い手袋の指の部分が現われた。だが、その手袋には人間の腕がはまって土の下から伸びていた。農婦は悲鳴をあげて部落に駆けおりた。

報告を受けた福岡県警捜査一課では現場に急行し、死体を検視した。

死体は死後二カ月ぐらい経《た》っていた。二十四五の男でひどく腐爛《ふらん》している。頸部《けいぶ》には深い索条溝《さくじょうこう》が見られた。服装は茶色の冬セーターに紺色のギャバジンのズボンで、頭髪はいわゆる慎太郎刈りで、散髪してまもないといった状態だった。両手には黒い皮手袋をつけている。靴下《くつした》は紺色の地に赤いチェックのはいったしゃれたもので、靴も飾りのついた当節の若者好みである。踵《かかと》はあまり減ってなくて、大きさは十文半とわかった。

所持品は一物も見当たらない。人相はやや長顔で、眉《まゆ》は濃く、眼は大きい方である。鼻すじが通っていて、唇《くちびる》はやや厚い。

手袋を脱がせて指や掌《て》を見ると、生前、あまり労働に携わっていないことがわかった。おそらく事務系統の職業であろう。絞殺《こうさつ》に使用した紐《ひも》は頸《くび》からはずされて、現場には残っていなかったが、麻紐であろうと推定された。

歯を調べると非常にきれいで、虫歯のあとも、金冠をかぶせた歯も見当たらない。歯医者を調べる手段はなかった。

現場は、この死体を埋めるために約三十センチばかり土が掘られている。その上に落葉や枯草を掛けているところをみると、冬の犯罪だったことはわかる。被害者の服装、手袋、死体の変化もことごとく二カ月前の二月の初めから半ばまでという推定と合致していた。その死体をQ大の付属病院に運んで解剖した結果も推定殺害時日に矛盾はなかった。

ここは昼間だとわりに人目が多い。近所には散在部落があるし、築堤の切り通しには鹿児島本線も走っている。もっとも、往還はずっと南の山寄りになっていて、その辺は筑紫《つくし》国分寺《こくぶんじ》址《し》、都府楼《とふろう》址《し》、観世音寺とつづき、久留米《くるめ》街道となっている。

犯罪はどこで行なわれたのであろうか。

現場付近には道幅は狭いが、県道も通っている。だから、ほかの場所で殺して死体を車で運び、この築堤に担《かつ》ぎあげることは可能である。

もう一つは、被害者をこの築堤の上まで誘ってきて、そこで殺すことだ。

二日市《ふつかいち》署に置かれた県警の捜査本部の意見は、あとの場合の説に大勢《たいせい》が傾いた。現場で農婦が拾った婦人用の冬手袋からの推定である。

もっとも、この片方（左）の手袋がこの犯行に関係があるかどうかはわからない。それは、手袋の主が死体のことには気づかずに犯罪現場へ来たという場合も考えられるからだ。

しかし、これは、次の推定によってかなり犯罪に密着したものだと思われた。手袋が冬もので、数度となく雨に打たれて汚れている。試みに福岡気象台に照会してみると、二月初めから現在まで、水城付近の降雨回数は十三回であった。手袋の汚れた跡は、ほぼそのくらいの雨に打たれたことを語っている。

現場付近は昼間かなり人目が多いので、村の者もめったにはいらない築堤にベージュの手袋をつけたような若い女が歩いていたら相当目立つ。だが、付近の者にその目撃者がいない。したがって、手袋の主は夜間にそこに来たのではないか。これは殺人の条件にも一致する。

被害者が晩に現場に来たとすると、その女性に同伴者を設定すれば、その行動が容易にうなずける。つまり、アベックだと、夜間そういう寂しい場所にはいるのが自然だからだ。

以上のような理由で、左手だけの女手袋はこの犯行に相当な関連があるものと見られた。

さらに想像を加えると、女が片方だけ現場に手袋を落としているのは、彼女があわててそこを立ち去ったことを物語っており、これは異常事に直面した女の心理を想像させる。

手袋は子山羊《キッド》の皮である。普通、商店で売っている定価は二千円以上だった。それだと、その女の服装もかなり贅沢《ぜいたく》な物を身につけていたと考えなければならない。

では、その連れの女が男を絞殺したのだろうか。それとも、別にもう一人男がいて、三人でこの現場に来てその男が被害者を殺したのだろうか。——そうなると、三角関係という線がいちばん強く出てくる。

女が犯人だとしたらどうだろうか。しかし、女が単独で男を絞殺できるかどうか少し疑問だ。だが、被害者が特殊な状態に置かれたときなら、それも不可能ではない。たとえば、男を眠らせている場合だ。睡眠薬でも飲ませておいて、眠りこけている最中なら、女でも絞殺は遂行できる。

まさか、男がそこで自然に眠っていたわけではあるまい。二月の初めから中旬までというと、北九州も寒い。ことに夜は冷えるから、いくらデート中の男でも、のんきにうたた寝などできない。男は、わりと薄着だった。下着は、木綿のシャツに純毛の褐色《かっしょく》のシャツ。そのうえに、直接冬物のセーターを着こんでいる。オーバーはない。あったかもしれないが、犯人が持ち去ったともいえる。

この場合、オーバーに手がかりがあれば、それを残さないようにしたという犯人の行為も考えられる。たとえば、ネーム、仕立ての特徴などだ。所持品が奪われているのも、強盗の犯行ではなく、被害者の身もとを知らせたくない犯人の気持からであろう。とにかく、被害者の割りだしが先決だった。捜査本部の動きは、まず、その方向に傾けられた。

2

被害者は土地の人間かもしれない。

福岡までは西鉄の電車でも約十五分ぐらいだ。久留米までがほぼ二十分である。それで被害者の服装からして、福岡市内か、久留米市内の人間と思われた。

県警捜査本部では、この被害者の身もと割りだしの協力を福岡署と久留米署とに依頼した。

福岡署の鳥飼重太郎は、新聞記事に水城の殺人事件が報道されたときから、これに興味を持った。現場が都府楼址に近い水城であることに、彼の頭の中を過《よぎ》るものがあったのだ。

自分では上司の許しを得てでもその捜査に協力したいと思っていた矢先、県警本部から署に捜査の協力が依頼されてきた。

担当を命じられた鳥飼は、死体の特徴と、実況見分書、解剖所見の大要といったものを、現場写真といっしょに詳細に検討してみた。

なるほど、被害者の服装は都会人ふうだ。地方の青年とはやはりどこか違う。鳥飼は、この被害者の特徴だと、久留米よりも、むしろ福岡に住んでいる男だという感じがした。福岡の方がずっと大都会だからだ。

しかし、それは被害者が地元の人間と決めたことで、この人物を〝東京から来た男〟としたら、もっと感じにぴったりのようだった。

鳥飼の頭には、この前、東京警視庁の三原警部補からたびたび書面で照会された事件がこびりついている。彼は新聞記事でその事件を知ったときも、あわてて三原の手紙を出し、読みなおしてみたくらいだ。

この前から三原がしきりと照会してくるのは、東京の近くにある相模湖《さがみこ》の殺人事件で三原が容疑者と思っているらしい峰岡周一という人物の福岡における行動である。その中に、峰岡周一は二月七日午後一時ごろ福岡市渡辺通りにある大東商会に立ちよって約五十分ばかりを費やし、それから都府楼址に遊んだとある。

鳥飼が頼まれたのは、大東商会における峰岡の裏づけを取ることだったが、今は峰岡周一という男が都府楼址に行ったという供述が大きく眼の前にひろがってきた。

都府楼址と水城とは、きわめて近い距離にある。歩いても三十分ぐらいだ。三キロあるかないかだ。

それに、被害者の殺害された推定時日が二月の初めから中旬までという解剖所見も、鳥飼の心を惹《ひ》きつけた。

都会人ふうな被害者の服装といい、殺された時期といい、現場の距離といい、現在、三原が追っている事件に映像がぴたりとかぶさってくる。

麻紐で頸部を絞めて殺されたという状況も、土肥武夫の事件との相似を思わせた。

鳥飼重太郎は、さっそく、三原にあてて手紙を書いた。被害者の顔の現場写真と、それを修整した顔写真も添付し、相模湖事件に関係があるかどうか、今のところはっきりとわからないが、参考になると思うからお送りすると書いた。

被害者の身もとを割りだすために刑事が歩きまわるのは、かなり辛抱のいる作業だった。まず、家出人の届け出から調べたが、福岡署にも、久留米署にも該当の者はいなかった。被害者がつけている衣類は、みな出来合いのものばかりで、それも相当に着古している。この場合、たいてい、洗濯屋《せんたくや》のつけた目印とか、製造元のネームとかが手がかりになるのだが、そういうものもなかった。靴も出来合いである。黒の手袋もくたびれたものだった。しかも、みんな安物だった。こういう点からみると、被害者の青年はそれほど豊かな生活をしていなかったと想像された。

下着、セーター、ズボン、手袋、靴などはいずれも東京製と大阪製だった。しかし、これですぐに被害者が東京と大阪に関係のある人間だとは決められない。これらの既製品は、東京、大阪の問屋から全国の小売屋に流されているからである。むしろ、この両地製造のものを両方とも身につけていることで、地方都市の人間ということが有力に考えられる。

しかし、鳥飼重太郎は、この被害者がどうも東京の人間のように思えて仕方がない。それは三原から依頼された一件が依然として脳裏にうずくまっているからである。

刑事たちは四五日がかりで歩きまわったが、福岡市内からも、久留米市内からも被害者の身もとはつかめなかった。

次に、例のベージュの婦人用山羊皮《やぎがわ》手袋である。これは上等な品だ。製造元はやはり東京だが、調べてみると、福岡の岩田屋デパートでも玉屋デパートでも売っていた。したがって、手袋だけではこの持主の居住地は想定できない。福岡にあるくらいだから、これも全国の都市で売っているわけである。

現場は、犯行時から、たびたび、降雨があったり、春の草が伸びてきたりして足跡などは全然わからなかった。しかし、少なくとも、被害者と女が一人、そこに来ていたことはわかる。ただし、それもベージュの手袋が犯罪に関係があるとの前提に立ってである。

そのほかに、人間がそこに何人いたかはいっさい疑問である。が、それは前にも触れたように、女が同伴の青年を単独で絞殺できるかどうかという問題にもかかってくる。

近ごろの郵便物は遅れる。東京の三原警部補から鳥飼あてに返事が来たのは、彼が手紙を送って六日目であった。つまり、この六日間は、こちらの捜査も全然進展していない期間であった。

「前略　お手紙ならびに諸記録の写しありがとう存じました。

拝見してまことにおどろきました。小生の感じでは、仰《おお》せのように相模湖の殺人事件に関連があるような気がします。すでに捜査本部が解散して一カ月になりますが、今日この有力なご通知に接しようとは思いがけないしだいです。小生の方では、捜査本部が解散しても、容疑者は一人に絞っていますので、まるきりのオミヤ入りとは違って、きわめて士気旺盛《おうせい》です。今後はこの容疑者の眼の前にいかにして確固たる証拠をつきつけるかの努力です。さて、お手紙によって、御地の事件が都府楼址に近い現場だったことに興味をもちます。次に、死体の経過時日です。その次に、婦人の手袋のことです。

被害者の青年のことは、相模湖事件には全然でていませんが、〝女〟は当然、こちらにも関係があります。その殺された若い男は、あるいは事件の裏側で働いていたのではないかとも想像されます。

極光交通専務、峰岡周一の申立てによれば、彼は二月七日午後三時半ごろ都府楼址に俳句を作りにいったと称しています。そしてその日の特急《あさかぜ》で帰京したと言っていますが、前にあなたに調べていただいたように彼がこの列車に乗ったかどうかはわかりません。つまり、午後一時五十分ごろ大東商会を出たことは、あなたのご調査でわかっていますが、それ以後の足どりはわかりません。（例の西鉄営業所の窓口付近に立っていたという以外は）峰岡周一は、あるいは、水城に行ったのかもしれないのです……」

3

鳥飼重太郎は都府楼址の前に立った。

ぽかぽかと陽気のいい天気で、広場に幾何学的な配列でならんだ礎石は、その陽《ひ》に温《ぬく》められていた。青い草が、円を抉《えぐ》りだした巨石を包んで光っている。

鳥飼はぶらぶらと奥の方に行った。行楽日和《びより》なので、子供づれの何人かがその辺に腰を降ろして弁当を食べていた。

鳥飼も見物に来たように、その奥に建っている石碑《いしぶみ》を見上げた。それには都府楼の由来が書かれている。懐古趣味のない鳥飼も碑文を読んで、千数百年前、ここが鎮西《ちんぜい》の都督府として壮麗なる官衙《かんが》が建っていた往古を偲《しの》んだ。

その横に茶店がある。もう、店先にサイダーや、ジュースや、アイスクリームがならんでいてもおかしくはなかった。

たしか、三原の手紙の中に、峰岡周一がここに来たとき、この茶店は閉まっていて、自分を目撃した者はいないと言っていたことが書いてあった。二月七日といえば寒い時期だから、行楽客もないのは当然である。しかし、そのとき峰岡周一の姿を現場で見た者がいなかったことは、彼にとって幸か不幸かは、今のところ判断がつかない。

鳥飼は茶店の中にはいった。

腰を降ろして白い柔らかいクリームを舐《な》めていると、草の上に陽炎《かげろう》が立ち、前面の遠い山がふるえてみえた。

「おばさん」と、彼は言った。「二月の初めごろ、ここの店はあけてなかったとな？」

「へえ。寒かときですけん、遊びにくる人もなかですたい。そげん季節に店ばあけても商売になりまっせんやな。この店は三月のお彼岸になって開くようにしとりますたい」

五十ぐらいの、背の低い女は答えた。

それでは、果たして峰岡がここに来たかどうかはわからないのだ。

「冬は、誰もここに遊びには来なれんと?」

「へえ……武蔵《むさし》温泉に来とらすお客さんが、ときどき、遊びに来さっしゃるぐらいですたい」

武蔵温泉というのは、ここから二キロばかり南で、ちょうど、太宰府とは反対側にある温泉郷だ。

そこは昔から知られた温泉で、町のすぐ裏手にある天拝山《てんぱいざん》は太宰権帥《だざいごんのそつ》に貶《おと》された菅原道真が、憤懣《ふんまん》のあまりその山に登り雷《いかずち》となったという伝説がある。雷は京に走って道真を讒言《ざんげん》した藤原時平《ふじわらときひら》の上に落ちたというのだ。そこは福岡の奥座敷となっていて、ちょうど、東京と熱海《あたみ》の関係に似ている。

鳥飼重太郎は都府楼址を出ると、二日市街道をバスに乗って水城の停留所で降りた。バスだと十分ぐらいだった。もしかすると、犯人も、被害者も、このバスに乗ったかもしれない。

すると、鳥飼は妙なことに気づいた。

東京から来た手紙では、峰岡周一は都府楼址に遊んだとはっきり言っている。もし、彼が水城の青年殺しに関係があるとすると、なぜ、現場からすぐ近い都府楼址に遊んだとわざわざ言ったのだろうか。

普通の犯人の心理だと、逆の方向、たとえば、香椎《かしい》方面に行ったと述べた方が有利なわけだ。現に鳥飼が相模湖殺人事件とこの事件とを結びつけたのは、峰岡周一の都府楼址に行ったという申立てを思いだしたからではないか。峰岡は、なぜそんな不利な条件を述べたのか。

そうしてみると、峰岡周一が都府楼址に行ったのは、あんがい、本当かもしれないな、とも考えた。

しかし、と鳥飼は思いなおす。

それは、もう一つ裏が考えられることだ。犯人の心理は、峰岡周一が反対方角の、たとえば香椎方面に行ったと嘘《うそ》をついた場合、あとでそれが露顕《ばれ》る可能性も用心したのかもしれない。つまり、自分の姿をどこで誰が見るかもしれないという予感があって、わざと本当に行った場所の〝方向〟を述べたのかもわからぬ。現に彼は博多天神ノ町の西鉄営業所に立っている姿を大東商会の者に見られている。だから、彼が逆の方向に行ったと言っても、二日市方面でその姿を見られた場合を用心して、都府楼址という同方面の場所が彼の口から出たとも解釈できる。

そうだ、そうかもしれない。

鳥飼は、バスを降りてから現場の水城の築堤に行く間も、そんなことを考えつづけていた。

広い通りから部落の間の畦道《あぜみち》にはいる。田にはレンゲ、スミレ、タンポポが盛りで、菜の花が黄色く咲いていた。小さな白い蝶《ちょう》がその間を飛びまわっている。もし、世の中に殺人という犯罪がなかったら、太陽の恵みを受けているあらゆる万物が平和ないきづきを永遠につづけていると思わせる眺《なが》めだった。

鳥飼が堤に登ってみると、現場はすぐにわかった。この前、実地検証があった時の名残りで大きな縄《なわ》が落ちている。一度掘りかえした土が元通りに埋めてあるから、そこだけは青い草がなかった。

鳥飼は、しばらくそこに立って土の上を眺めていた。直接自分が検証に立ちあったのではないから、いま初めて現場を踏んだような気持だった。彼は頭の中で検視や解剖の報告の文章を浮かべていた。

ほかには人影もない。ときおり西鉄電車が響きをたてて通過していた。線路からここまでは、ほぼ五百メートルぐらいだ。

実況見分書によると、ベージュの婦人用手袋は死体の埋まっていた地点から約五メートル離れた下方の木の茂みの中に落ちていたという。二月の初めはまだこのように葉が茂っていなくて枯木ばかりだったと考え、そのときの状態を鳥飼は想像したりした。

彼はもそもそと堤を下《くだ》った。どこかで牛が啼《な》いている。

――峰岡周一という男。

鳥飼は三原警部補から何回となく相模湖事件の報告を受けているので、あたかも自分がその捜査に参加したように内容がわかっていた。三原は峰岡周一を追っている。その捜査の方向は鳥飼にも正しいと思われた。

被害者は、犯罪の発生した二月六日夜、相模湖畔の旅館に、一見水商売ふうと思われる婦人とはいっている。食事が終わって暗い湖畔に二人連れで散歩に出かけた。女はそのまま行方をくらまし、男の死体だけが残った。

三原警部補も同じ想像だろうが、いまこの水城の現場に落ちていた婦人用の皮手袋は、あの湖畔から逃亡した女のものではなかろうか。この皮手袋がこの水城の殺人事件に関連しているなら、当然その推測は起こりうるのだ。

東京警視庁では、すでに相模湖事件の捜査本部を解散している。湖畔から逃げた女は、いまだに行方もわからず、身もとも知れない。

もし、その同一女性が九州のこの場所に現われたとしたらどうであろうか。ここの殺人は二月の上旬から中旬までという推定で、果たして二月六日の晩の相模湖事件より前に発生したのか、あとなのかは判然としない。

だが、この〝水城殺人事件〟を〝相模湖殺人事件〟の直後に起ったものとして考えてみよう。すると、相模湖畔から逃走した女ははるばると九州太宰府近くにきていたわけだ。絞殺《こうさつ》された一人の青年をともなってである。

青年——。

鳥飼は眼を前面の広々とした平野に向けた。しかし、彼が眺めているのは黄色い菜の花畑や、赤いレンゲ畑や、草の間に小さく顔を出しているスミレの群れではなかった。四月の晴れわたった空の一郭に一つの映像を浮かばせていたのであった。

それは、殺された若者が峰岡周一の共犯者ではなかったかということだ。

その青年は和布刈《めかり》神事の真の撮影者ではなかろうか。彼は二月七日未明の撮影が終わって、空港から到着する峰岡を門司港駅か小倉駅で待ちうけて、フィルム入りのカメラを彼に渡す。峰岡はそれを受けとって大吉旅館にはいり、続きのコマでそこの女中さんを写す。——かくて、峰岡周一は自己のアリバイをその青年の協力によって完成し、続いて彼の邪魔者となった協力者を抹殺《まっさつ》する。

——その殺害にも、やはり女を使っている。その手口も相模湖事件と同様だ。……

鳥飼重太郎はのろい足どりで歩きながら国道に出て、バス停留所にのっそりと立った。

白いバスが福岡方面から埃《ほこり》をあげて車体をゆすりながら走ってきた。ふと、その標識にある行先を見ると、〝武蔵温泉行〟と出ていた。

鳥飼の頭には、たちまち先ほどの都府楼址の茶店で聞いたおばさんの言葉が浮かんだ。

そうだ、武蔵温泉がある。もし、東京からアベックがこの辺にくると、武蔵温泉こそ、その宿泊地として有力に考えられるではないか。——

相模湖事件の線上に、ぽっかり一人の青年が浮かび出てきた。しかも、九州で殺されてからそれがわかった。だが、今まで、その若者のことが、どうして捜査中に出なかったのであろうか。

若い女と青年、そして彼らと峰岡周一との関係——鳥飼はいろいろ想像して、武蔵温泉に着くまでバスの中を退屈しなかった。

A[1]とA[2]

1

鳥飼重太郎は武蔵《むさし》温泉の旅館に着いて、地元の所轄署《しよかつしよ》の応援を求め、水城《みずき》の被害者の足どりを捜査した。

武蔵温泉の旅館約十数軒について被害者の写真を見せて歩いた。

鳥飼は、被害者が武蔵温泉に泊まったとすれば、二月七日の夜だと考えている。相模湖畔《さがみこはん》の殺人事件に関連しているという推定から出発した結論だった。

水城の殺人現場近くに落ちていた婦人用皮手袋の片方が相模湖畔から姿を消した女のものだと推測すると、その女は二月六日の九時過ぎに相模湖畔を逃走して、その晩に東京から九州行の列車に乗ったことになる。博多に着いたのは翌日の七日だ。彼女が武蔵温泉に泊まったとすれば七日以前は考えられないのである。

では、七日以降はどうであろうか。これもまた鳥飼の推定ではありえないことになっている。

なぜなら、いま三原警部補が追っている重要な容疑者、峰岡周一は、七日の夕方の列車に乗って、八日の午前中に東京駅に着いたと言っているからだ。これはまだ確認していない。しかし、峰岡が八日の午後から勤め先のタクシー会社に現われたことは事実なので、したがって、峰岡がその女といっしょに武蔵温泉にいたとすれば、七日の晩が最有力となってくる。その日の晩に泊まっても、翌日の八日の朝の飛行機を利用すれば、峰岡は八日の午後にはちゃんとタクシー会社に現われることができるからである。

殺された若い男は三原警部補がいま、いちばん苦しんでいる和布刈神事のフィルム・トリックの片棒を担《かつ》いだ男だと思われる。この若者があの八コマ分の撮影をすませて、カメラを峰岡に渡したという想像である。

こう考えてくると、峰岡は計画的に前からこの男を味方にしていて、その協力のもとに、完全とみえるアリバイを企《たくら》んだことになる。

しかし、鳥飼は所轄署の刑事たちの応援を得て、武蔵温泉の旅館を当たってみたが、どこの旅館でも有力な聞込みが得られなかった。二月七日の晩だと、すでに二カ月以上経《た》っている。だが、商売に慣れている番頭や女中たちは、あんがいに客の顔は記憶しているものだ。その番頭も女中も被害者の写真をのぞいて、はっきりと宿泊を否定したり、首をひねったりするのだ。念のため宿帳も見せてもらったが、むろん、ここにも手がかりはない。もっとも、それが必ずしも二月七日でなくともよかった。同日を中心に前後一週間の幅を取ったがだめだった。鳥飼の意気込みはしぼんだ。

しかし、彼は勇気を絞った。

自分はあまりにも武蔵温泉にだけ眼を奪われていたのではあるまいか。宿泊地が必ずしも武蔵温泉とは限るまい。同じ理由で、福岡市内やその他の近郊の旅館を全部当たってみることだ。

これはたいそう大仕掛けなものになったが、被害者の顔写真を大量に焼増しして各地の所轄署に配布して協力を求めた。

この広範囲の聞込みには、完全に三日間を要した。福岡市を中心に、近くには小さい町がいくつもある。また西鉄電車を利用したと考えられるので、久留米《くるめ》付近もこの捜索の対象になった。

だが、結果は同じだった。どの署の報告も鳥飼を失望させるだけであった。

しかし、被害者が土地の人間でないとの推定に立てば、彼はよそから来ていきなり水城の現場に連れこまれて殺されたとは考えられない。どこかの旅館に宿泊している。

何度も考えるとおり、水城の堤の土中から発見された絞殺死体は、女一人ではできない犯行だった。必ず横に男の犯人がいる。女は被害者の青年を誘いだす役目だと思う。これも相模湖殺人事件の手口とまったく同じだった。

してみると、二月七日の晩に被害者の若者と手袋の女とが旅館に泊まったとすれば、それは峰岡周一もいっしょだったと考えなければならない。

鳥飼の頭には一つの想像が浮かんでいる。

被害者の青年が和布刈神事の撮影フィルム入りのカメラを渡したのは、門司でも小倉でもいいのだが、とにかく、小倉の大吉旅館には峰岡が午前八時ごろにははいっているのは確かなので、カメラはそれ以前の時間に手渡されたとみなければならない。青年はそのまま福岡に出発する。大吉旅館には峰岡一人しか現われないから、この想像は、まず間違いはない。

女はどうしたか。

相模湖畔から逃走した女は、二月六日の夜は東京都内のどこかの旅館に泊まり、その翌七日の午前中の飛行機で福岡に飛んだに違いない。彼女は峰岡に指定された福岡付近の場所で彼の来るのを待ちあわせていたのだ。

この場所が旅館か、それとも別な所かは判然としないが、この場合、旅館と考えるのがいちばん自然だ。和布刈神事の撮影を受けもった青年も、おそらく同じ場所に来たに違いない。

一方、峰岡は大吉旅館で九時半ごろ東京からの電報を受けとり、相模湖畔で『交通文化情報』の土肥武夫が殺されたことを知り、いや、知ったふりをして博多に向かう。彼は午後一時に大東商会に現われる。これは鳥飼自身がそこの社員について確かめている。

その後、峰岡は、例の西鉄営業所の前に佇《たたず》んでいるところを目撃されたきり、都府《とふ》楼址《ろうし》に遊びにいったという彼の話を除けば、どこに行ったかわからない。したがって、どう考えても三人が落ちあったのは、峰岡が西鉄営業所の前に人待ち顔に佇んでいたという午後二時半以後でなければならぬ。

峰岡周一は慎重な男だ。めったに他人の印象に残るような行動はしなかったに相違ない。もちろん、この精密な設計が行動の段階でちょっとでも狂えば、彼はたちまち身の破滅を来たすのだから、練りに練った計画に沿って、きわめて細心な注意を払って実行したに違いない。

では、それは旅館ではなかったのか。

これだけ手をつくして福岡、久留米周辺の旅館を調べてみても有力な手がかりがないところをみると、その集合場所は、あるいは旅館ではなかったのだろう。人の目に立ってその印象が残りやすいといえば旅館は危険な場所の一つかもしれない。

鳥飼は、もしかすると、それは最も人の混《こ》みあう場所ではなかったかと気づいた。

(そうだ、そうかもしれない)

それは、峰岡周一が西鉄の窓口に立っていたという事実からである。これまではそれを電車のことにばかり結んでいた。だが、西鉄営業所は福岡一繁盛する岩田屋デパートの一階にある。そこからはデパートの入口が数歩のところにある。デパートこそ誰からも注目されない待ちあわせのできる絶好の隠れ場所ではないか。しかも、この犯人の中には女性が一人いる。また待ちあわせるにしても、売場さえ指定していれば容易に相手の姿を発見できる。ぶらぶらとケースの中などを見てまわっていれば、誰ひとりとして怪しむ者はないわけだ。それも大勢の客の間にまじってである。

2

三原は、鳥飼重太郎からは、たびたび連絡を受けた。

相模湖畔の殺人事件が、思いもよらず西の方から突然、連鎖的な反応を示した。三原はおどろいたが、仰天するほどの意外さでもない。事件が起こってみればありうべき可能性はあったと思った。

彼は鳥飼の送ってくれる報告文や、関連の書類の写しなどを丹念に読んだ。

三原は、被害者には気の毒だが、この第二の殺人事件の勃発《ぼっぱつ》によってその捜査進展に期待した。必ずこの辺から相模湖畔の犯人の手がかりが得られるものと信じていた。

水城の事件が相模湖畔の事件に関連があるという推定は、鳥飼とまったく同じ考えだ。いわば、この事件は相模湖畔の殺人事件の後始末として起こったような殺人だと思う。

この点、被害者の身もと不明の青年が峰岡周一のフィルム・トリックのための協力者だという鳥飼の推定に、三原も全く同意見だった。これで三原が苦心惨憺《さんたん》したフィルムのトリックは初めて解明できたと思った。なにもニュース映画会社に足を運んだり、他人の写真作品展を調べることはなかった。あのフィルムに写っている神事の映像は、完全にナマの撮影だった。

例のコマ取り操作も三原の考えすぎだったのだ。

しかし、鳥飼から送られてくる報告や電話の打合わせは、しだいに三原を焦燥におとしいれた。相模湖畔の事件と同じように、水城の殺人事件の捜査がさっぱり伸びないのである。

水城の現場には、ベージュの婦人用皮手袋が片方落ちていた。この持主が相模湖畔から逃走した女性と同じだということも、また、峰岡周一がその横にいたであろうという推定も、三原には全く異論はなかった。それは、峰岡が西鉄営業所の前に立っていたという事実、さらに、彼の話による都府楼址に遊んでいたというのが、ことごとくそれに結びつくからである。つまり、峰岡周一は、早晩、警察の追及が和布刈神事の真の撮影者に及ぶことを予想して、まず、その禍根を絶つために協力者を消したものと思えた。

だが、そうなれば、峰岡周一とその被害者の青年とは、前からかなりな関係を持っていなければならない。

「この点について、当警察署はもとより、私もずいぶん捜索しました。当地方の旅館捜査の模様は、前にお知らせしたとおりですが、今のところ被害者の身もとがまったくわからないのです。当地方の新聞紙上に、被害者の人相、服装、年齢等を詳しく記し、現場写真から撮った死顔を修整して出したのですがなんの反響もありません。それで、この青年はやはり私の思うようにこの地方の在住者ではなく、東京方面から誰かの指示または同伴で当地方に来たものと推察されます」

鳥飼はそう手紙に書いている。

三原もそう思っている。被害者の青年は、やはり東京から九州に運ばれたものであろう。なぜなら、九州地方の人間よりも、東京方面の人間の方が被害者の身もとはわかりにくいからである。所持品もなかった。犯人はすでに被害者の衣服から身もとのわかるような物は剝《は》ぎとっていった。そういう計算を持っている犯人が、すぐに身もとの知れそうな地元の人間を使うはずはない。

——さて、被害者の青年と、手袋の女と、もう一人の人物、すなわち峰岡周一とは、岩田屋デパートの何階かの売場で落ちあった。それからどうしたか。

それがわからない。

だが、水城の現場での凶行は、あたりが暗くなってから行なわれたとみてよかろう。明かるいうちだと、そんな所にうろうろしている人間は付近の農家の者に目撃されるからである。

鳥飼の手紙や捜査報告などを読んでみると、被害者らしい人物を見たと証言した者が付近の者にいない。

それが二月七日だとすると、午後五時半ごろには、すでにあの辺は暮れかけるのではあるまいか。あるいは六時かもしれない。九州というと、東京よりは三十分ぐらい日没が遅いはずである。

ここで三原は念のため東京天文台へ電話をして、二月七日の福岡地方における日没時刻をききあわせてみた。すると、その返答は、福岡地方では午後五時五十四分だということだった。してみると、水城の現場に被害者が連れてゆかれたのは、まず、六時か七時ごろであろうか。

ここでもう一つの推察の線がある。

それは、被害者が他所《よそ》で絞殺《こうさつ》されて、車に乗せられ、水城の現場に運搬されたのではないかという考え方だ。つまり、水城の現場は第二であって、実際に殺害された第一現場が別な場所にあるのではないかという想定である。

しかし、これはありえなかった。

峰岡周一は東京の人間で、福岡には被害者を殺害するような場所を知っていない。こういう場合、凶行現場としては屋内が考えられるが、福岡にはときたまの出張しかしていない峰岡がそんな家を知っていようとは思えないし、自分で持ってもいないであろう。また、死体を凶行現場に運ぶとすれば、当然、そんな車も用意していなければならない。もちろん、タクシー、ハイヤーなどのような営業車は使えない。どうしても自家用車になる。峰岡は福岡には、そんな車はまさか持っていないだろう。

そう考えると、やはり水城の発見現場こそ絞殺した場所でしかないのだ。

では、峰岡周一は、被害者をどういう口実であの寂しい場所に連れこんだのであろうか。

普通の所だと被害者も怪しまずに従《つ》いてゆくだろうが、水城の築堤という、夜は人《ひと》気《け》もないような場所に誘われたら、誰にしても妙に思うのが当たりまえだろう。青年が唯々《いい》として峰岡の誘いに乗ったのは、そんな危惧《きぐ》を乗りこえた、もっとほかの理由があったからでなければならない。

ここで三原は相模湖殺人事件における手口を思いだす。

相模湖の事件では女が被害者を誘った。

被害者の土肥武夫は、車で相模湖に向かう途中、青梅《おうめ》街道の高円寺一丁目電停付近で、一見、水商売ふうの美人を拾い、いっしょに相模湖の碧潭亭《へきたんてい》ホテルに乗りつけた。碧潭亭ホテルの女中の証言によると、二人は離れの部屋で食事をしていたが、土肥がしきりと女に泊まるよう誘いかけていたというのだった。

それから、二人は散歩だと言って湖畔の方へ歩いていったのだが、それが土肥の生きている最後の姿で、次に彼は絞殺死体となって現われた。女はそれきり戻《もど》ってこない。どこにどう逃げたものか逃走経路すらわからない。

もし、この手口を水城の殺人事件に適用すると、どうなるか。

この場合、被害者は若い男だった。それで、きれいな女に誘いをかけられると、夜の水城の堤にいっしょに行くことは、きわめてありうることだ。青年にとってはきれいな女といっしょに歩くのだから、明かるい場所よりも、暗くて人のいない所の方がうれしい。彼は心をおどらして女と暗い水城の堤を上がったに違いない。

このときは、峰岡周一は何かの理由を設けて二人の傍《そば》から去っていた。女は峰岡の意を受けて、青年と二人で現場に向かったのだが、ちょうど、相模湖の事件と同じ手口である。

3

水城の暗い雑木林の中にはいった女と男とはどのようなことをしたか。おそらく、若い男には血が顔にのぼるような甘い言葉を女からささやかれたに違いない。それから抱擁の前の微妙な動作がはじまったのであろう。男は夢中になった。それで彼は自分の後ろからやってくる忍びやかな靴音《くつおと》に気がつかなかった。

突然、男の頸《くび》には後ろから紐《ひも》が掛けられた。強い力だった。声も上げられない。そのとき、恋の相手だった女は、加害者の側に回って彼の死を手伝った。絞殺の仕方も相模湖と同じ手口だ。

若い男はその場で埋葬された。それは峰岡と女との協力でできあがった。まだ冬枯れの付近の草をむしり、落葉を集め、浅く埋めた死体の土の上にそれらをばらまいてすぐには発見できないようにした。

両人《ふたり》はその場を立ち去った。が、途中で女ははっと気がついて顔色を変えた。うかつにも左手の手袋を落としてきたのである。

このとき、峰岡にも、女にも、すぐに手袋を取りに引きかえす気持があったと思う。しかし、それができなかったのは、だいたい、次のような理由によるものではなかろうか。

一つは女がもう一度殺人現場の近くに引きかえすのをこわがったことだ。もう一つはそれを取りにかえる時間的な余裕がなかったのではないか。

あるいはこの二つをいっしょにした理由かもしれない。いずれにしても、その手袋は市販の品では少しばかり上等だというだけで、べつに持主がわかるような特徴もなかったし、ネームもはいっていなかった。捨てておいても、そう気づかいはないという考えで、回収に引きかえさなかったのであろう。

それに、その手袋と殺人犯行とが必ずしも結びつくとは限らないのだ。これは鳥飼の報告にもあったが、現にその手袋の持主がその犯行に関係があるのかどうか捜査本部では迷ったとある。多分、犯人の側にもその予想があって、かえって手袋を取りもどしにうかつに引きかえして、思わぬ失策をするよりも、そのままにしておこうという考えになったのではあるまいか。

この手袋を取りにかえる余裕がなかったという点では、峰岡周一が福岡から東京に帰る時間とも関連しているのではなかろうか。たとえば、彼が列車を利用したとすれば、そう考えられるのだ。

もっとも、二月七日の晩、彼が犯行をすませて、女といっしょに近くのどこかの旅館に一泊し、あくる日の午前中の飛行機で東京に帰れば、前にも考えたとおり、タクシー会社には午後顔を出すことが可能である。

この場合、峰岡周一は共犯者の女といっしょに東京に帰っただろうか。彼のことだから、あるいは別々に引きかえしたということも考えられる。

問題は女である。

すでに相模湖事件が起こったときも、峰岡周一の周辺にそのような女がいるかどうかを三原は内偵《ないてい》させている。が、当時、峰岡の身辺からはそのことが発見できなかった。

今度の水城の事件でそれをもう一度やりなおさなければならないが、三原にはそれがまたどうも徒労のように思えてならないのである。相模湖事件のときに徹底的にそれは洗っているからだ。

峰岡という男は、あんがい、女関係の線がうすいのである。第一、三十七歳の現在まで一度も妻を持ったことがない。たとえ妻がいても、彼ぐらいの年齢と収入とで、女の一人や二人はあってもおかしくはない。それが全然出てこないのだ。

だが、相模湖、水城両事件を通じて峰岡に女のいることは間違いない。彼はよほど巧妙にその女を隠している。

ここで、三原警部補は、ふと考えた。

水城で殺された身もと不明の若い男が峰岡の協力者であれば、彼は日ごろカメラをいじっている男でなければならぬ。なぜなら、その男の役目は門司の和布刈《めかり》神事を夜間撮影しているからである。三原もときたま安物のカメラをいじってはいるが、フラッシュを使うことはほとんどない。それほど熱心ではないし、素人《しろうと》でもいわば初歩の方だ。

しかし、和布刈神事はあきらかに夜間撮影だから、協力者はカメラに対してかなり深い趣味を持っていたと思わなければならぬ。すると、その男は日ごろからカメラ店にしばしば顔を出している男ということになる。

現像や焼付は、その道に凝った者は自宅に暗室を作っているが、それにしてもフィルムとか、現像液とか、印画紙とかいったような材料はカメラ店から買いこまねばならぬ。そういうマニアに限ってまた材料店にひどく懇意だから、たびたび顔を出すことであろう。

(そうだ、ひとつ、水城の被害者の顔写真を東京中のカメラ材料店に回してみよう。福岡の鳥飼刑事はすでにそれをやっている。そのことは、被害者が福岡の人間でないということの立証の一つにもなっている。今度は東京だ)

福岡署に電話をかけたが、あいにく鳥飼刑事は仕事で外出しているということだった。

そう聞いただけでも三原には、老刑事がこつこつとくたびれた靴をひきずって歩きまわっている様子が浮かぶ。三原は勇気を出した。これまで、くじけそうな気持を鳥飼刑事から何度激励されて立ちなおったかしれない。

三原は水城の被害者の写真のうち、修整したほうの顔写真を鑑識に複写するよう頼んでおいて、警視庁を出た。彼のポケットには、もう一枚、死体をそのまま撮影した写真がある。

ふいと思いついたのだが、まず、この写真で峰岡周一の反応を見てやろうと計画したのだ。

問題は、峰岡が水城の被害者を協力者として雇っていたとすれば、写真を見せたとき彼がどんな反応を示すかだ。もちろん、彼がこの男を知っているとは絶対に答えないだろうが、隠せないのはその瞬間の表情だ。顔を知っていれば、当然、何かの反応がその眼や顔の筋肉の動きにあらわれると思う。これは不意に相手に突きつけてみることだ。

峰岡周一はタクシー会社の事務所にいた。例によって事務所のいちばん奥まったところに、広い机を前にしてすわっている。三原がはいっていっても、彼は顔色ひとつ変えず顧客のように愛想《あいそ》よく迎えた。

「ひさしぶりですね。しばらくお見えにならなかったようですが」

峰岡は落ちついて挨拶《あいさつ》した。

「いや、いろいろと事件があとからあとから起こりましてね。ナニ、たいしたことはありません。殺人というものは、そうめったに起こりませんからね」

そんなことを言っても、峰岡はまるっきり通じないみたいにけろりとしている。三原は、その峰岡を安心させるために取りとめのない雑談をした。やはり三原が来れば峰岡も緊張するだろう。顔の表情はともかくとして、内心では敵を迎えるような身構えになるに違いない。三原は峰岡からそれをほぐしたかった。というのは、ポケットに忍ばせている写真を見せるのは、峰岡の虚を突かなければ効果がないからだ。安心しているところを見はからっていきなり眼の前に写真を置けば、それだけ効果があがるはずである。

三原は、約二十分ばかり取りとめのない雑談を交わして、

「ときに、峰岡さん、あなたはこういう人を知っていませんか？」

と、ポケットの写真を突如――三原にとっては突如という気持で彼の前に出して見せた。

写真は鳥飼が送ってきたナマのもので、被害者の顔が大写しになっている。その頸部《けいぶ》には、皮膚にくいこんだ索条の跡がはっきりと黒ずんだ輪になって写っていた。

「ほほう」

峰岡は、その写真を指先で取りあげた。そんな峰岡の顔を観察する数秒間が三原の真剣勝負であった。彼は、峰岡の瞳《ひとみ》のかすかな動き、顔の筋肉のちょっとした変化まで見のがさないように全神経を視力に集中した。

が、峰岡の顔には少しも反応があらわれない。彼はまるで新聞に載っている風景の写真版でも見るように、平然と被害者の顔を眺《なが》めている。

「知りませんね」

峰岡は写真をゆっくりとそこに置いて、まのびした調子でききかえした。

「いや、絞殺されてることはこの頸についた黒い輪でもわかりますがね。いったい、どこで起こった事件ですか？」

彼は煙草《たばこ》を口にくわえ悠然《ゆうぜん》として火を点《つ》けている。その顔つきには針の先ほどの変化もなかった。

三原は判断に迷った。そんな峰岡の顔が一つの演技のようにも思われ、また自然のようにも取れる。それほど彼の瞬間の反応というものは捕えられなかった。

「実は、福岡地方に起こった殺しですよ」

三原は、一語一語を峰岡に向けて射かけている思いだった。その手答えをさらに知ろうとした。

「ほほう。そりゃまた遠方で起こったものですね」

と、声も変わっていない。

「しかし、どうしてぼくがこの写真の人を知っているかとおききになるんですか？」

理由は三原に用意があった。

「といいますのは、峰岡さん、この被害者は、目下、身もとがわからないでいるんですよ。地元の警察署では、どうやら、被害者は福岡地方在住者ではないように考えているんです。それで、東京方面の家出人の中に該当者はないかといって、所轄署《しょかつしょ》からききあわせてきたんですがね。ぼくはふいと、峰岡さん、あなたのことに思いあたったんですよ」

三原がそう言って峰岡の顔をひそかにうかがうと、相変わらず塵《ちり》ほどの変化も見えない。

「そりゃまたどうした理由からですか?」

と、うすら笑いを浮かべている。

「いや、あなたはよく福岡の方へ出張されると聞きましたからね」

「そりゃ向こうの大東商会へは行きます。ですが、あれは仕事の出張ですよ」

「もちろん、そうでしょう……ですが、われわれとしてはあらゆることに手がかりをつかみたいと思っているんです。まあ、なんと言いますか、一種の藁《わら》をもつかむという心理でしょうな。それで、東京の人間が博多で殺された、あなたも東京から博多へよく出張される。そんなことから、もしやあなたがご存じじゃないかと思って、顔写真を持参してきたわけですよ」

「そりゃムチャですよ、三原さん」

と、峰岡はほとんど声を立てて笑いだした。

「そんなことをおっしゃると博多に出張する東京中の人間を、あなたは片端から調べなければならなくなりますよ」

三原は、なんだか警視庁へまっすぐに帰る気がしなかった。

いま会った峰岡との問答や、自分の眼で見た彼の表情やらを、もう少しひとりで考えてみたかった。

いつもゆきつけの日比谷の喫茶店にはいった。彼はコーヒーをブラックで飲む癖がついている。

白い陶器のコップにはいった熱い黒い液体を少しずつ舐《な》めながら、たったいま会った峰岡との問答、表情の観察などを反芻《はんすう》してみた。

そのうち三原は、水城で殺害された青年のことが気持の中から妙に希薄になってゆくのをおぼえた。それは峰岡からはっきりとした反応を捕えられなかったからではない。いや、多少、それもそんな気持にさせる要因にはなっているが、ただそれだけではなさそうだった。三原警部補は、和布刈神事の写真撮影に協力者があったということが、どうも気持に乗ってこないのである。

なるほど、鳥飼から水城で殺害された青年は和布刈神事を撮影した協力者ではないかという推定の意見が寄せられたときは、その理屈だとすらすらと彼の悩んでいる厄《やっ》介《かい》な問題が解けるので、全面的に賛成したい気持になった。が、いま落ちついて考えてみると、〝協力者〟の幻影が実感としてしだいに胸にこなくなったのである。

やはり和布刈神事は峰岡周一自身がなんらかの方法を使って撮影したとしか思えない。

——こういう気持になるのは、例のコマ撮りのトリックを三原が苦心して発見したので、そのことが彼の頭の中で、固定観念としてこびりついているためであろうか。

伸び

1

三原警部補は峰岡のフィルムに写っていた和布刈神事が、第三者の手、つまり、峰岡に協力している別の人間によって撮影されたとは思えなかった。これが当初からの考えである。

べつに証拠があってそう思うのではない。いや、証拠の方からいえば、そのことの不可能が立証されるばかりである。たとえば、時間的な問題にしても、どうしても峰岡の単独撮影ではありえないことばかりが出てくる。

だからこそ、水城《みずき》の殺人事件が起こって、被害者の若い男がどうやら相模湖畔《さがみこはん》の事件に関連があるように思われると、その男が例の写真の撮影者ではなかったかと考え興奮したものだった。つまり、その男が峰岡のカメラで和布刈神事を撮影し、そのあとで峰岡にカメラを渡したとすれば、困難な問題もすらすらと解けるのである。三原はそのときは、それなりに喜んだ。

だが、しだいにその考えがうすれてゆく。しかし、それは証明する証拠が出たわけでもなく理由づける要因が発見されたのでもない。いわば、最初に考えたことに三原がまだ執着を持っているということである。

どうもぴんとこないというのが本当の気持だった。

しかし、それだからといって、水城の殺人事件が相模湖畔の事件と無関係であるとは絶対に思っていない。それは鳥飼刑事がたびたび手紙で意見を寄せてきたとおりだ。

普通の推定でいえば、峰岡はあらかじめ和布刈神事の撮影者を作っておく。それが用ずみになれば、自分の秘密を暴露されないために、相模湖畔から逃走した女を使ってその男を消してしまう。合理的だが、解釈の都合がよすぎる。かえって現実離れがしてみえる。

峰岡に写真の協力者があったという確固とした立証が発見されないかぎり、この線にあまり執着するのは事実を誤ることになるのではなかろうか。

相模湖畔の女といえば、あれきり行方が知れないのもおかしい。ずいぶん手を尽くして捜査したのだが、さっぱり痕跡《こんせき》がつかめない。

湖畔の旅館に被害者の男といっしょにはいっていった水商売ふうの美しい女は、二月六日の夜の凶行現場から、翌日の七日には九州の水城に到着している。

もっとも、水城で発見された若い男の死体は四月十日の発見であったが、解剖医の意見では、だいたい、二月十日前後の死亡であろうと言っている。これを七日と想定したのは、峰岡がその日に福岡に出張して大東商会に現われ、彼の言うことに従えば、都府楼址《とふろうし》に俳句の季題を求めてさまよったということからである。つまり、峰岡の七日の出張にこの女は必ずついて行ったという考えである。

この六日のあとが全然わからないのだ。

もし、峰岡の殺人が実際だとすると、その女はよほど峰岡に密着していた関係でなければならない。三原は、その線から峰岡の身辺をずいぶんと洗ったが、女関係にはきれいだったというのだ。むろん、相模湖畔に現われた女の人相を言っても誰も知っていない。

しかし、前後の事情から考えて、その女が峰岡の協力者であったことは間違いないのだ。いったい、その女はどんな素性《すじよう》で、また峰岡とはどのような事情で結ばれていたのであろうか。

現在の峰岡の行動からその女の存在を探ることに三原は全力を尽くしたが、これもまったく手がかりがつかめない。峰岡がその女を協力者として使ったなら、その逃走先を彼が保障していなければならない。生活費も、潜伏先の費用も、みんな彼の手から金が出されていなければならなかった。

だから、峰岡の毎日の行動を追えば、必ずその女の隠れているところにつながらなければならないのだが、それがどうしても浮かんでこない。峰岡がたいへん上手にその女を隠しているか、あるいは三原の考え違いかである。もちろん、峰岡が女のもとへ直接に出向くことは危険だから、彼はなんらかの方法で、その中継的な人物を設定していなければならない。それも調べてみた。また金を与えるにしても、自分が直接に行って手渡す危険を考えて、送金ということもある。それで峰岡が送金する、あるいは送金している事実をできるだけ調べてみたが、それも浮かんでこないのである。

このままだと、その女は東と西に風のように現われては消えたともいえる。奇態な話だった。

水城の現場に残されていたという婦人用手袋の片方はかなり高価なものだった、と鳥飼は知らせてきている。

このイメージも相模湖畔の女にぴたりだ。湖畔の旅館の女中の証言によると、その女はあかぬけがして、身なりもちょっと贅沢《ぜいたく》だったと言っている。もっとも、湖畔に現われたときは和服だったが、水城の場合はおそらく洋装だったのではあるまいか。それは和服では人目に立ちやすいからだ。近ごろは女性も圧倒的に洋装が多いので、目立たないためには和服よりも洋装が適切である。また行動の面からいっても洋装の方が軽快だ。

手袋――。

なぜ、それが片方だけ現場付近に落ちていたのか。これは三原も前からさんざん思案したことだった。

すると、三原は、いま、あることに気づいた。

手袋の片方が脱げていたというのは、その凶行の前にその女が手袋を脱ぐ必要があったからではないか。でなければ、それが現場に落ちるはずはない。

三原は、被害者の若い男が水城の藪《やぶ》の中にはいったのは、その女の誘いだと思っている。もし、そういう条件だったなら、藪の中でも女と被害者の間に一種の愛欲的な行動が行なわれたとみなければならない。つまり、そこが女の狙《ねら》いだったし、相手を油断させる隙《すき》だったのである。

そう考えてくると、女が手袋を脱いだことはきわめて適切だ。なぜなら手袋のままでは相手の男に接触するのが不自然になるからだ。手袋が官能を妨げる。男と女とは必ず手を握りあう。この場合両方で手袋を脱ぐのが普通である。

女の片方の手袋が一つ落ちていたのは、そういうことで解釈できそうだ。

すると被害者の手袋はどうか。

鳥飼の報告によると、死体は黒い皮手袋をはめていたと書いてある。どうもこれが変だ。

恋愛的な感触を確かめるために女だけが手袋を脱ぐということはないだろう。やはり、相手も脱がなければなるまい。それではじめて、女は男の皮膚を直接に感じ、男も自分の素手で女のそれをたのしむのではなかろうか。つまり、両方がその直接な感触によって恋愛を確かめるのである。

それなのに、若い男の死体が黒皮の手袋をきちんとそのままはめていたのはどういうわけか。まさか殺したあとでその手袋をはめさせたのではあるまい。

三原は、自分のこの考えが妥当かどうかを誰かに確かめてみたくなった。が、さすがに警視庁内の刑事たちにきくのも気がさした。

彼はふらりと庁内を出て、またもや、ゆきつけの喫茶店にはいっていった。

2

店の中は空《す》いていた。女の子が四五人向こうの隅《すみ》にかたまって、何かしゃべりあっている。

三原は、その中でいちばん自分に親しい女の子を呼んだ。二十二三ぐらいの年ごろで、ふっくらとした顔をしている。

「いま、みんな暇かね？」

彼はきいた。

「ええ、わりと……」

「ちょっと、みなさんの意見を聞きたいことがある。暇だったら、ここにちょっと来てもらえないだろうか」

「まあ、珍しいわね」

「みなさんは」

と、三原は女の子たちが集まったところで言った。

「恋愛の経験はあるかね？」

すると、若い女の子たちはゲラゲラと笑いだした。

「いや、冗談じゃない」

三原はわざと真面目《まじめ》な顔で言った。

「これはぼくの仕事に関係があるんでね」

「あら、そんなことを警視庁が調べるんですか？」

「まあ、重大な参考になる」

「やだわ」

ときどき、ここにコーヒーを飲みにくる三原を、女の子たちは真面目な男だと思いこんでいる。だから、そんなことを突然言いだす三原をふしぎに思ったらしい。日ごろはめったに軽口もきかないのである。

「まあ、みんなきれいだから」

と、三原はつづけた。

「恋愛の経験はあると、ぼくは思いますがね」

「あら、いやだ」

女の子たちは顔を見合わせて賑《にぎ》やかな笑い声をつづけた。

「まあ、聞いてください。そこでたずねたいのは、恋人同士が二人っきりでデートした場合だが、……当然、二人っきりで出会えば、まず最初には両方で手を握るだろう。ねえ、そうだろう？」

「なんの話なの、いったい？」

「今にわかる。どうだろう、それが冬の季節だったら当然、両方とも手袋をはめているわけだね？」

「そうだろうもないものだわ。ご自分の経験でお考えになったらどう？」

「自分の経験だけでは心もとないからね。だから、みなさんの経験も参考にしたい」

「つまり、恋愛事件の参考人なのね。わたくしたちは？」

「まあ、そういったところだな。ところで、話は前にかえるが、手袋のまま手を握りあうということがあるかね？」

女たちは、たがいに眼を見合わせて黙っていた。

「ないだろう。どうだね？」

「そうね」

一人が首を傾《かし》げて、

「まあ、そんな場合は、両方で手袋を脱いで手を握るのが本当でしょうね。だって手袋のままそんなことをしても、ちっとも感じがこないもの」

一人の子が言うと、あとの三四人もそれに賛成した。

「やっぱりそうだろうね」

「そんなことが犯罪捜査にどんな関係がありますの？」

「事件というのは、あらゆる場合に関連しているからね。だから、警察官はどんなことでも知っていなければならないんだよ。いや、ありがとう」

彼女たちの意見が普通なのだ、と三原は合点《がてん》した。

水城の藪の中に落ちていたベージュの婦人用皮手袋は、その持主が脱いだということで自然な状態を表わしている。ところが、一方の死体は完全に両方に手袋をはめていた。これはやはり不自然な現象といわなければならない。なぜなら、被害者は女とそこで抱擁の最中に、犯人に襲撃されたはずだからだ。

何かある。これには何かある。――手袋、手袋。……

三原は警視庁に帰る間、そればかりを心に呟《つぶや》いていた。彼は脚を別な方向に向けた。警視庁に帰ってからでは考えごとができなくなる。思索の場所は、歩いている孤独の間がいちばんだった。

そのため三原は二重橋の方に歩いた。シーズンで、地方からの団体客が観光バスで続々と乗りこんできているのが見える。バスの群れが広場でごったがえしていた。旗を立てて団体が広場へ幾組も向かってゆく。

三原は芝生《しばふ》の上に腰を降ろし、長いことその風景を眺《なが》めていた。よそから見ると、一人の男がのんびりと日向《ひなた》ぼっこをしているように映るだろう。事実、そのぐるりには鞄《かばん》を持った外交員のような男や、自転車を立てて芝生に寝転んでいる配達人の姿があった。

アベックも多い。

真っ白なスラックスの上に眼のさめるような深紅《しんく》のセーターを着た背の高い女の子が、黒ずくめの、ずんぐりした若い男と腕を組んで、はるか向こうから歩いてくる。赤と白と黒だから、この組合わせは人目を惹《ひ》いた。

三原が、猛烈な勢いでそこから立ちあがったのは、この男女が彼の前を通りすぎてすぐだった。

三原は、眼の前をしゃべりながら歩く両人《ふたり》の顔を眺め、その声を聞いていた。

「だからサ、あたし、あの人キライなのよ。ヘンにベタベタしててサ」

「そう気にすンなよ。あの子もあれで気はいいヤツなんだぜ」

黒ずくめは女であった。深紅のセーターは、しゃがれ声の男だったのだ。後ろから見ると髪のかたちはまるきり区別のつかないショート・カット。そのかわり、黒いスラックスの腰のあたりはみごとに盛りあがっていた。近ごろの男は、女のような赤い服装をしている。

三原は大股《おおまた》で警視庁に引きかえした。

喫茶店からここに来るまでの、のろのろした足取りとはまるで違っていた。

「おい」一部屋に帰ると、三原は若い刑事を呼んだ。「車を出してもらうよう手配してくれないか」

「はあ。どちらまでですか?」

「杉並の永福町だ」

声に張りが出ていた。

車は新宿に向かい、甲州街道に方向を変えた。

車の混雑している時刻なので、永福町に来るまでたっぷり一時間はかかった。駅前近くの水道道路沿いに〝花柳《はなやぎ》流舞踊教授〟の立看板が出ている。それが相模湖畔の被害者、土肥武夫の自宅にはいる路地の目標だった。

三原は前に一度ここに来たことがある。それは土肥武夫の生前の事情をきくためだった。土肥の家は平家の狭い家で、表は格子戸《こうしど》になっている。手をかけたが、内側から錠が差してあるらしく開かなかった。表に十歳ばかりの子供が遊んでいる。それが土肥の長男だった。

「お母ちゃんはいるの？」

三原がやさしい声できくと、子供は彼を見上げて黙ってうなずいた。

「ちょっと、おじさんが訪ねてきたからと言ってくれない？　いい子だな」

子供は家の狭い路《みち》に走りこんだ。

五分ばかり待っていると格子戸が開いたが、土肥の妻は濡《ぬ》れた手を前掛けで拭《ふ》いていた。

彼女は三原を見ると、あわてたようにお辞儀をした。

「いや、奥さん、どうも突然お邪魔をします」

三原は玄関の狭いところに立った。

「今日は仏さまにご焼香させていただきに来ました」

「それはどうも恐れいります」

三原は案内されて奥の六畳の間に上がった。かたちばかりの仏壇があったが、仏が新しいせいか、供物《くもつ》が賑やかに飾られてある。

三原はその前に膝《ひざ》を揃《そろ》え、手を合わせた。土肥の妻は急いでローソクに灯《ひ》を点《つ》けたり、線香に煙を立てたりした。

「どうも」と、三原は改まってその妻に頭を下げた。「その後、さっぱりご主人の仇《かたき》が取れなくて申しわけありません。しかし、警視庁の方が怠けているわけではないので、その点はご了解ください」

「いろいろお世話さまになります」

妻はうなだれていた。

「ついては、今日は前にうかがったこと以外に少しご主人のことをおたずねに上がったんです」

「はあ、なんでしょうか?」

妻は顔をあげた。

「ご主人は、ご商売がら、出張は多かったんでしょうね?」

「はい、それはございました」

妻女はうなずいた。

「やはり全国の業界に知らせる新聞を出しておりましたから。名古屋、大阪、広島、福岡にはよくまいっておりました」

「では、いちばん多いのは？」

「やはり名古屋と大阪ですわ。名古屋はご承知のように自動車のメーカー工場が集まってるところですし、大阪は関西の販売元ですから」

「なるほど。で、その出張の度合いは？」

「さようでございますね、大阪と名古屋とがひと月に一回ずつ交互というとこでしょうか」

「つまり、名古屋に一回出張されると、その翌月は大阪というわけですね？」

「さようでございます」

「で、出張の滞在日数は？」

「宅はああいう商売ですから、会社の出張のようにきっちりとまいりません。三日ぐらいいることもあるし、一週間ぐらいいることもございます」

「それは名古屋も大阪も同じくらいですか？」

「大阪の方が少し長かったように思います」

「では、福岡は？」

「向こうは短かったようです。もっとも、あちらまで行くと、北九州と長崎とに足を伸ばしたこともあるようでございます」

三原の頭には〝北九州〟という言葉が鋭敏に響いた。和布刈《めかり》神社は、もちろん、北九州の東端、門司市にある。

「小倉にはいらしたことがありますか？」

「よく存じません。わたしはあまり仕事には口を出さない方だし、また主人もいちいちわたしには申しませんから」

「それではつかぬことをうかがいますが、ご主人がそういう出張をなさるさい、峰岡周一さん……ご承知でしょうね？　極光交通の専務さんの峰岡さんです」

「はい、お名前はよく存じあげています。主人がよく申しておりましたから」

「具体的には、どんなことをお聞きになりましたか？」

「なんでもたいそう仕事のおできになるかただとか。それからまだお独身《ひとり》だが、誰かいい女《ひと》はいないかな、などと申しておりました。でも、眼の肥えたかただから、とてもナマカな女《ひと》ではだめだろう、とも言っておりましたようです」

「それでは、その峰岡さんとご主人とが、ご一緒に地方出張なさったようなことはありませんか？」

「さあ、それは聞いたことはございません」

被害者の妻女は首を傾げて答えた。

「でも、出張先で偶然に主人がお会いするということはあったようでございます」

「ほほう……それはどこでしょうか？　その土地のことです」

「ほんとに申しわけございませんが、詳しいことは何一つ主人は申しませんのでわかりません」

「でも、奥さんはその話をお聞きになってるのだから、ご主人が峰岡さんにどこで会ったか、必ず何かの言葉の端でお聞きになってると思います。よく考えてください」

「はい」

「これがご主人を殺した犯人を捜しだすかどうか、一つの境目になるかもしれないんですよ」

三原は妻女を激励するように言った。

「はい」

土肥武夫の妻は眼をじっと伏せ、懸命に記憶をたどるようにしていたが、ふと、その眼を開いた。

「そうおっしゃれば、峰岡さんには大阪でお会いしていたような話もしていました」

「ほう、大阪で？」

「はい、やっと思いだしました。主人は、いつか峰岡さんと大阪でお会いして、なんでも、おもしろいところに連れていっていただいた、と言っていたことがありました。その後もそんな話を聞いたことがあるような気がします」

「おもしろいところ？　もっと詳しいことはお聞きになりませんでしたか？」

「はい、ただ、おもしろいところ、とだけでございました」

「名古屋と九州の話は出ませんでしたか？」

「それはなかったようです」

「なるほど、大阪ですか」

三原は腕を組んだ。

三原は本庁に帰ると、四階の鑑識課の部屋に駆けあがっていった。

「水城の殺人被害者の複写を頼んでおいたが、至急に五十枚ばかり、ふやしてくれませんか」

「身もと割りだしの手配ですか」

「そうです。ひとつ大至急にお願いしたいんですが」

「明日の今ごろに取りにきてください」

――翌日、三原は二人の刑事を呼んで五十枚の写真を手渡し、すぐに大阪出張を命じた。課長の了解は昨日のうちに取ってある。

名古屋のバー

1

二日経《た》った。

大阪に出張した捜査員二人から電話で報告がきた。稲村と大島の両刑事だった。

「どうも、うまい手がかりがありませんでした」

年上の稲村が三原警部補に伝えた。

「さんざん、それらしいところを歩きまわったんですがね、飛田《とびた》のあたりから天王寺《てんのうじ》界隈《かいわい》のジャンジャン横丁のあたりのゲイ・バーは、シラミつぶしに歩きました。これから足を伸ばして神戸の三ノ宮あたりに行ってみましょうか？」

「そうだな」

三原は考えて、それをやめさせた。

「名古屋に行ってくれないか。少し日数はかかってもかまわないからね、丁寧にあたってほしい」

「わかりました」

「まだ写真はあるだろう？」

「二十枚ばかり残しておきました」

「それで十分だろう。大阪の方は、あとの連絡は頼んでおいたね？」

「あとから何か出たら、直接に大阪府警察本部から東京へ連絡するはずです」

「それでいいだろう」

「では、これから名古屋にまいります」

「ご苦労さん」

刑事二人は三原の指令どおり名古屋に発《た》った。

稲村刑事はもう二十年も警視庁に奉職している古手だった。大島は二十七だった。

二人は上本町《うえほんまち》から名古屋行の急行に乗った。二日ばかり大阪の盛り場を歩きまわったので、稲村は車中にはいると居眠りをはじめた。

「ここはどこだね？」

稲村は寝息がやむと、ふいと首を起こして窓の外を見た。電車は山岳地帯から平野の中を走っていた。

「さあ」大島刑事が見当をつけかねていると、

「ああ、高田あたりだな」

と、稲村は走る風景に眼をやって呟《つぶや》いた。

「ほう。よくご存じですね。稲村さんは、前にこの辺に住んだことがあるんですか？」

「いや」

四十五歳の稲村は眼尻《めじり》に皺《しわ》を寄せて、

「この辺は、若いときによく歩いたからね」

「なんでですか？」

「いや、お寺まわりをしたことがある。ずいぶん前だが、あのころとあまり違っていないからね」

とあくびをした。

「もうすぐ、畝傍《うねび》山《やま》が右の方に見えてくるはずだ」

若い刑事に感興はなかった。

「稲村さん、名古屋には何時に着くんです？」

「さあ、あと三時間ぐらいだろうな」

「今度はうまく見つかるといいですがね。愛知県警の方には、係長から連絡が行ってるんでしょうね」

「そりゃ行ってるだろう。だが、あんまり他力本願は当てにできない」

「そうですな。やっぱりわれわれみたいに本気になってくれないでしょう」

「しかし、地方の警察ほどウチに厄介《やっかい》になってるところはないからね。近ごろの事件は、とかく東京に縁のあるものが多い。すぐ地方から捜査員が上京してくる。地方から出てきた者は、東京の街が西も東もわからないからね。結局、こちらで面倒をみることになる。それは連中にもよくわかってるんだよ。だから、そのお礼返しというか、わりと協力してくれる方だよ」

「実際、地方からはよくやってきますな」

若い刑事は向かい側の窓の外を流れている風景に眼をやっていたが、興味がないらしく、昨夜の読みかけの週刊誌を取りだしてつづきを開いていた。

「君、奈良平野もこの辺で終わりで、ここから伊勢湾に出るまで、ずっと山岳地帯になる」

稲村は若い同僚に教えた。

「そこにこんもりとした山が見えるだろう」と左窓を指した。

「あれが三輪山《みわやま》だ。ほら、麓《ふもと》に白い鳥居が見えるね、あれは拝殿だけで、本殿がない。ご神体はあの山なんだ。山岳信仰の名残りが今でも残っているんだな」

「ああ、そうですか」

若い刑事はちらりと眼を向けただけだった。

「あの山の中腹に大きな屋根が見えるね。あれが長谷寺《はせでら》だ。牡丹《ぼたん》の名所だよ。君は『忠臣蔵』を知ってるか?」

「はあ、知っています」

「大石内蔵助《くらのすけ》が山科《やましな》閑居で牡丹作りをしていたが、あれはこの長谷から根を持ってきたんだよ。昔は有名だったたんだ」

「ああ、そうですか」

今度は若い刑事があくびをした。稲村は説明を諦《あきら》めて口をつぐむ。

大島は居眠りをはじめた。

若い刑事が眼をさましたのが伊勢《いせ》中川《なかがわ》だった。

「これから名古屋までどのくらいですか?」

彼は眼をこすりながらきいた。

「そうだな、あと一時間半ばかりだろう」

「こうしてみると、ずいぶん長く乗るもんですね。稲村さんはずっと眼をさましていたんですか？」

「まあね……ぼくはここへ来るのが十年振りだからね。やっぱりなつかしい」

「腹が減りましたな」

大島は初めて窓の方を向いた。夕暮れが迫って、人家には灯《ひ》が点《つ》いている。

「もう少しの辛抱だ」

「ねえ、稲村さん、こうして沿線の家が夕食をはじめているのを見ると、自分の家のことを思いだしませんか？」

「どういうことだね？」

「いや、ぼくはですね、他人《よそ》の家が家族中で集まって飯を食っているのを見ると、女房の奴《やつ》、今ごろ飯の支度をはじめてるだろうなと思うんですよ。日ごろはそうは考えませんがね、夕食どきだけ里が恋しくなるんです」

「そうだろうな。しかし、君、まだまだ序の口だよ。名古屋は三日ぐらいかかるかもしれないね。君は、あと三回ほど奥さんの夕食支度を想像しなければならないわけだ」

名古屋にはいると、完全に日が暮れていた。駅の構内の食堂にはいった。

「稲村さんは、名古屋の方は詳しいんですか?」

「そう詳しくないが、われわれが行くだいたいの見当はつけておいた。この駅の裏の方がそうらしいんだ」

「それは便利がいいですな。降りたとたんに場所が近いというのはありがたいですよ。ところで、宿の方は早いとこ手配しておかないと、また断わられて迷いますからね。宿さえ確保しておけば、どんなに遅くなっても安心です」

「まあ、なんとかなるだろう。いよいよだめなら、その辺の百円宿にでも泊まるさ。その方がかえって調べるのに便利かもしれない」

「ちょっと待ってください」

若いだけに大島の方が先に食事を終わった。ふいと立ちあがって食堂を出ていったが、やがて絵葉書を手にして帰ってきた。

稲村が茶を飲みながら爪楊枝《つまようじ》を使っている横で、大島は絵葉書に何かしきりと書いていた。稲村がそっと覗《のぞ》くと、あて名は彼の妻だった。

2

名古屋駅の裏は、昔の赤線区域で、今でもごみごみしたバラックが密集している。おでん屋、中華そば屋、いなりずし屋、古着屋などが多く、どこも間口が狭い。バーの看板や飲屋の赤提灯《あかちようちん》が路地の両側につづいた。ポン引きのような男女がうろうろしている。路《みち》はじめじめと濡《ぬ》れていた。近代的な駅の建物のすぐ裏にこのような地域が残っているとはふしぎだった。

「ゲイ・バーですか？」

あるバーにはいって、安ウイスキーの水割りを飲みながらきくと、女の返事はすぐ出た。

「そうですね。これから五十メートルばかり行くと、〝栄子の店〟というのがありますがね。そこがそんな店ですよ」

「栄子というんだね？」

「ママの名前です。もう四十ぐらいのおやじですが、確か五六人ぐらいは集めてるはずです」

「君たち、そこのバーで働いている人の顔を知っているの？」

「あら、いやだ。そんなところ、気持が悪くて。たまに、お客さんに連れられて行くんですけれど、向こうの顔を覚えるほど好きなところじゃありませんから」

「こういう人を知ってないか？」

稲村がポケットから顔写真を出して見せた。

女の子はそれを手に取って見ていたが、

「さあ、よくわかんないわ」

「もっとも、商売のときの顔と違うからね。よく見てくれたまえ」

「そういえば、どこかで見たような顔にも思えるけれど」

要領を得なかった。

刑事二人はそこで教えられた〝栄子の店〟を訪ねていった。ここもじめじめした路地の奥で安物のモルタル造りにペンキがぬりたくってある。

「いらっしゃい」

はいると、四五人の若い男がいっせいに声をかけた。みんな和服に角帯を締めていた。言いあわせたように衿元《えりもと》を広くひろげ、着物の柄《がら》も粋《いき》な絣《かすり》模様が多い。

二人が照れくさそうにボックスにつくと、連中が集まってすわった。

「今晩は」

「お邪魔します」

「お飲みものは何にいたしましょうか?」

男だが、その身のこなしや言葉はまったく女と同じである。

二人はビールを頼んだ。酌《しゃく》をする手つきも女と違わない。

「君たちも飲みなさい」

「あら、うれしい」

「すてきね。あたし、ここんところ、お客さまにご馳走《ちそう》してもらったことがないから、とてもありがたいわ」

「君はなんという名だい?」

稲村は正面にいるほっそりとした男にきいた。二十二三ぐらいだが、これが眼を細めて、

「陽子《ようこ》といいますの」

と、嬌態《しな》をつくって答えた。

「あら、陽子ばかり名前をきくなんて、妬《や》けるわ。ねえ、あたしにどうして名前をきかないの?」

その男は三十近いが、顎《あご》に濃い髭剃《ひげそ》りの跡がある。

「失敬。君はなんという名だ?」

「マユミと申します。どうぞよろしく……まあ、うれしい」

その男は稲村の片腕に抱きついてきた。

「ここでは美人はこれだけかね?」

「いいえ、まだたくさんいますわ。休んでる人もいますの」

「休んでいる人は何人ぐらいいるんだね?」

「そうね、五六人じゃないかしら」

「こういう人がここに働いていないかね?」

稲村は写真を取りだして見せた。いちばんにマユミという男がそれを奪《と》って、自分の眼の前にかざした。

「まあ、いい子じゃないの」

「あら、あたしにも見せて」

四五人の若い男がその写真のぐるりに群れた。

「どうだね、そういう子を知っていないか?」

「あら」と、一人が叫んだ。「これ、芳子《よしこ》じゃないの?」

稲村の正面にすわっていた陽子が、

「本当だわ、芳子だわ」

と、それにつづいた。

見ている連中の中にも同じ声が起こった。

稲村も、隣りの大島もその連中の顔をじっと見ていた。

「芳子さんというのは、ここに働いていたのかい？」

稲村はさりげなくきいた。

「いいえ、芳子は中村の〝蝶々《ちょうちょう》〟にいる子ですわ」

「君、知ってるのか？」

「ええ、前にこの店にたびたびお客さんといっしょに遊びにきたことがありますわ」

「前というと、いつごろかね？」

「そうね、もう半年ぐらいになるわね」

彼は同僚に確かめるように言った。

「そうね、そのくらいになるわね」

「それからこっちはどうなんだな？」

稲村は胸をわくわくさせていた。

「そういえば、ちっともこのごろは来ないわ。どうしたんでしょうね」

「じゃ、半年前に来ただけで、そのあと芳子さんはここに現われていないわけだね。誰かこの〝蝶々〟の店に行った者はいるのかね?」

「わたし、あるわ」

後ろから新しい声が聞こえた。

「あら、ママさん、お早うございます」

四十ぐらいの年増女《としま》(?)が、派手な女の着物に赤い帯をつけている。髪は大丸髷《おおまるまげ》だった。

ほかの男たちがママのために席をあけた。彼女はゆっくりと稲村にならんですわった。

「いま、このかたがね」と、マユミがその写真を彼女に見せた。ママは、厚化粧の顔を写真にうつむけた。ちょっとした動作でも女が出ている。咽喉《のど》が太く、白粉《おしろい》を塗った手の指もごつごつしていた。

「あら、これ、芳子じゃないの」

ママはしゃがれた声で言った。

「やっぱりそうかね」

二人の刑事は眼を交わしたが、歓喜が出ていた。

「ママさんも知っている子だろう?」

「ええ、よく知ってるわ。お客さんといっしょによくここに来ていたんですもの。そういえば、この前〝蝶々〟に行ったとき、あすこのママが、休んだまま連絡をちっともしないとこぼしていたわ」

刑事二人は立ちあがった。

「勘定」

「あら、まだよろしいじゃありませんか」

〝蝶々〟は元の中村遊郭の中にあった。ここは駅裏より豪華だ。建物がみんなキャバレーや旅館などに変わっている。ことにトルコ風呂《ぶろ》が多い。〝蝶々〟はその間にはさまった小さな暗いバーだった。

「芳子ですか」

出てきたのは白粉焼けした黒い顔色の青年だった。やはり和服に角帯の姿だ。

ここでは、はじめから手帳を出して身分をあかした。

「もう二カ月以上休んでいます」

「経営者を出してくれ」

よく太った、三十五六の、丸髷の女が出てきた。これは駅裏の栄子よりも女になっている。

「黙って休んだまま連絡がないもんですからね」

顴骨《ほおぼね》の出たマダムは男の地声で言った。

「芳子のアパートに二度ばかり店の者を行かせてみたんです。すると、三日ばかり郷《く》里《に》に帰ってくると言って出たきりだそうです。それは口実で、三四日、どこかの客をくわえてのうのうと温泉にでも行ってるものだとわたしは思っていましたよ」

「それきりアパートには戻《もど》らないんだね？」

「へえ、そうです」

刑事はそこに腰を落ちつけた。

3

警視庁に帰った稲村と大島とが三原警部補に報告した。

「〝蝶々〟から行方不明になっている芳子こと本名須貝《すがい》新太郎《しんたろう》は年齢二十五歳です。本籍は北海道の方ですが、アパートは名古屋市中村区松原町××番地で、ずっと独り暮らしでした。もう、ここには三年前から住みついているそうです」

「〝蝶々〟には、いつから勤めていたんだ？」

三原はきいた。

「一年ぐらい前からだそうです。本人はその前、喫茶店のボーイや、バーテン見習などやっていたらしいです。ゲイ・バーに勤めるようになったのは〝蝶々〟が最初だそうです」

「アパートの部屋を見たか?」

「調べました。所轄署《しよかつしよ》の応援で調べましたが、別段おかしなところはありません。洋服と着物とが半々でした。着物も女物がほとんどです。ああ、それから商売用の洋髪の鬘《かつら》が大切そうに棚《たな》に載っていました」

「芳子はバーでは女装で通していたのか?」

「半々だそうです」

「芳子についている客は?」

「名古屋市内の客がほとんどです。よく客に連れられてほかのバーを回っていたそうですが、その客もわかっています。しかし、全部、二月六日から一週間ばかりはアリバイのある者ばかりです」

「特に懇《ねんご》ろにしていた者はいないか?」

「それはなかったようです。〝蝶々〟の女や客の話だと、芳子は和服が似合って、年増の女の美しさを思わせていたそうですが、特定の関係者は見当たりません」

「アパートの部屋を調べたとき、手紙などは見ただろうな？」

「全部見ましたが、あまり通信はしないとみえて、それほどたくさんはありません。それも全部、喫茶店やバーで知りあったころの友だちとの通信で、内容を読んでも怪しいところはありません。北海道の郷里とはほとんど通信していないようです」

「本人は二月六日以来休んでいるわけだが、その前に〝蝶々〟でそういう事実を朋輩《ほうばい》に言ったことがあるのかな？」

「ええと、黙って休んだまま連絡がなかったそうです。アパートに行ってみたら、そこにはいなかったというのです。郷里にちょっと帰ってくるという口実ですが、もちろん、北海道に行くには日数も少ないし、日ごろの通信もないのだから、嘘《うそ》に決まっています」

「誰か客としめしあわせて出たというような事実はわからないのか？」

「それはわかりません」

三原はしばらく考えていたが新しい質問をした。

「その〝蝶々〟というバーに、峰岡周一は客として行ったことがあるのか？」

「峰岡周一の写真も、〝蝶々〟のマダムや、ほかの連中に見せました。しかし、みんな覚えていないのです。なかには、どうもうちにくる客のようだ、と言う者もいましたが、はっきりした記憶ではありません」

「では、相模湖畔《さがみこはん》で殺された土肥武夫はどうだろう?」

「はあ、その写真ももちろん出して見せましたが、これは全然心当たりがないと言っています」

「だが、そんなバーなら客はいろいろ来ただろうから、回数の少ない客はわからないということもあるな」

「ところが、そこは商売で、たいてい覚えているそうですよ。もっとも、フリの客で一二度ぐらいだったら、忘れることはあるそうです」

「名古屋には自動車製造工場があるな」

三原は呟《つぶや》くように言った。

「被害者の土肥武夫も名古屋にはたびたび出張したと細君も言っている。また峰岡周一もタクシーの車を購入に出張したことがたびたびだそうだ」

三原は、自分の頭の中の映像をどれかの線の中に入れようとしていた。

峰岡周一には女性関係はなかった。三十七歳の今日まで妻も持たずにきている。してみれば、他の女性関係があってもふしぎはないのだが、ずいぶんと調べてみてもわからなかった。

だが、女性関係が別な歪《ゆが》んだかたちで考えられないことはない。ところが、殺された土肥武夫はどうだったろうか。彼は何人もの女がいたことは捜査上の事実でわかった。峰岡周一の場合とは違うのだ。

峰岡は土肥を大阪の〝おもしろいところ〟に連れていったという。その、おもしろいところというのは実は名古屋の〝ゲイ・バー〟だったのだ。

例の〝女〟がゲイ・バーの人間ではないかと気づいたのは、皇居前の広場で見かけた男女の服装の倒錯現象がヒントだった。

ここで、土肥武夫が相模湖に行く途中、青梅《おうめ》街道の高円寺一丁目電停あたりに佇《たたず》んでいた女の姿を考えてみる。このときは、土肥武夫は須貝新太郎とはまったく知らないで、完全な女性だと思いこんでいた、と考えられる。

そう思わせたのは、峰岡周一がどこかで須貝を、いや、〝芳子〟を土肥に会わせたからであろう。

むろん、峰岡周一と芳子とは前からの関係があったのだ。峰岡はタクシーの新車の購入に名古屋へたびたび出張している。

峰岡が最初どこで芳子と出会ったのかはわからないが、多分、それは〝蝶々〟であろう。しかし、彼はそうたびたびこの店に現われなかった。のみならず、彼に一つの計画が浮かんでからは、わざと店には寄りつかなかったに違いない。

そのかわり峰岡がアパートから直接に芳子を呼び、相当な金を渡していたと思われる。

芳子が郷里に行くと称して店を休んだのが二月の六日からだ。彼女はその日、朝早く名古屋を発《た》って東京に着いたのであろう。芳子の役目は、ただ土肥武夫を湖畔に連れだすことだ。

そこまでの道程は容易に想像ができる。峰岡周一の指図を受けた芳子は、東京に着くと土肥のいる会社に電話をして相模湖に行く約束をしたに違いない。高円寺一丁目の電停付近で待つようにしたのは、土肥からの指示であろう。だから、土肥は、新宿駅西口からハイヤーに乗るとき、もう一人の連れをその先で乗せると運転手に言っている。

こうしてまんまと芳子は土肥に碧潭亭《へきたんてい》ホテルへ連れこまれた。土肥はあくまで彼女がホンモノの女性だと信じこんでいる。そこで彼はその晩碧潭亭にいっしょに泊まるようにしきりと口説《くど》いた。

芳子は、つまり須貝新太郎は、のらりくらりと決定的な返事をはずしながら、

「わたし、夜の湖が見たいわ」と、持ちかけたに違いない。土肥武夫はさっそくそれに応じた。こうして二人は散歩に宿を出ていった。

それから先は、須貝の言うままに土肥は歩かされた。その先に峰岡周一が待っていた。芳子は逃げた。

当時、女の逃走経路がどうしてもわからなかったが、女はすでに本来の男にかえって、悠々《ゆうゆう》と逃走したのだ。相模湖駅の駅員の記憶になかったはずだ。駅員は〃水商売ふうの女〃の乗客ばかり思い出そうとしていたのだ。〃男〃ではわかりようがない。和服の女ばかりを追った捜査が空転で終わったのは当然である。

ここで小倉の大吉旅館に峰岡がトランクをさげてはいったという話が思いだされる。それを聞いたときは、旅行者の常として何とも思わなかったが、たいへんな迂闊《うかつ》であった。あのトランクの中には須貝の女装が詰めてあったのだ。

――よく考えてみよう。

相模湖畔のホテルに土肥武夫とはいったときの須貝はトランクを持っていなかった。女装だからハンドバッグ一つだった。

峰岡は日航機で、羽田――伊丹――羽田と往復し（羽田着十九時三十五分）、さらに南武線利用で（だいたい十二分間隔で出る）川崎から立川に出て中央線に乗り換え

（立川発二十一時五分がある。相模湖駅着二十一時四十八分）、相模湖駅に降り、土肥の殺害現場に到着したときは、須貝の男物衣類（水城《みずき》の現場で発見されたもの）を詰めたトランクを持っていたのだ。

峰岡はタクシー会社の者に羽田から九州に発《た》つと言って社を出ているが、誰も空港における彼の姿を見たものはないのだ。彼は、あらかじめ須貝の衣類をトランク詰めにしてどこかに預け、羽田に行くまでの途中に受取ったのであろう。

こうして峰岡はトランクを提げて暗い現場に到着した。時刻は須貝と打ちあわせてあるので、須貝はそれに従って土肥をホテルから外に誘い出す。その場所も前から峰岡との間に決定していた。峰岡の到着が遅れる場合も予想して、須貝が土肥をその暗い場所にひきとめておくのは一時間くらいの余裕があったと思う。

峰岡は、湖畔の暗がりの中で須貝にじゃれついている土肥に襲いかかって、須貝と二人がかりで土肥を絞殺《こうさつ》する。

死体の始末をしたあと、須貝は峰岡が持ってきたトランクの中の男ものと着かえ、脱いだ女ものと入れ替えて詰める。

では、現場からの帰路はどうしたか。これは須貝がトランクを持って、峰岡とはバラバラに相模湖駅の改札口を通り、次の上り列車に乗る。新宿から羽田にタクシーで駆けつけたのも、ムーンライト号に乗ったのも二人はいっしょだ。二月七日午前一時三十分発福岡行333便機には身元不詳(偽名)の客が二人いたではないか。

五時十分に板付に到着した両人《ふたり》はどうしたか。

峰岡は大急ぎで小倉に行き、八時半までには大吉旅館にはいる予定にしている。土肥の死体が発見されて、その報知の電報が東京からくるのを待っていなければならないからだ。彼は、そのアリバイを印象づけるために極光交通の当直員に「変わったことがあれば小倉に打電せよ」と言いおいたのであろう。あとでも、彼が小倉にいたのはわかることだが、彼はもう一つ念を入れたのである。このへんが犯罪者の心理ではあるまいか。

峰岡が小倉に単独で行くため、須貝は福岡付近に残った。もしかすると、二日市の武蔵《むさし》温泉の旅館で休憩し、峰岡が福岡に引きかえしてくるのを待っていたものと思う。武蔵温泉でも、〝女〟ばかり捜していたからわからなかったのだ。

須貝は旅館にはいる前に、理髪店にはいり、女性スタイルのヘアー・カットを慎太郎刈りに変えた。水城の現場から発見されたときの彼の髪が、〝散髪後まもない〟ことが鳥飼の報告にあったではないか。

峰岡は須貝を殺害する目的で福岡へ同行したのだが、須貝はなぜノコノコと峰岡について行ったのか。おそらく峰岡から「博多にいっしょに遊びに行こう」と誘われたからであろう。この辺は、普通の男女の愛欲関係とかわりはない。

では、小倉から福岡に引きかえした峰岡と須貝とはどこで出会ったのか。これも打ちあわせができている。おそらく日が暮れて間もない五時すぎだろう。場所は水城に近い二日市駅の待合室としよう。土地不案内なものには駅の待合室がいちばんわかりよい。

峰岡はそれまで渡辺通りの大東商会に寄ったり、岩田屋デパート下の西鉄窓口で定期券売場に立ったりしている。

両人《ふたり》は水城の現場に行く。峰岡がそこに須貝を誘いこむ口実はやさしい。暗い、寂しい場所にはいるのを須貝はむしろ、〝女〟の心理でよろこんでいたのではないか。

現場で、峰岡は須貝の〝芳子〟を愛撫《あいぶ》するような格好で絞殺する。死体の上に土や枯草をかける。

立ち去るとき、峰岡はトランクの中の〝芳子〟の衣装から片方のベージュの手袋だけを出して落としておく。こうすると、これは男の犯罪ではなく〝女〟がからんでいるように錯覚させ、捜査の混乱が狙《ねら》える。

峰岡はトランクを持ち去って、福岡から帰京するのだが、彼の言う特急《あさかぜ》ではない。《あさかぜ》は博多発十六時三十分だから犯行後ではとても間に合わない。おそらく日航機の利用だろうが、これはこの時間だといくらでも間に合う。むろん、予約はずっと前に東京で偽名で取っている。

峰岡が東京まで持ち帰ったであろう女着物入りのトランクはどうなったか。家宅《ガ》捜索《サ》をかけてないからわからないが、おそらく自宅には隠されてないだろう。そんなヘマはしない。

どこかの地中に埋めるかしていると思う。古着屋や古道具屋に売るとアシがつくから、そんなことはしていないであろう。

——三原の推定は、やっとここまで漕《こ》ぎつけてきた。彼は、ほっと溜息《ためいき》をつく。ここまでは自信があるのだ。

しかし、まだもう一つの障壁が残っている。

八コマの和布刈《めかり》神事のネガの謎《なぞ》である。これが解決できないうちは峰岡のアリバイは崩れない。

いや、考えてみると、これは峰岡のアリバイを成立させている物的な、唯一《ゆいいつ》の壁であった。それだけに峰岡の位置は、まことに危険な断崖《だんがい》に立っているわけである。したがって、峰岡としては全力をこのフィルム・トリックにかけているわけである。

フィルムのトリック……確かにこれは峰岡のトリック以外には考えられない。

——三原は以前に峰岡の共犯者を設定してみた。和布刈神事の写真撮影者が別にいる。東京から福岡に飛んだ峰岡にそのフィルムを渡す役目の人物だ。

それが今では現実的には存在しないことがはっきりとわかってきた。唯一の共犯者は、女装で相模湖畔に土肥を誘いだした名古屋のゲイ・ボーイ、須貝新太郎だけである。

しかし、須貝新太郎も土肥武夫と二月六日の午後六時ごろから七時半ごろまで相模湖にいたわけだから、これも門司の和布刈神事の撮影に間に合うはずはない。

やはり相模湖の殺人事件と、九州水城の殺人事件とは、峰岡周一の単独犯行と決めてよい。——もっとも九州の方は、峰岡が相模湖の事件を永久に隠すため、共犯者の須貝を殺害したのだから、この方は直接にフィルムとは関係がない。

どうも、カメラの問題はいつまでも苦手だった。

一方、三原警部補の峰岡に抱いた疑いが、正当なものであるらしいことは、他の方面の捜査でわかってきていた。

それは、峰岡の土肥に対する殺人の動機である。

土肥は、その妻に毎月五万円の金を生活費として渡していたが、ときには多額の金を渡すことがあったと、妻のよね子は言った。

いったいその金はどのような経路で得た収入であったのか。その点に疑問を持って洗わせていたのが、思いがけない獲物をもたらした。

二年ぐらい前から『交通文化情報』に掲載していた〝世論〟と題する記事があった。これで土肥は、運輸省陸上交通局と業者の一部有力者との間に、ある種の取引があるのではないかとにおわせていた。

これには攻撃する側だけでなく、攻撃される側の官庁や大手業者の意見も載せてあるのだが、これについて、三原は部下の一人に辛抱づよく、調査させていた。その取引についての真実はなかなかわからなかったのだが、収賄《しゅうわい》していた官僚の一人のしくじりから、やがていろいろなことがわかってきたのである。

峰岡には新車の増車についての贈賄のほかに、自動車購入についての水増し、さらには贈賄分のピンハネやら、さまざまの弱味があり、その弱味を数年前からぴたりと押えて放さなかったのが、土肥武夫だった。峰岡が土肥を消そうとかかる動機は十分にあったと思える。

合同捜査へ

1

鳥飼重太郎が若い刑事と二人で上京してきた。

水城の殺人事件の被害者が判明したことをこちらから通告したので、福岡署の方も大変な喜びかたであった。三原は犯人の推定についても詳細な通知を出しておいた。しかし、これはまだ三原の個人的な意見に止《とど》めておいた。動機の点こそ割れたものの峰岡周一の事件当夜のアリバイはまだ動かすことができなかった。

福岡署の方は合同捜査にしたい意向を伝えてきた。東と西とはいっしょになった——。

三原は彼らを昼前に東京駅に迎えた。後部の二等車から鳥飼が鞄《かばん》を一つさげて降りてきたが、それを見た瞬間に、彼は鳥飼もずいぶん年齢《とし》をとったものだと思った。顔の皺《しわ》がずっと深くなっている。去年九州で会ったときから、まる一年ぶりだが、五十を越すと急速に衰えが身体に現われてくるようだった。

いちばん目立つのは、鳥飼の両耳のあたりの髪がずっと白くなっていることだ。頬《ほお》のあたりも幾分すぼんでいる。

鳥飼はそういう変化を遂げた顔をにこにこ笑わせて、三原の立っているところに歩いてきた。

「しばらくでした。わざわざお出迎えで恐縮ですな」

「お待ちしていました。いよいよ鳥飼さんといっしょに仕事ができますね」

「どうも、どうも」

鳥飼は自分の後ろにいる若い刑事を紹介した。三十前後の背の高い男で、倉田という名前だった。

「汽車の中はよく眠れましたか？」

いっしょに連れだってホームの階段を降りながらきくと、

「ハコ乗りは慣れてますばってん、朝早く眼がさめて名古屋を過ぎたあたりからずっと起きとりました」

「疲れませんか？」

「いいえ。なんとも……それよりも、三原さん、これからすぐに、われわれは捜査会議に出られるのですか？」

「会議は夕方からやることになっています。まあそれまでは、ゆっくりとお休みください」

東京は初めてだという若い倉田刑事は、鳥飼の荷物も提げて人混《ひとご》みの中を遅れて歩いていた。

警視庁に着いて、三原はお客二人を別室に休ませた。

「いまから昼飯でもご馳走《ちそう》したいと思いますが、それまでに、ちょっとこちらの記録を見ていただいておきましょうか」

三原は相模湖《さがみこ》殺人事件の関係書類を鳥飼に渡した。

「腹はそう減ってなかです。こいつば十分検討させてもらいまっしょ……いちおうの内容は、あなたの手紙で承知しとりますばってん、今度は私の方にも新しい人が付きましたけん、じっくりと読ませていただきます」

「それでは、あとで……」

三原は関係書類を二人に与えておいて、部屋に戻《もど》り、一時間ばかり、たまっている用件を片づけた。すんだのが一時ごろだった。

別室に引きかえすと、だいたいの関係書類は読んでしまったようだった。古い刑事と若い刑事とがしきりとメモを取っている。

「すみましたか？」

三原が覗《のぞ》くと、

「だいたい、拝見しました」

と、鳥飼重太郎は皺に囲まれた眼を細めてうなずく。

「新しい発見はありましたか？」

「まだ記録を読んだというだけで、別に感想も浮かびませんばってん、よか参考になりました……こいつは、あなたの言わっしゃるとおり、ホシは両事件を通じて同一人物ですな。確かにこの二つの事件は直結しとります」

「捜査会議までには、あと四時間ばかりありますが、飯でも食ってゆっくりしてください。本庁の食堂のは、おいしくないから、銀座までお供しますよ」

「お手数かけます。倉田君は東京は初めてですけん、見物がてらお供しまっしょ」

三人は有楽町まで歩いた。倉田刑事はもの珍しそうに首を動かして忙しい風景を見ている。

三原は、いかにも田舎《いなか》刑事の風貌《ふうぼう》を持った倉田に好意が持てた。

「奥さんやすみ子さんたちはお元気ですか？」

小ぎれいなレストランにはいって、三原は向かいあっている鳥飼重太郎にきいた。

「ありがとう。おかげさまで元気にだけはしておりますやな」

三原の眼には、一年前に訪れたときの鳥飼の妻と、たまたま訪問してきていた娘夫婦の顔が残っている。博多のドンタクで寿司《すし》や筍《たけのこ》のご馳走になったものだ。

「あなたがおいでになったときからみると、博多の町もえらく発展しましたよ。大きなビルや建物ができちょります。もう一度遊びに来ていただけませんか?」

「ぜひ寄せていただきます。しかし、鳥飼さん、それはあんがい近いかもわかりませんよ」

「あ、なるほど。例の水城《みずき》のことであなたも調べに来さっしゃるのですか?」

「都合によってはそうしたいと思っています。相模湖の碧潭亭の女中が、芳子の写真を見て、土肥の連れの女だと認めました。これで、二つの事件のつながりがはっきりしたわけです……ところで、鳥飼さん、あなたがたも例の人物に会ってみるおつもりですか?」

捜査の話になったので、この辺から声が低くなった。おとなしい倉田という刑事も傍《はた》から聞き耳を立てている。

「せっかくここまで来たのですけん、いちおう会ってみたかです。まあ、われわれには何の確証もなく、きめ手もなかですが、峰岡という男を見ておく必要はありますやな」

「そうですね……ぼくもあなたがたが上京されると聞いて、その点は考えたのですが、やはり直接に会って、水城の被害者の須貝新太郎を知っているかどうかをたずねる必要はありましょうね。こうなったら彼も覚悟をしているでしょうから、なまじっか避けても同じことだと思うんです」

三原も鳥飼の考えに賛成だった。

「では、捜査会議までぼんやりしていても仕方がなかですけん、これからそのタクシー会社に峰岡という人を訪ねてみまっしょ」

鳥飼は、茶を飲みこんで言った。

「三原さん、やっぱり、なんでしょうな、われわれ二人だけで、峰岡氏に会った方がよかでしょうね？」

「そうですね、今度はぼくが出ない方がいいと思います。しかし、どこの線から須貝という男に、峰岡の心当たりをつけてきたのか、その辺の筋道はどうします？」

「それば考えとりましたが、被害者が割れたのは、別のことから名古屋のバーに線が伸びたと言えばよかと思いますが、どげんでしょうな？　そこの店に峰岡が客になって来ていたことを聞いたと言ったら、どげんなもんでっしょか?」

「いや、それはだめでしょうな」

三原は首を振った。

「その辺は彼も心得ているから、決して自分の顔がバーの従業員に覚えられていないことには自信を持っていますよ。それに彼は決して本名を言わなかったに違いないから、峰岡ということがバレたと言っても、それはこちらのトリックだと思うに違いありません。何かもっと自然な口実が必要でしょうね」

「困りましたな」

鳥飼は考えていたが、

「では、こうしたらどげんでしょう、被害者の須貝の手帳の中に客の名前がいちおうついていたので、それらをいちいち洗ってる、としたら?」

それにも現実感はなかった。自分の名前を須貝の手帳に書かせるほど峰岡はうかつではないから、そのようなことは絶対に禁止させていたであろう。

だが、鳥飼の考え以外に名案はなかった。どうせ峰岡にはこちらの言うことが口実だぐらいはわかっているから、何と弁解しても五十歩百歩だと思った。

「それもいいかもしれませんね」

「須貝の名前を出したとき相手の顔色を見てやりたいと思うちょります」

「いや、鳥飼さん、それはどうでしょうか。峰岡という男は、なかなか、そんなことでは表情を変えるような男ではありませんよ」

2

二時間ばかりして鳥飼重太郎が若い刑事といっしょに警視庁に戻ってきた。

「どうでした?」

三原警部補は、鳥飼の白髪《しらが》のまじった無精髭《ぶしょうひげ》の顔を見上げた。

「お話のように、峰岡周一という人はたいへんな男ですな」

鳥飼は微笑して三原の前にすわった。若い倉田刑事は鳥飼の横に黙って並んでいる。

「須貝の名前を出してみましたよ。もちろん、はじめから否認されることは覚悟していましたが、こちらの狙《ねら》いは、峰岡がどんな顔つきをするか見てやるのが目的でしたからね」

「結果は?」

「いや、えらいもんです。須貝の名前を出しても眉《まゆ》一つ動かしませんでしたからね。

まるで須貝のことを警察がききにくるのを待っていたような具合です。とぼけきって

須貝というゲイ・ボーイなど見たこともないちゅうんですよ」

「特別な反応は見えなかったわけですね？」

「全然」

鳥飼は首を振った。

「あれじゃ、役者も顔まけですな。ビクともしません」

「そうでしょうな」

三原も峰岡周一の顔を思いだして唇《くちびる》に笑いが浮かんだ。

「ところで、あなたの見込みはどうです、峰岡は須貝を知っていると思いますか？」

「思いますな」即座に鳥飼重太郎は答えた。「とぼけてまったく何も知らないような顔つきをしておりますが、峰岡は須貝をよく知っとると思いますやな。あのとぼけ方には峰岡の作為が見えます。これは私の先入観ではなく、二三分も須貝のことを話しているうちに、そうわかりました」

「須貝のことでは、どんな話が出たんですか？」

「私は、こうきいたんです。あなたは名古屋の方によく仕事で出張されるが、あそこのゲイ・バーで〝蝶々《ちようちよう》〟というのを知っとりますかと言うと、そんなバーは知らな

いと言うんですな」

「なるほどね」

「知っとると言えば、むろん、そこの店に働いている芳子というゲイ・ボーイを口に出すんですが、店の名前を知らないと言えば仕方がなかです。そのあと、出張した晩に名古屋の花街を歩いたことがあるかとききましたが、それはたまにはありますよと笑っとりました。だが、ゲイ・ボーイなんかには興味がないので、寄ったこともないと言っていました」

「それで、峰岡に須貝のことを質問するのに、どういうきっかけをつけたのですか?」

「やっぱり正攻法でゆきましたよ。福岡郊外の水城で青年の絞殺《こうさつ》死体が出て、名古屋のゲイ・バーに勤めている男だと、身もとの割りだしができたので、いま、被害者が生前交際した人物についてまわっとりますが、峰岡さんもよく名古屋のバーに行かれとるちゅうことを聞きこんだので、それで訪ねてきたと言いました」

「ははあ」

「なに、向こうだって、こちらがいい加減な口実できいとると思うとりますから、どうにでも言えます。すると、やっぱり、峰岡は皮肉そうに言いましたよ。おかしいですな、刑事さん。私は名古屋のバーに、ときたましか顔を出さないが、いったいどこで、私の名前が知れたんでしょうかねってね」

「なるほどね」

「あるバーで峰岡さんの名刺をもらった女の子がいたので、それで、私が東京の出張のついでにお訪ねに上がったと言いました。ただ、店の名前は先方の都合が悪かろうからそれは伏せておきます、と言いました。峰岡は、そうですか、と言ってにやにや笑っとりましたよ」

「そんな奴《やつ》です」と、三原は言った。「しかし、あなたが峰岡に会って、彼がホシだという直感を受けたのは、それだけでも成功でしたね」

「それは、だいぶん違います。あとは、どうして彼の犯行のきめ手を見つけるかですな。今度はだいぶん手こずりそうです」

「同感ですね。ぼくも早くから峰岡には弱っています……しかし、考えてみると、だいぶん線がはっきりとしてきましたよ。なんといっても、水城から須貝の死体が出てきたのが大きな進展です」

「三原さんから頼まれてこちらの相模湖事件のお手伝いをしていたころは、まさか、自分の軒下に火が点《つ》こうとは思いませんでしたやな。おかげで須貝の死体が出る前から事件を手がけているような気持になっとります」

「峰岡が須貝の勤めていた〝蝶々〟に顔を出していた線がとれるといいですね」

それは、確かに有力な条件の一つだった。

しかし、そのことは、こちらから名古屋に派遣した稲村と大島とがいちおう洗ってきている。〝蝶々〟では峰岡周一の顔写真を知っていなかった。峰岡が〝蝶々〟に行っていたとしても、なじみの浅い客だったのだ。彼が須貝を共犯にするまで引きよせたのは、バーに二三回遊びにいった程度で可能なものだろうか。

三原はこの辺が弱いとは思っていた。しかし、客がなじみとなって通いつめたからといって、必ずしも店の女の子を自分のものにするとは限らない。一二回程度でも目的を達することもありうる。

だが、今度の場合は、単に峰岡が須貝をものにしたというだけでなく、犯罪の片棒を担《かつ》がせているのだ。だから、峰岡は〝蝶々〟以外で彼に会っていたとも考えられる。でなければ、あまりに、両人《ふたり》の関係が親密すぎるのだ。単に、金を与えたということだけではすまない。

3

鳥飼重太郎もそのことに気づいたらしく、

「これは、ひとつ、名古屋の方を捜査する必要がありますな」と言った。「峰岡周一は殺された須貝とバー〝蝶々〟以外で会っとると思います。でないと、共犯者になるくらいな関係にはならないと思いますやな。相模湖のことも東京で打合わせしたに違いないから、これは峰岡が須貝を呼びよせとります。だから、日ごろも名古屋で会う場所をどこか決めていると思います」

「賛成ですね」と三原は言った。「ぼくもまったくあなたと同じ考えを持っています」

「せっかく、ここまで来たのだから、私は名古屋にこれから飛んでゆきますよ」

「え、名古屋に?」

「峰岡の盲点を衝《つ》くには、それ以外にないと思いますからな。すぐに今夜の列車で発《た》ちます。名古屋だと明日の朝早く着きますからね」

三原は、きょう東京に着いたばかりの鳥飼がまた名古屋に行くというその精力ぶりにおどろいた。深くたたみこんだ皺には、そんな努力の堆積《たいせき》が長年しみこんできているように思える。耳のあたりに光っている白髪も、こうなると年齢をこえて彼の闘志だけをみる思いだった。

「この前、あなたの部下のかたで名古屋に行かれた人がありましたな?」

三原が名古屋の一件を調べさせているのを話しているので、鳥飼はそうきいたのだ。

「向こうに行くについて、いちおう、そのかたからお話を聞きたいと思います。名古屋は初めてだから、西も東もわかりませんでな」

「お安い御用です」

稲村と大島の両刑事を呼んで、ざっと簡単に話をすると、

「鳥飼さんに詳しく話してあげてくれ」

と言いつけた。

「やあ、お世話になります」

若い刑事にも鳥飼は頭が低かった。

鳥飼と、彼の連れの若い刑事と四人は席を移して打合わせにはいった。稲村は出張のとき買ってきた名古屋市内の地図をひろげたりしている。鳥飼なら名古屋の方をまかせて大丈夫だった。峰岡と須貝の関係を立証する有力な手がかりをつかんで帰るかもしれなかった。いや、その期待は十分にもてそうである。

しかし、と三原は考える。

たとえそれがわかったとしても、もう一つの壁があった。峰岡が相模湖の殺人事件の現場には絶対にいなかったという例のフィルムの証明だった。

和布刈《めかり》神事の写真は誰が写したのか。もとより須貝ではない。またほかに共犯者が

あろうとも思えない。峰岡が独りで操作するにしてもこれは時間的に間に合わない。峰岡が撮影したのではないとすると、あの神事は誰かが撮影したことになる。共犯者がなければ峰岡の撮影となるが、これは時間的には絶対不可能だ。それなら複写が考えられるが、これは今までみてきたように峰岡に撮影した写真を貸したという者が出てこない。作品展が開かれているわけでもない。ニュース映画も、テレビの撮影も、いずれもその線は崩れた。

この点だけは、前から考えつづけたことが少しも進展していないのだ。

三原は、その晩、名古屋に発つ鳥飼重太郎を東京駅に見送った。鳥飼は張りきって出発した。顔も汗ばんでいたせいか、脂《あぶら》が浮いたようにぎらぎら光っていた。それがいかにも精力的にみえた。

三原は、まだ残している仕事があるので警視庁へ戻《もど》ることにした。東京駅から警視庁までタクシーに乗るのはもったいないのでバスを利用した。バスは丸の内の暗い赤煉瓦《れんが》街を通って有楽町に出た。有楽町界隈《かいわい》は色のついた光で賑《にぎ》わっていた。それが日比谷の交差点を渡ると、また暗い通りにはいる。皇居の石垣《いしがき》の上にも暗い灯《ひ》が一つぽつんと点いていた。

三原は警視庁前の停留所が来たので席を立ったが、彼の前に四五人の客が降りた。

一人は学生らしく、定期券を車掌にちらりと見せて降りてゆく。

定期券。——

三原はそれを見て、また、峰岡周一が岩田屋デパートの下にある西鉄の定期券売場の窓口付近に佇《たたず》んでいたことを思いだす。

あれは須貝の来るのを待っていたのか、それとも都府楼址《とふろうし》に本当に行くためにだったのか。

三原は、うつむき加減に庁内にはいり、部屋に戻った。

刑事が一人の被疑者を調べている。たった今引っぱってきたものらしく、その男は二十四五歳ぐらいで、派手な格子縞《こうしじま》のシャツを着ていた。長い髪を垂らして、刑事の前にうなだれていた。

三原は未整理の書類を見ている。聞くともなしに問答が聞こえた。

「盗《と》ってきたのは、その八点だけだな?」

「はい」

「そのうち三点は知りあいの奴に売ったというんだね?」

「そうです」

「誰と誰に売ったんだ?」

若い男はぼそぼそと口の中で言っている。刑事はその住所氏名を書きとっていた。

「あとの五点はどうした?」

「質屋に入れました」

「どこの質屋だ」

「神田《かんだ》の錦町《にしきちょう》です。佐藤という質屋さんでした」

「錦町の佐藤だな。おまえ、そこは顔なじみか?」

「いいえ、初めてでした。どこかに入れるつもりで歩いていると、看板が見えたので、つい、そこにはいったんです」

「よく初めてなのに品物を受けとったな。何か証明を出したのか?」

「はあ。米穀通帳も何もないから、仕方がないので定期券を出しました」

「会社から貰《もら》ってるやつだな。それで無事に質に置けたわけだな?」

「そうです」

「おまえは工員をしている会社から貰った定期券を使ったのだから、入質のさいには、そのとおり本名を書かなきゃいかん。本名ではバレるとは思わなかったか?」

「はあ。バレるとは思いませんでした」

「そうだろうな。わかると思ったら本名を書くはずがないからな」

三原は、はっと思った。

そうだ、定期券は乗車の証明だけではない。身分証明の役にも立っているのだ。彼は見ている書類をなげだした。

峰岡周一はやはり西鉄の窓口で定期券を買ったのではなかろうか。西鉄の電車を利用するというのが目的ではなく、彼は何かの身分証明に使いたかったのではなかろうか。

もし、そうだとすれば、峰岡はいったいなんの身分証明にしたのだろうか。

どうせ、それは変名に違いない。変名だったことは、その日に出された西鉄の定期券申込書を見てもわかる。その中に〝峰岡周一〟の名前はなかったからだ。

峰岡は旅行途中だった。まさかいま調べられている男のように旅費がたりなくなって持物を入質しようとしたのではあるまい。

峰岡周一の定期券は、身分証明の面でいかなる意義があるのか。

三原はここで、峰岡周一が午後二時半ごろ西鉄の窓口に立っていたことから、以前、七日の定期券申込みを鳥飼重太郎に調べてもらったことを思い出した。

それは岩田屋デパートの西鉄窓口だけに限定し、午前中の分は除外したものだった。

彼は手帳を繰った。鳥飼の回答は、学生定期券十三枚、通勤者定期券二十枚、普通定期券十六枚であった。その申込書に書かれた住所氏名は、鳥飼がいちいち当たってくれて、全部実在の人物だということが証明されている。

そのとき調べたのは、峰岡周一には福岡に女があるという想定のもとに、主として女名前を重点に見たはずだった。

しかし、今は情勢が変わった。峰岡の女は名古屋のゲイ・ボーイ、芳子こと須貝新太郎であった。だから、定期券問題で女名前を調べた当時の意味は失われている。

三原は、これに早く気がついていたら、鳥飼を今どき名古屋に出発させるのではなかったと思った。

三原は、明日、名古屋の鳥飼から連絡の電話があるのを待つほかはなかった。

4

峰岡周一が定期券をある種の身分証明に使ったのではないかという思いつきは、三原に一つの勇気を与えた。

しかし、これには二つの壁があった。一つはそれがなんのために必要だったかという理由だ。

もう一つはかなり決定的な落胆だが、当日窓口から発行された定期券の人名が全部実在の人物だったことである。これは鳥飼重太郎が入念に調べてくれたことだから信用していい。

すると、峰岡周一は、いかなる目的かわからないにしても、それを〝身分証明〟に使うのに架空の人名でしたのではなかった。しかし、峰岡自身の名前は申込書になかったのだから、彼は他人名義の名前を書いたことになる。だが、共犯者がないのだから、実在の人物の名前で定期券を買った意味がわからない。

やはり、峰岡はあの場所で誰かを待ちあわせていたというのが真実なのだろうか。

三原は、自分の思いつきにちょっと喜んだが、この矛盾に突きあたって、急にがっかりした。

そのあくる日の三時ごろだった。名古屋から鳥飼の声が電話の送受器に直接流れてきた。

「そちらの方はどうですか？」

三原がきくと、

「まだ手がかりがつかめませんやな。時間が早いから、バー方面はこれからですばい。いま、旅館の方を調べておりますが、一軒一軒ですけん、おおごとですたい」

「どうもご苦労さまですな」

三原はねぎらった。

「ところで、鳥飼さん、前にあなたに、例の西鉄の窓口で二月七日に発行された定期券のことを調べていただいたことがありますね？」

「はい」

「ちょっと思いついたことがあるんです。すみませんが、そこに手帳の控えでもあったら、いま大急ぎで読みあげていただけませんか」

「手帳はありますがね、ずいぶん人間がおります。全部で五十人近かです」

「そのうち学生はいちおう除きましょう。それから女の人は除外していいと思います」

女性を除外したのは、前の想定が崩れての新しい線である。

「そうしますと、だいぶん絞れますな。ええと、ちょっと待ってください。電話が少し長くなるばってん、読みあげますよ」

耳に当てた送受器の奥から手帳の紙を繰る音が聞こえた。

「ありました。では、そのつもりで拾いあげて読みます」

「どうぞ」

三原は鉛筆を構えた。

「福岡市大名町一丁目森内進、釜屋《かまや》町飯田伍一、薬院藤田茂雄、若宮町鈴木守夫、上ノ橋福岡食品工業梶原《かじわら》武雄、中浜町中央市場岡本太一郎、本所町黒木稔《みのる》、三光町大村達三、柳原筑紫電機豊田文夫、船町安原寛一、橋口町県庁内石坂和夫、天神ノ町放送局内高田武雄、渡辺通り五福岡印刷松尾信行、鍛冶《かじ》町岡衛、赤坂門桑野信二、春吉矢野杜夫《もりお》……以上十六人です」

鳥飼重太郎が読みあげていった。

「あなたは、それぞれに本人に当たられたわけですね？」

「本人に当たったのもあれば、当人が留守で会えなかったのもあります。しかし、こちらとしては実在かどうかがわかればいいので、たとえば、本人の留守の場合は家族についてきいたり、あるいは会社名のところに電話をかけて確かめたりしました。その結果、申込書の者は架空名の者が一人もいないことを確かめましたよ」

「どうもありがとう」

「何かありましたか？」

「いや、ちょっと……あなたが東京に引きかえしてこられるまで、こちらも極力捜査を進めたいと思っています」

三原は、メモにつけた人名を眺《なが》めている。

やはり架空の名前はなかった。全部が実在だったのだ。峰岡周一が定期券を申しこんだとしたら、実在の名前を書いたことになる。

すると、この人たちの中には峰岡が申しこんだものが一枚あるはずだ。それが誰であっても、当人は峰岡周一にも知りあいだったということになる。でなければ、峰岡が本人の住所や名前を知るわけがないからだ。

では、その人は峰岡と共犯者なのか。

だが、すぐその考えは捨てた。共犯はないという三原の観念は動かないからだ。それにしても、もしその中の人物が定期券を購入する必要があれば、福岡市内に住んでいる人たちばかりだから自分でも買うはずだ。

——しかし、だんだんわかってきたぞ。

三原は、自分で書きとった十六人のメモの文字を見つめている。

峰岡周一は実在の人物の名前を利用して定期券を買ったのではあるまいか。つまり、当人には無断でその名前を利用したのだ。

なぜ、そんなことをする必要があるのだろうか。

定期券は、普通定期なら架空の名前でも証明なしに取れる。だから、わざわざ実在の人物の名前を利用しなくても架空の方がずっと楽なわけだし、あとでわかるということはない。

峰岡はこの十六人の中の誰かになりすまして、その身分証明に定期券を利用した。

そうだ、これはまず間違いはない。

だが、それだけのことだったら架空の名前でもいいわけだ。それを実在の人物にしなければならないというのは、それだけの必然性があるからである。それはなんだろう？

また、峰岡はこの十六人の中の誰かをどうして知ったのか。

そこで気づいたのは大東商会の関係だった。峰岡は取引関係で大東商会に行くから、そこの社員の名前や住所ぐらいは知っていた。だから、この十六人の中には大東商会の社員がいるかもしれない。

だが、かりにいたとしても、その名前を使うことでどのような利用価値が生まれるのか。

鳥飼がいちいち当たってくれたのだから、当人たちはそれぞれ二月七日に定期券を買ったことを認めているのだ。すると、その中の一人は、峰岡が定期券を自分名義で買ったことも、承知しているわけだ。とすれば、本人と峰岡周一とは知りあいでなければならない。やはり大東商会の社員という線が強くなってくる。

ここで考えても仕方がなかった。大東商会の社員の中に、この十六人の中の一人がいれば、当人から事情を聞いた方がてっとり早い。そこに峰岡の意図を察する話が聞けそうだった。

三原は直接に福岡の大東商会に電話をかけさせた。

電話口に呼んでもらったのは、人事係をやっている庶務課長だった。

「たいへんつかぬことをうかがいますが、今から読みあげる人名の中に、あなたの方の社員の人がいれば、教えていただきたいのです」

三原は、そう断わって名前だけを棒読みに読みあげた。

「いかがでしょうか?」

向こうの庶務課長は耳を澄ませて聞いていたようだったが、

「いま挙げられた名前の中には、うちの社員は一人もいないようです」

「えっ、本当ですか?」

「私の方は小さい会社ですから、いちいち名簿に当たらなくても、私は知っております。いま読まれた中には社員はいません」

消えた青年

1

三原は大東商会庶務課長の電話の返事で、十六名の定期券申込者の人名に該当する者が社員に一人もいないと聞いて落胆した。

そうなると、峰岡周一は、いったいこの実在の人名（住所とも）をどうして知ったのだろうか。

峰岡は福岡にはたまに出張するだけで、それほど現地に知りあいはいないはずだ。親戚《しんせき》のないことも確かめている。

しかも、この十六名の定期券の持主の中には、峰岡の申しこんだ実在の人物が一人まじっているはずだ。

だが、三原は前に鳥飼重太郎に定期券申込書をいちおう調べてもらったことがある。それは、峰岡の筆跡をこちらから送って照会してもらったのだが、そのなかに峰岡の筆跡はなかった。だから峰岡が定期券を申しこんだとしても彼は巧妙に自分の筆跡を隠してそれを書いたことになる。

三原は考えあぐんで、長い脚を椅子《いす》の前に伸ばし、頭に後ろ手を組んだ。

どうもわからない。しかし、峰岡が巧妙な方法で何かを隠していることは疑いようもなかった。

が、それを見やぶる方法がわからない。峰岡が定期券を購入した目的も、どのような身分証明のためであったのか見当さえつかないのである。

ところが、徐々に三原の頭に浮かんだものがあった。

それは、たった今、大東商会に電話を掛けて問いあわせたことに関連してだった。先方の返事に間違いがあろうはずはないし、ベテランの庶務課長が少しの先入観もなく返答してくれたのだ。だが、こちらとしては、もう一つ念を入れる必要があるのではないか。つまり、その確認の仕方が問題だった。

同じことが鳥飼の報告にもいえるのだ。

鳥飼は該当者に会って、《確かに二月七日に西鉄窓口から定期券を買ったという確認を本人からとっていただろうか》

現に、三時ごろ、鳥飼は電話でこんなふうに言った。

《本人に当たったのもあれば、当人が留守で会えなかったのもあります。しかし、こちらとしては実在かどうかわかればいいので、たとえば、本人が留守の場合は家族についてきいたり、あるいは会社名のところに電話をかけて確かめたりしました。その結果、中込書の者は架空名の者が一人もいないことを確かめましたよ》

鳥飼も三原と同じ錯覚を起こしているのだ。

名古屋の鳥飼からまた電話があったのは、それから一時間あとだった。

三原は、まず、今のところ名古屋での収穫がないことを彼から聞かねばならなかった。

「名古屋も博多くらいの都会ですけん、旅館を一軒一軒当たるのは骨ですよ」と、鳥飼はこぼしていた。

「今のところ、ちょうど、三分の一まで当たっておりますが、おもに駅の付近ば中心にして手ばひろげております。地元の刑事さんたちも応援してくれているので助かっとります」

鳥飼は、峰岡が名古屋市内で須貝と必ず会っていたという推定で、その密会場所を捜査しているのだった。

「話は違いますが」と、三原は言った。

「さっきの電話の、ほら、例の西鉄の定期券の人名のことですがね。あなたが実際に本人に当たって確認を取られたのは、何人ぐらいですか？」

「前にもお話ししたごと、事情で会えなかった人がおりますけん、実際に当たったのは半分ぐらいでしょうな」

「では、まだ当たっていない人の名前をここでチェックしていただきましょうか」

「もう一度手帳を見ますけん、ちかと待ってください」

鳥飼の挙げたのは次の六人だった。

「釜屋町飯田伍一、上ノ橋福岡食品工業梶原武雄、柳原筑紫電機豊田文夫、天神ノ町放送局内高田武雄、渡辺通り五福岡印刷松尾信行、春吉矢野杜夫。あとの十名については当人に確かめました」

「ああ、そうですか。どうも」

三原は、それについて別に感想は言わなかった。電話では詳しいことは話せないし、いま言えば、鳥飼の親切に誤解を受けそうだった。

「そちらは今夜中に片づきそうですか？」

三原は、鳥飼の目下の面倒な仕事にふれた。

「どうして、どうして」と、鳥飼は答えた。

「明日のお昼までかかりそうですやな。それに市内だけとは限りませんからね。市の周辺《ぐるり》、たとえば、犬山だとか、いろいろあるようですたい。その辺もいちおう当たるとなれば、明日の晩までかかりまっしょうや」

「まあ、がんばってください。その吉報を待っています」

実際、峰岡と須貝との出会いの場所が突きとめられたら、これは絶対に動かせぬ証拠の一つとなる。鳥飼が意気込んでいるのももっともだった。

しかし、三原はいま新しい方向に向かっている。彼はすぐに福岡署に電話をした。水城《みずき》の殺人事件も、福岡県警がそこに捜査本部を置いている。この前からの連絡で、先方の捜査主任とも電話の上では親しくなっていた。

電話口に出た先方の主任に、三原は名簿の上にチェックした六人の名前と住所とを告げた。

「二月七日に、この人たちが西鉄から定期券を買ったかどうかを調べてくれませんか?」

「承知しました。さっそく、これから捜査員を走らせてみます。あと二三時間も経《た》てば、たいてい判明するでしょう。それまで三原さんはそちらに残っていますか?」

「今夜は十時ごろまで居残るつもりですから、お待ちしています」

電話は正確に二時間後に、福岡からかかってきた。

「わかりましたよ」

向こうの捜査主任は、前置きなしに簡単に述べた。

「みんな実在の人物だということは、前に報告していましたね。そのうち五名だけは本人に当たって、間違いなく二月七日に定期券を購入したことがわかりました」

「五名だけ？」

三原はどきんとした。

「では、一人だけ違うのですね？」

「違うと言っていいかどうか」と、主任は言いよどんで、

「とにかく、本人は博多におらないのです。しかし、友だちの話では、梶原武雄はいつも普通定期券を買っていたという証言をしています。二月七日ごろのことはわからないのですが」

名簿を見て、それが〝上ノ橋福岡食品工業〟の〝梶原武雄〟ということがわかった。

「梶原というのはどうしたんですか？」

「現在、その食品工業を辞めています。もともと、その住所は会社の社員寮でしてね。梶原はそこの工員だったわけです」

「辞めたというのはいつごろですか?」

「二週間ばかり前です」

「ほう。理由は?」

「本人は家事の都合によりと言ったそうですがね」

「その男の現住所や原籍地などはわかっているでしょうね?」

「それは会社から教えてくれました。控えてください……福岡県三潴《みずま》郡大川町二七一梶原彦太郎方です。当人は二十八歳で、彦太郎というのが父親になっています」

三原はすばやく鉛筆を走らせてメモの文字を眺め、

「それでは恐れいりますが、同じあなたの県管内だから、大川署に問いあわせていただき、当人が現在どうしているかを調べていただけませんでしょうか」

先方の捜査主任も請けあってくれた。三原はほっとしたが、たちまち、その工員が二週間前に退職したことに疑問を持った。

いちおう、家事の都合ということだが、果たしてそれが本当の理由なのか、あるいは他の条件で辞めたのか心配になってきた。

気にかかるといえば、どうかその本人が郷里にいるように、と三原は祈った。

2

翌朝、三原が警視庁に出ると、一時間ほどして名古屋の鳥飼重太郎から電話があった。

「三原さん、困ったことになりましたやな」

鳥飼は朝から疲れた声を出していた。

「どげん捜しても見つかりませんばい。昨夜、犬山から岐阜近くのところまで回り、夜十二時ごろに引きあげてきましたばってん、とうとう手がかり皆無でした」

「どうもご苦労さまでした」

三原は気の毒になった。すでに五十を過ぎた鳥飼老刑事が、見知らぬ土地で遅くまで駆けずりまわっているかと思うと同情せずにはおられない。

「それで、今日もまたその捜査の続行ですか?」

「今日は少し東側を捜したいと思いますやな。熱田《あつた》、鳴海《なるみ》方面をやって、今日の夜行で東京へ帰るつもりでおりますたい」

「それでは、今日がヤマですな。どうか成功を祈りますよ」

「ありがとう……もし、もし、その後、そっちでは何か目新しい情勢の発展はありましたか?」

鳥飼も自分の壁に困って、かえって東京の進行を気にしている。

三原は、昨夜の福岡署の電話の一件を鳥飼に話そうかと思ったが、内容が少し面倒だし、ぬか喜びをさせてあとで落胆させるのも気の毒だと思った。

「べつにたいした発展もありませんね」

「そうですか……では、明日そちらに帰ってから、ご報告かたがた相談しまっしょ」

鳥飼の声が消えた。

それから一時間ぐらい経って、交換台が福岡からと告げたとき、三原は送受器にとびついた。

「昨夜はどうも」と、福岡県警の捜査本部主任は不透明な声を出した。「例の梶原武雄の一件ですがな、たった今、管内の大川署から報告がありましてね。たしかに該当の住所に、梶原彦太郎という人物が住んでいるというんです。職業は箪笥《たんす》造りの職人だそうです。ご承知ないかもしれませんが、あの辺は家具の産地でして、箪笥、洋服箪笥、水屋、本箱といったものが生産されて、筑後《ちくご》の家具といったら有名なんです。彦太郎は五十四歳で、そういう家具造りの熟練工だそうです」

三原は、筑後名物などはどうでもよく、梶原武雄がその彦太郎の家に戻《もど》っているかどうかを早く聞きたい。

「しかし、息子の武雄は家に戻っていませんよ」

と主任はやっと肝心なことにふれた。

「では、梶原武雄は福岡食品工業を辞めたまま、家には寄りついていないんですね?」

「そうなんです。ですから、父親の彦太郎も警察から聞いて、はじめて息子の事情がわかり、びっくりしていたそうですよ。武雄の母親は小さい時に亡《な》くなっていて、継母にまだ小さい子があり、家のなかはうまくいっていないようです。武雄が工場の寮にいたのも父親と喧嘩《けんか》して家をとび出したという話です」

「武雄はどこに行ったか知っているものはいないんですね?」

「辞職願いには、家事の都合により、と書いてあったが、大川の実家には戻っていないし、食品工業の友だちの間でも知った者はいないようです。みんな帰郷したように思っていますよ」

三原は、一分ばかり沈黙していたが、

「では、明日、こちらから捜査員をそちらに派遣しますから、よろしくお願いします」と頼んだ。

「えっ、何か梶原武雄のことで不審があるんですか?」

ただそれだけですぐに捜査員を九州まで出すと言ったものだから、先方でもおどろいていた。

「詳しいことはいずれあとで報告しますが、とにかく、うちから行ったものが何かと世話になると思います。よろしくお願いします」

三原は電話を切ったあと、部屋の中を見渡した。

大島刑事がまだ居残って、複写紙の上にかがみこんでしきりと鉄筆を動かしていた。

三原はこの事件で、彼を前に名古屋に出張させている。

三原は彼を呼んだ。

「君、明日の日航機ですぐに博多に行ってくれないか」

「博多ですって?」

大島は眼をつりあげた。

「今度の相模湖《さがみこ》事件で重要な人物が浮かんできたんだよ」

「新しい容疑者ですか?」

「そんなのじゃない。とにかく、早く手当てをしないと、本人の生命にもかかわるかもしれないことだ」

三原は、自分の意図をざっと説明した。

「福岡県警の捜査本部に頼んでもいいが、それではまどろっこしくなる。また事件も切迫している。すぐに航空会社に電話して、明日のシートを予約しておいてくれ。山本君を連れていけよ」

「わかりました」

三原は、遅くなって本庁を出た。地下鉄も、バスも、この時間になると酔った人間を見るようになる。

――峰岡周一は梶原武雄をどうして知っていたのだろうか。

三原は、その疑問ばかりを考えていた。むろん、タクシー会社と食品会社とは結びつかない。これが大東商会だったら文句はないが、福岡食品工業では縁の遠い業種だった。

それでは個人的なつながりからだろうか。

それはどうも考えられない。梶原武雄は二十八歳で、郷里は福岡県の大川という町だ。父親は簞笥造りの職人だという。どのような点からみても峰岡とは縁がなさそうだった。

峰岡はどのようなことから梶原武雄を知り、彼に接近していったのだろうか。

それは接近したと断言していいのだ。目下、梶原武雄は会社を辞めたまま行方不明になっているというが、そこにも峰岡の手が予想されるのだった。

それに、梶原武雄が二週間前に退社したということも重大な意味をもっているような気がする。つまり、この二週間前というのが、峰岡周一の身辺に警察の動きが波動となって感じられたころではなかろうか。

明日は鳥飼重太郎も名古屋から帰ってくる。

三原は、その晩、ひさしぶりにぐっすりと眠った。

3

福岡の上ノ橋というのは電車通りだが、一方が黒田藩の城址《じょうし》となっている。まだ石《いし》垣《がき》も堀《ほり》もそのまま残っていた。昔のままの城門も見えている。電車の走っているお城の風景は、地方色十分だった。

大島刑事と若い山本刑事とが反対側の町にはいると、その辺一帯は商店街と静かな住宅街とが入りまじっていた。福岡食品工業は、そうした街の中に鉄筋コンクリート三階建ではさまっていた。

大島は、そこの職員の案内で工員の宿舎へ行った。事務所の裏側がかなり広い敷地の工場になっていて、アパートはその隣接地にある。この会社はおもにハム、ソーセージなどを製造していた。

従業員は八十人ぐらいということだったが、その約半分は市内からの通勤者で、遠い所から来ている工員だけが会社直営のあまり上等でない寄宿舎住まいをさせられていた。六畳一間ぐらいで食堂は別に付いている。この寄宿舎まで設備が回らないらしく、境のところどころは剝《は》げおちている。廊下の板も片隅《かたすみ》が浮きあがったりなどしている。

退社した梶原武雄の最も親しい友人というのを職員が連れてきてくれたが、それは彼の隣りの部屋にいる二十五六ぐらいの青年だった。ちょうど、午後三時の休憩時間にはいっていたが、大島は、会社側の計らいで山岡というその若い工員とたっぷり話しあうことができた。

「あなたは梶原武雄君と仲がよかったそうですが、いま彼がどこに行ってるかはご存じないんですね?」

大島は質問をはじめた。

「ええ、いっこうに知らんです。梶原君は私には大川に帰ると言うとりました。そのあと手紙もくれないので、どげえしとるのかと思うとった矢先です」

山岡は、無精髭《ぶしょうひげ》を伸ばした顔で朴訥《ぼくとつ》そうに答えた。仕事の途中のせいもあったが、あかぬけのしない黒い顔をしていた。

大島刑事は、三原から言われてきたことを心の中で順序立てて質問をつづけている。

「梶原君は東京の方に知りあいがあったかどうか、あなたは知りませんか？」

「さあ、そげえなことは聞いておりません」

「それなら、峰岡という人の名前を梶原君の口から聞いたことはありませんか？」

「どうも聞いたことがなかようです」

工員は考えたあげく言った。

「その峰岡という人は、東京でタクシー会社の重役をやってる人ですがね。タクシーや自動車の話が梶原君から出たことはありませんか？」

「いや、そげなことは聞いとりませんばい」

「それではききますが、今年の二月七日に梶原君は西鉄の定期券を買っているんですがね。あなたはそんなことを聞いたことがありませんか？」

「聞いてなかです」と、はっきりした返事だった。

「それは普通定期券ですがね。この会社では工員の人には定期券は出していないんですか？」

「それは通勤者はもろうとりますばってん、私たちはこの寄宿舎にいるから、社用の定期券はもらってなかです。必要なら自分の金ば出して普通定期券を買います」

「では、梶原君もそうしていたわけですね。しかし、梶原君は寄宿舎から会社へ毎日出ているのに、どうして定期券など必要だったんでしょうか？」

「それはですな、彼はほとんど週に二三回は浜口町の『筑紫俳壇』という俳句雑誌の事務所に顔ば出しとるので、定期券の方が得だというて買うとりましたやな」

「『筑紫俳壇』というんですね？」

「そうです。北九州ではいちばん名の売れとる俳句雑誌ですばい。事務所のある浜口町は、博多駅のすぐ近くです」

「すると、梶原君は俳句が趣味だったんですね？」

「ええ、もう七八年前から俳句には凝っとります。その事務所に行くのも、機関誌の編集を手伝っとるからです。ぼくも前には梶原君には俳句ば作るように勧められましたばってん、どうもそげな才能がなかもんでして……」

「そうですか。ところで、二月七日に彼はたしかに定期券を買っているんですが、本人が買ったかどうか、あんたもわからないわけですね？」

「そげえなことは聞いとらんもんですけん、なんとも答えられません」

「その『筑紫俳壇』はよく吟行などをやりますか?」

「やっとると思います」

「そうすると……今年の二月六日の晩に、門司の和布刈《めかり》神社の神事に行ったことはありませんか?」

「そら、みんなで行きよりました」

「えっ、みんなで行ったといえば、梶原君もその中にいたんですね?」

「おりました」と、若者ははっきりと答えた。

大島刑事は跳びあがるような気持を自分でおさえつけた。山本刑事は手帳に要点をしきりにメモしている。

「すると、それは何時から何時まででしたか?」

「私はその中にはいってなかですけん、はっきりとはわかりませんが、ぼくが梶原君から聞いたのでは、二月七日の午前零時から四時半ごろまで、和布刈神社の境内にがんばっていたということでした。これは彼の口から聞いとるので、よく覚えとります」

「ほう。それには何か証拠のようなものがありますか?」

「証拠?」

山岡は、自分が刑事から疑われたような心持になったとみえ、にわかに強い語気になった。

「そりゃ、あんた、写真ば見せてもらいましたやな」

「写真？」

「梶原君はカメラが趣味でしたけんな。今年の旧正月の晩の和布刈神事の模様ば自分で撮影した写真ばぼくに見せてくれました」

大島刑事の耳に何千匹という虫の声が一時にわいてきた。

「その写真は、どういう構図でしたか？」

「四五枚見せられましたが、和布刈神事を写したほかに、同人の記念撮影などありました」

「記念撮影？」

「筑紫俳壇の人たちば彼が境内で写したんです。あいで二十人ばかりおらしたでしょうな。もちろんこっちの方は夜が明けてからですばい。彼の説明だと、夜通し神事を拝観して、社務所でひと休みし、十時ごろにその撮影をしたと言うとりました」

「なるほど」

刑事は胸の轟《とどろき》をおさえながら、手帳に克明にメモした。

「で、その神事の写真は？」と、彼は性急にきいた。「どんな絵柄《えがら》だったか覚えていますか？」

「覚えとります。神主さんが海の中にはいって、一人は桶《おけ》ば持ち、一人は松明《たいまつ》ば持ちんさって、もう一人は海にしゃがみこんでいる写真でした」

「あなたは、その写真を梶原君から貰《もら》いましたか？」

「いいえ。ぼくはそんなものにはあんまり興味がなかですけん。見せてもらっただけでその場で返しましたやな」

「写真は……つまり、神事の写真は四枚でしたか、五枚でしたか？」

「ぼくが見せてもらったのは、たしか五枚だったと思いますばってん、そのほかにもたくさんあったと思いますやな。なにしろ、カメラ道楽の彼のことですけん、二三本のフィルムはたっぷりと使ったでしょうな」

「ちょっと待ってください……梶原君は、写真の現像焼付はどこかのＤＰ屋に頼むんですか？」

「いや、彼は簡単な暗室装置を押入れの中に造っていましたけん、そこでごそごそとやってたようですばい。町のＤＰ屋に出すということはなかったようですな」

「では、その件でもう少しうかがいますがね。梶原君は、その写した和布刈神事の写真をアルバムか何かに貼《は》っていたでしょうか？」

「そりゃ貼っていたでしょうな。ぼくはまだそこまでは見ていませんが」

「すると、こんど彼がいなくなったとき、そういうものを全部持っていったわけでしょうね？」

「もちろん、全部運んだと思います。ただ、カメラは別として、引伸機などはだいぶ旧式になったというて、売りはらっていたようですな。邪魔になりますけんね」

大島は、山岡のあかぬけのしない顔を前にして、次に何を質問すべきかを考えこんでいた。

「そう、そう。梶原君は、自分の写した和布刈神事の写真を他人に貸したということはありませんでしたか？　印画でもネガでもですが」

「いいえ。それは聞いていません。彼は妙な癖があって、絶対に自分のネガやプリントば他人に貸すということはなかでした」

「では、その写真が盗難にあったということを聞きませんか？」

「盗難？」

山岡はとっぴな言葉を聞いたように叫んだ。

「まさか。あげなものを盗《と》る奴《やつ》もなかですよ。また梶原君がそげなものば盗まれたとも聞いとりません。もし、そんな事実があれば、彼は大騒ぎをしますから、必ず私の耳にはいりますやな……」

鐘《かね》崎《ざき》吟《ぎん》行《こう》

1

福岡に出張していた大島刑事と山本刑事とが戻《もど》ってきた。

「ご苦労だったな」三原は夜行で今朝東京駅に着いて、そのまま本庁に駆けつけた大島のすけた顔にねぎらった。「さっそく、報告を聞こうか」

「主任さん、今度はだいぶん収穫がありましたよ」

大島は弾んだ息を吐いた。

三原は、彼の話を聞きながら、要点をメモしてゆく。

福岡食品工業の工員、梶原武雄が二月七日の午前零時から午前四時半まで、和布刈神社の境内にカメラを持っていたという報告は、三原の心臓を強くつかんだ。

「それは間違いないだろうね?」

「はあ、梶原の友だちの山岡という工員から聞いたんですが、彼は梶原と親しかったので、その話は信用していいと思います」

「彼がカメラを持って和布刈神事に行ったというのは、どうしてわかったのかね?」

「梶原武雄は俳句が好きで、自分の所属している結社の連中と和布刈神事を主題に吟行に出かけ、神事の写真や一同の記念撮影を撮ったというんです」

「なに、梶原も俳句をつくるのか?」

三原が思わず、梶原も、と言ったのは、峰岡周一の俳句趣味を考えたからだった。

「そうなんです。俳句もやるし、カメラ狂でもあります。福岡食品工業の寄宿舎の彼の部屋には暗室の設備までしてあったそうです」

「ほう。すると、彼は町のＤＰ屋には頼まなかったわけだな?」

「そうです」

三原はこれはいい筋だぞと思った。前に福岡市内や、その周辺のＤＰ屋を洗ったが、該当のフィルムを扱った店が出なかった。もし峰岡周一のフィルムに収められたあの写真が誰かの撮影の複写だとすると、その原画ともなった実際の撮影者はＤＰ屋に出さずに、自分で現像と焼付をしたのであろうという疑いは、前から持っていたのだ。

「その梶原の友だちの山岡という男は、和布刈神事の写真を梶原から見せてもらったことがあるのかい？」

「はあ、それは見せられたそうです。彼の話を聞くと、どうも峰岡のフィルムにはいっている場面そっくりのようです」

「ふむ」

三原はひとりでに動悸《どうき》が激しくなってきた。報告をしている大島の口調も張りきっていた。

「梶原は、その現像した写真を山岡にはやらなかったかね？」

「その点は大事だと思って、ぼくも山岡にはよく聞いてみました。すると、梶原という男は自分の撮影した写真には愛着を持っているというのか、ケチというのか、絶対に人にやるということはなかったそうです」

「しかし、そのネガなりプリントを貸すことはあっただろう？　もし貸していれば、そこから峰岡の複写という線が出てくるわけだがな」

「いや、それもなかったそうです。その場で見せることはあっても、貸すということもなかったといいます。もっとも、作品展など以外には写真の貸し借りなどはあまりしませんからね。次に考えられるのは、下心をもった奴の盗みですが、山岡にきくと、もし、そういう事実があったら、梶原が大騒ぎをするに違いないから、必ず自分の耳にはいるわけだが、それはなかったと言っていました」

その場合も考えていた三原は、それも破れた。

もっとも、たとえ梶原がそのネガやプリントを友人に貸したり、盗難にあったりしたとしても、それがどのような経路で峰岡の手に渡ったかは、まったく推測がついていなかった。

「その梶原は、いま、どこに行っているんだろう?」

「それがふしぎなんです。大川町にある彼の実家では息子の行方を知っていないのです。梶原は、誰にも言わないで福岡食品工業を辞めて、どこかに行ったわけですね。山岡も、梶原が大川の親のもとに、帰っているとばかり思いこんでいたのです」

梶原は、なぜ、姿を消したのか。その背後には、峰岡の手が動いているのではないかと疑ってみたくなる。

峰岡周一も梶原武雄も俳句好きだ。共通点といえばそれだけで、今のところ両人《ふたり》の結びつきはない。

「梶原武雄の所属している俳句の結社の名前はわかっているのか?」

「筑紫俳壇というんだそうです」

大島も手帳を見て答えた。

「なに、筑紫俳壇?」

聞いた名前だった。いや、どこかでその結社の俳句雑誌は見ている——。

(そうだ、それは駿河台《するがだい》の経師屋《きようじや》をしている江藤白葉のところで見せてもらったっけ)

江藤白葉は『荒海』という俳句雑誌を主宰している。彼のところには各地の句誌がいろいろ寄贈されていた。前に三原が訪ねていったときも、『天狼《てんろう》』『天の川』『馬酔木《あしび》』『自鳴鐘』『ホトトギス』『山塔』などという表紙が見えていた。その中に、たしかに『筑紫俳壇』という句誌があった。それも手にとって中を開いた記憶がある。

「はあ、筑紫俳壇というのは、あの地方では、かなり有力な結社だそうです。梶原はそこの同人で、若いながらなかなかのやり手だそうです」

「君、それはどこで聞いてきた?」

「筑紫俳壇の主宰者が大野残星といって、これは福岡のお寺の住職ですがね。足のついでですから、その寺に行って大野住職に会い、話を聞いてきました」

「それはよく気がついたな」

「大野残星という坊さんは、もう六十近い人ですが、俳句の方はホトトギスの系統で、自分では、虚子の門下だと言っていました。梶原武雄のことはなかなか有望な青年だと言っていましたが、あれでカメラに凝らないと俳句もずっとうまくなるのだがと残念がっていました」

「なるほどね。それで連中の吟行などには、梶原が撮影係というわけだね」

「そうなんです。坊さんに、梶原君が写した今年の和布刈神事の写真を持っていないかときくと、それはなくて、一同で記念撮影したものは手もとにあると言ってました。そんなものを借りて帰っても仕方がないので置いてきましたがね」

「その住職は、峰岡周一を知っていないのか？」

「それも確かめてみましたが、全然知らないと言っていました。俳句をやる人だが、と言っても、名前も聞いたことがないと言うんです」

「そうか」

いま梶原の行方不明に峰岡周一の手が動いているとしたら、峰岡はどうして梶原を知っていたのだろうか。どのような方法で彼に接近したのか。これが筑紫俳壇の主宰者の坊さんが峰岡の名前を知っているのだったら、俳句同好者として知りあいということもあるが、その線もないのだ。

「主任さん」大島は考えこんでいる三原に言った。「これは、峰岡のつながりではなくて、初めは須貝と梶原の線じゃないでしょうか?」

「うん、それもおもしろい意見だな……」

と言ったが、三原は気乗りうすな表情だった。水城《みずき》で絞殺《こうさつ》死体となって出てきた須貝新太郎は北海道の生まれで名古屋のゲイ・バーにいた。こいつは俳句のハイの字も知らない。九州から動いたことのない梶原武雄とは、どうみても結びつかない。大島の単純なその場の思いつきだけであった。

2

「主任さん」と大島は言った。「梶原武雄が定期券を買う必要性はありましたよ」

「ほう」

「梶原は食品工業の寄宿舎に泊まっているのですから、通勤用のパスは必要ないわけです。ところが、彼は、週に二三回、博多の浜口町というところにある『筑紫俳壇』の発行所に顔を出す必要があるので、普通定期券は買っていたそうです」

「なるほど……しかし、梶原本人は二月七日にそれを実際に申しこんでいるのかね?」

「その辺のところはわかりません。例の西鉄営業所に保管してある定期券の申込書で筆跡鑑定を福岡署に依頼してきました。しかし、工員の山岡の話では、梶原は、その句誌の編集を手伝って以来、ずっと定期券を使用していたと言っていました」

梶原は普通定期券を持っていた。もし、その辺の事情まで犯人が知っていて、彼の名義で二月七日に定期券を西鉄営業所から買ったとすれば、犯人の調査はどこまで行きとどいているかわからなかった。

ところで、三原は、梶原が和布刈《めかり》神事を撮影したというのを聞く前に、この吟行の話をどこかで聞いたような気がする。いや、それには梶原の名前はなかったが、二月六日の深更から翌日の未明にかけて和布刈神社に行くという話をたしかに聞いている。いや、聞くというよりも、眼で読んだことがあるのだ。

三原がそれを思いだすのに手間はいらなかった。『筑紫俳壇』という雑誌の予告記事だ。たしかに、あれは江藤白葉を訪ねて、手もとにあったものをめくったとき、眼にふれた。三原は、ここで初めて光線を感じた。

『筑紫俳壇』は、九州から東京の同好者にも送付されている。もし、俳句をやる峰岡周一がその雑誌を東京で読んだとしたら、彼は『筑紫俳壇』の同人が二月六日の夜から門司の和布刈神社に行くことを知ったわけだ。

つまり、彼は、『筑紫俳壇』の同人と個人的な結びつきはなくとも、それを知る立場にあったのだ——。

三原は、大島刑事に遠路出張の休息を取らせ、自分は警視庁をとびだしていった。

お茶の水の経師屋、江藤白葉を訪ねると、白葉の白髪頭《しらがあたま》は奥の方で職人相手に軸物の製作に働いていた。

「やあ、いらっしゃい」

三原が店の上がり框《かまち》に腰を掛けると、出てきた白葉は律義《りちぎ》に挨拶《あいさつ》した。

「お仕事中をすみません。またいろいろうかがいにまいりましたよ」

三原が言うと、

「さあ、さあ、どうぞ……私でわかることなら、なんでもおききください」

と、彼は如才なく言った。

「この前こちらにうかがったとき、たしか『筑紫俳壇』という雑誌を拝見したと思うんですが」

「はあ、はあ。いろいろお目にかけたようです。『天狼』とか、『自鳴鐘』とか……」

「あの号の『筑紫俳壇』があれば、もう一度見せていただけませんでしょうか」

「あれは、たしか十二月号でしたね？」

「そうだと思います」

白葉は白髪頭を後ろに向けて、「おい、おい」と妻女を呼び、その雑誌を持ってくるように言いつけた。

「俳句の方も何か犯罪に関係がございますか」

と白葉は妙な顔をした。

「いや、そういうわけじゃありませんが、ちょっとおもしろい記事を思いだしたものですから」

そんな話をしているところに妻女が『筑紫俳壇』の雑誌を持ってきた。白葉は、骨張った手でそれを取ると、

「どうぞごらんください」

と三原に差しだした。

「ありがとう」

三原は、ぱらぱらとページを繰り、例の〝予告〟の囲み欄を捜した。うすい雑誌だから、すぐに眼にふれた。

「和布刈神事吟行　恒例により、来たる二月七日(旧暦元旦《がんたん》)午前一時より四時までの間に行なわれる和布刈神事を拝観し、つづいて句会を現地で催したいと思います。参会希望のかたは、……」

まさに、これだった。この記事を峰岡周一は読んだのだ。

では、そこで撮影が行なわれることや、撮影者が梶原武雄であるということを、峰岡はどうして知ったのだろう。

「恐縮ですが」と三原は白葉に言った。

「お宅では、その『筑紫俳壇』をずっと取っていらっしゃいますか?」

「ええ。別に金は払っていませんが、いわば交換誌としてこちらから『荒海』を送っていますので、向こうもずっと送ってくれています」

「それはこちらに保存してありますか?」

「創刊号からずっと取ってあります」

「すみませんが、この年の一年分がありましたら、ざっと拝見したいと思いますが」

「去年のですね。よろしゅうございます。いま出させましょう」

「それから、恐縮ですが、今年の和布刈神事の俳句が載っている号を見せていただきたいのですが……」

白葉は、三原の手に持っている雑誌を覗《のぞ》いて、

「それだったら四月号ですね。それも出させます」

彼はまた奥へ向かって、「おい、おい」と呼んだ。

やがて、妻女が一抱えの雑誌を持ってきた。

三原は、その『筑紫俳壇』の新年号からの巻頭の写真を見ていった。それはたいてい同人たちの会合が写されているのだが、三月号には〝太宰府《だざいふ》の観梅会〟六月号には〝新緑の香椎宮《かしいのみや》〟八月号には〝津屋崎《つやざき》海岸と大島吟行〟十一月号には〝彦山《ひこさん》の紅葉行〟となっていて、撮影者は全部〝同人・梶原武雄〟と印刷されているではないか。

三原は、これだと思った。『筑紫俳壇』の吟行には、毎回梶原武雄が必ず同行して撮影しているのである。

今度は四月号の巻頭写真を見た。

果たして〝和布刈神事〟だった。ただし、神官が海にはいっている深夜の神事ではなく、朝の境内で同人二十人ほどの記念撮影だった。ここにも〝同人・梶原武雄撮影〟となっている。三原は鼻の頭ににじみ出る汗を拭《ふ》いた。

峰岡周一はずっと『筑紫俳壇』を取っているので、毎号の写真を見ているのだ。むろん、二月六日に同人が門司の和布刈神社に集まることも知っていたし、必ず、その夜、例によって梶原武雄がカメラを持参して神事を撮るに違いないこともわかっていた。峰岡周一のネガに写しこまれた写真のネタがこれで初めてわかってきた——。

しかし、まだまだ解けないことがいっぱいある。第一、和布刈神事に梶原武雄が参加するとわかっていても、峰岡周一はどのような方法で梶原に近づいたかである。これが一つ。

次に、峰岡周一は梶原武雄の写した写真をどのようにして手に入れたかだ。この場合、峰岡が梶原から直接に借りたことが最も常識的に考えられる。だが、今のところ、峰岡周一が梶原に直接に接触したという形跡は発見されない。いや、これまでの調べでその方が事実のように考えられる。

三原の予感としては、峰岡周一が雑誌の上で間接的にカメラマンの梶原の存在を知ったように、その写真の入手も、やはり梶原本人に知られることなくして成功したように思える。

だが、そんな巧《うま》い方法があるだろうか。現に梶原武雄の友人は、梶原はその撮影した写真を、ネガでもプリントでも、絶対に他人《ひと》に貸さなかったと言っているし、盗難の事実もなかったと言っている。

三原の前にはまだまだ模糊《もこ》とした霧の海がひろがっていた。

3

三原は、そこで考えこんだ。江藤白葉も、いつまでも閑人《ひまじん》の訪問客のつきあいはできないと思ってか、奥の職場に戻《もど》って、しきりと糊《のり》づけをやっている。

三原は、急に顔をあげた。

「ご主人、すみませんが、今年の今までの『筑紫俳壇』を全部見せていただけませんか」

すると、白葉は奥から「おい、おい」とまた妻女を呼んだ。今度は少々面倒くさそうな声だった。

妻女は、今年の分の『筑紫俳壇』を五六冊運んで、ついでに冷えた茶を取りかえた。

今年の分は、四月号は手もとにあるから、結局、一、二、三、五、の四冊である。最近出たのが五月号だが、三原はいきなり三月号を取りあげた。この分の巻頭写真は吟行ではなく、中央の有名な俳人が死去したので、その肖像となっている。

三原がページを繰って捜したのは、四月の吟行の〝予告〟が載っていないかということだった。

それは、あった！

やはり表波線《ブル》で囲ったもので、

〝予告・鐘崎《かねざき》行〟

と出ている。

三原は本文を読んだ。

「来たる四月二十五日に沈鐘の伝説で有名な鐘崎の探勝をかねて吟行を催します。同地は玄界灘《げんかいなだ》に面した風光絶佳な海岸で、その漁村は、交通不便のせいもあって、いまだに純朴《じゅんぼく》であります。その沖合約二キロの海底には、昔、太閤《たいこう》秀吉が朝鮮から持ち帰らせた鐘が沈み、今でも天気のいいときは、その姿を舟の上から覗くことができるといいます。昔、黒田藩ではなんとかしてこの鐘を引きあげようとし、城内の婦女子の髪を切って綱を作り、引きあげましたが、いかんせん、女の髪毛も相手が無機物の鐘とあっては功を奏せず、ぷっつり切れて、いまだに引揚作業が成功できないでいます。ハウプトマンの『沈鐘』にも比すべき同地を訪れて、心ゆくまで逝《ゆ》く春の詩情に浸《ひた》りたいと思います。ご希望のかたは、午後二時三十分までに鹿児島本線赤間《あかま》駅にご参集ください」

三原は、その文句を繰りかえして読んだ。

「ご主人」と彼は呼んだ。白葉は、篦《へら》を置いて立ちあがってきた。

「どうもお仕事を中断させて申しわけないんですが、あなたがたが吟行に出られる場合、そこに集合されるのは同人のかたばかりですか？」

「はあ、たいてい、そうです」

「すると、顔見知りの人ばかりですね？」

「いや、そうとも限りません」と白葉は答えた。「まあ、吟行は一種のピクニックですから、会員の家族が来ることもあるし、また、その友だちを引っぱってくることもあります」

「そうすると、その一行に見知らない男の顔があっても、誰も妙には思わないわけですね？」

「そうです。事実、そんな例はよくありますよ。同人の誰かが連れてきた友だちだったり、また入会希望者だったりしましてね」

三原は、家の中から見えている外の景色が、急に明かるくなったように思えた。

彼は白葉に何度も頭を下げて警視庁に引きかえした。資料室から福岡県の地図を借りた。

〝鐘崎〟は、福岡の東北から遠賀川《おんががわ》の河口に至る線が、玄界灘に向かってふくれあっている中央あたりにあった。赤間駅に降りるのが便利なのであろうか。地図の上では直線コースとはなっていないが、道の順序がよいのかもしれない。

小さな島があった。大島だった。また、その近くには有名な宗像《むなかた》神社がある。鐘崎は、その宗像神社のある場所からも東北に約四キロほど寄っていた。

三原は、地図を閉じてじっと考えた。

峰岡周一がこの〝予告〟を見て、四月二十五日の午後二時半に赤間駅に降りたとする。多分、鐘崎まではバスで行ったに違いない。峰岡もその中にはいる。

この場合、同人たちは顔を知っているが、知らない男がはいりこんでも、誰かの紹介者ぐらいに思って気にもとめないでいる。

峰岡は現地に着く。そこで同人たちはばらばらに別れて景色を見ながら苦吟にふける。むろん、その一行の中に梶原武雄もいた。峰岡は、こっそり梶原の後ろに立って、適当な機会をみて、軽く背中を叩《たた》く。両人《ふたり》は、俳句について話しあう。あるいは、それはなごやかな世間話だったかもしれない。いずれにしても、峰岡はそこで初めて梶原本人と接触したのだ。

もっとも、峰岡は、その前から、梶原の写真をなんらかの方法で盗みどりをして自分のフィルムに収めている。しかし、梶原本人は、その事実を知っていないのである。では、峰岡はなんのためにそこで梶原と接触したか。彼は梶原の写した和布刈神事の写真をネガに写しとっているから、目的は果たしたわけだ。

しかし、目的を果たしたのちの、峰岡の周到さは、いつかはその写真の線から捜査が梶原武雄に伸びることを予想していたのであろう。そこで、峰岡としては梶原武雄を誰の眼からも隠す必要が生じてきた。梶原武雄の現在の失踪《しっそう》は、鐘崎吟行で峰岡と梶原の直接の接触によって発生したのである、と考えられる。

もし、梶原の行方不明が予想どおり峰岡周一の手で行なわれているとしたら、この鐘崎吟行には必ず峰岡が現われていなければならないのだ。そのとき梶原と取りかわした話は、まだ推定がつかないが、想像の限りでは梶原をどこかに呼んで誘ったのではあるまいか。

しかし、ここにもその推定に壁がある。

なぜなら、梶原は、その親しい友だちはもとより、実家の親たちにも、彼が福岡食品工業を辞めて別な土地に移ることを通告していないからだ。彼は黙って姿を消している。もし、梶原武雄が峰岡の誘いに乗って、よその土地に行ったとしたら、彼は当然友人や親にそれを告げていなければならない。

依然としてわからないのは、例のフィルム・トリックだ。梶原も気がついていないとなれば、峰岡はそれをどこで盗みどりしたのであろうか。最後まで、これが彼には不可解なガンであった。しかし、問題は、手のつけられるところからやるべきだった。

「大島君」と彼は刑事を呼んだ。「ご苦労だが、峰岡が四月二十五日に会社に出勤しているかどうか、休んだとしたら、当日、彼はどこに行っていたか、その辺のところを調べてくれないか?」

「四月二十五日ですね。わかりました」

大島はすぐに出ていった。

二時間ばかりして大島は戻ってきた。

「わかりましたよ。四月二十五日には、峰岡は大阪に出張しています」

「なに、大阪に?」

三原は、身体を椅子《いす》から乗りだした。

「それは何を利用して行ってるんだ?」

「列車だそうです。こちらを二十四日の夜行で発《た》っています」

「もちろん、社用だろうね?」

「そうです……これは、あの会社でこっそり聞いてきたんです。幸い、峰岡は席にいませんでした。外出していたので、聞くのに都合がよかったです」

「大阪の出張先はわかってるんだろうな?」

「はあ、それも聞いてきました」

大島は、手帳に書きとったものをそこでひろげた。それは自動車関係の二つの会社だった。

「君、これをすぐ大阪府警察本部に連絡して、峰岡が何時にそれらの会社に現われて、何時ごろまでいたかを問いあわせてくれ」

「わかりました」

大島は、その連絡に部屋を出ていった。

三原は、机に肘《ひじ》を載せて考える。

——大阪からは、福岡まで飛行機で行ったのかもしれない。午前中に二つの会社に顔を出して、飛行機で行けるなら、板付までは一時間半だ。午後二時半の赤間駅集合にはちょっと間に合わないかもしれないが、鐘崎の現地にはタクシーで行けば間に合う。だんだんわかってきたぞ。

そこにドアをあけてはいってきたのが鳥飼重太郎だった。

あやめ祭り

1

「峰岡周一は、四月二十五日の午前十一時三十分に、大阪市東区御堂筋《みどうすじ》の瓦斯《ガス》ビル内にある大阪鋼機株式会社の営業所に現われ、同所を十二時ごろ出ていった。用談は簡単で、ほとんど、わざわざ出張するほどの内容のものではなかった。次に彼が出張理由の一つとしている、浪速区河原町《なにわかわら》の昭和自動車器材には顔を出していない」

これがこちらから依頼した用件に、大阪府警察本部が回答してきた内容だった。

――やはり峰岡周一の大阪出張は名目だけだったのだ。二十四日の夜行で東京を発《た》ち、大阪には午前中に着いている。その足で御堂筋の会社に寄ったが、もう一つの浪速区の方には行っていない。これは相当な距離があるので、そこに寄ると暇がかかるためであろう。

三原は時刻表を調べて、日航機の福岡行が伊丹《いたみ》を十二時五十分に発つのを知った。これは板付に十四時二十五分に到着する。

これでは『筑紫俳壇』の指定集合時間午後二時三十分にはとうてい間に合わない。しかし、板付から鐘崎に直行すれば、もちろん吟行の一同に会うことができるわけだ。

三原は、今度はこの件にしぼって福岡署に調べを依頼した。

その返事は、あくる日の午前中にあった。

「『筑紫俳壇』の主宰者にきいてみると、たしかに四月二十五日に鐘崎で吟行をしています。集合場所も赤間駅で、時間も午後二時三十分だということは間違いありませんでした。また、その一行の中に梶原君がはいっていて、いつものとおり記念撮影の方を担当していたことも、主宰者の大野残星ははっきりと言っています。ところで、一行は当日三十名ばかり集まったそうですが、お尋ねの件についてきいてみると、たしかに梶原君のところに、三十七八ぐらいの紳士が話しこんでいたそうです」

福岡署の係りは電話で答えた。

「それは同人ではないですね？」

三原はききかえした。

「同人ではありません。しかし、吟行にはよく知らない顔ぶれも参加するので、一行はべつにふしぎには思わなかったそうです」

「その人は、現場にタクシーで駆けつけたのですか？」

「タクシーは見えなかったそうです。だが、赤間駅に集合したときは、その人の顔はなかったので、途中で吟行に加わったのは、はっきりとしています」

「その男は、最後まで一行と行動を共にしたでしょうか？」

「いや、やはり途中で帰っています」

「歩いて帰ったのでしょうか？」

「見た人たちの話によると、歩いていったそうですがね。ただし、この鐘崎の地形は、海に向かって海岸線がジグザグに出ているので、ちょっとした岬《みさき》を回ると、もう街道が見えなくなります。だから、あるいは乗ってきたタクシーを岬の向こうに置いてくれば、自動車は一同の眼にふれないということも可能になりますね」

「そうすると、一行が集まっていた所といちばん近い岬の距離とは、どのくらいでしょう?」

「まず、五百メートルぐらいでしょうか……吟行のあった所は、山が海岸に迫っているところで、その山には織機《おりはた》神社というのがあって、その鳥居が山裾《やますそ》に立っています。そこはちょっとした広場になっているので、一行の休み場所に選ばれたとみえます。その地形を考えると、路《みち》が山裾に隠れて見えなくなるのは、いま言ったように五百メートルそこそこだと思います」

三原はことごとく自分の想定が当たっているので心も弾んできた。そばには鳥飼重太郎がすわって、微笑していた。鳥飼は名古屋方面を三日間ばかり捜しまわったが、結局、峰岡と須貝とがいつも出会いに利用したという場所は発見できなかった。東京でもそうだが、名古屋にも近ごろ、表面は普通のしもたやでいて、ひそかに男女の出会いの場所になっている家がたくさんある。おそらく両人《ふたり》はそのような所を利用していたのであろう。そうだとすると何か特別の手がかりがないかぎり、これは調べようがなかった。だが、そのかわり彼は、他の面で大きな収穫を三原にもたらした。それは老刑事が名古屋を調べたあと、大阪の伊丹空港に立ちよったことである。

「伊丹の飛行場で見かけたのですが、飛行機が出る十分前に、係員が乗客の名前をアナウンスで呼んでおりました。呼ばれた人は至急カウンターに来てくださいというのだが、これは飛行機がまもなく出るので、該当者にゲート・パスを渡すためです。つまり、飛行場では申込者のリストに従って次々に搭乗券《とうじようけん》とゲート・パスとを引換えに渡しているわけですが、リストに載っていても、まだ窓口にこない客がいるわけですな。飛行機はあと十分したら発ちますので、いちおう、その辺で打ち切らねばなりません。すると、こない人のぶんだけシートに空席ができるわけです。それをどうするのかと思っていると、そこはよくしたもので、そういうキャンセルしたぶんは、予約のとれなかった人たちが飛行場に来ていて、その席が空くのを待っているわけです。係りの人にきいてみると、各便の旅客機とも、ほとんど二人か三人はそんな例があるそうです。だから、希望の飛行機が取れないといっても諦《あきら》めるのは早いわけですな。飛行場に行きさえすれば、運がよいと、そんなキャンセルの席にありつけるわけです」

その話を聞いて、三原には峰岡の行動の謎《なぞ》が解けた。

峰岡は二月六日に羽田から福岡まで通しの日航機311便を取っている。だが、推定では、彼は大阪から東京に引きかえしているわけだから、大阪、福岡間のシートは空席になっているはずだ。しかし、調べでは、空席は一つもなく、全部満席だった。つまり峰岡が福岡まで通しで乗っていたことが、そのことだけで証明されたのだった。

この問題が今までどうしても解けなかった。よく考えてみると、峰岡は大阪で降りているのだから、当然、福岡までのシートのリザーブがあるわけだ。前にもちょっとふれたように、途中寄港の乗客は優先的に乗継機にふたたび乗りこめるわけだから、空港のロビーで二十分間ばかり休憩している間に、持っているリザーブ券を誰かに譲りわたすことは可能なのである。

鳥飼の話にもあるように、空港には、その便の飛行機が取れなかった人たちがキャンセルされるシートを待って、絶えず何人か集まっている。峰岡がその中の一人に大阪、福岡間のリザーブ券を譲ったとすれば、飛行機は異状なく満席となる。こんなことは当人同士の間のことで、むろん、係員は知らない。ゲート・パスの係員も、機内のスチュワーデスも、当人が別人と代わったかどうかはたしかめるわけではない。リストの人数と員数さえ合えばよい。

峰岡は十六時五十五分、伊丹着の飛行機から降りて、リザーブ券を譲りわたし、十八時五分発の羽田行に乗りこんだ。この前に十七時五分発の羽田行が出ているが、もちろん、これには間に合わない。彼は、十七時十分発の板付行で自分の身代りとなった客が出発するのを見とどけてから、落ちついて東京に引きかえしたのであろう。そうだ、峰岡は必ずこの方法を採ったのだ。これで初めて大阪、福岡間の幽霊が突きとめられたのだ。

「これでいよいよこの事件も大詰にきたような気がします」と、三原は眼を輝かせて言った。「鳥飼さん、あなたは鐘崎という所を知っていますか?」

「はあ、知っとります」鳥飼はうなずいた。「ときどき、署の方のピクニックにみんなと行くことがありますたい。景色のよかとこですよ」

三原は、さっそく、資料部に行って、鐘崎地方の五万分の一の地図を取りよせた。なるほど、今の回答のように、海岸線は小さな出入りを繰りかえしている。地図面にもたしかに織機神社というのがあった。

峰岡周一は、板付からタクシーを飛ばしてこの近くまでやってきたが、乗ってきた自動車《くるま》を同人たちに見られてはまずいと思い、岬の陰に待たせたのであろう。彼はそこで首尾よく梶原に会い、福岡食品工業を辞めるように勧め、梶原がそれを承諾すると、ふたたびタクシーを隠した所まで歩いて福岡方面に引きかえしたというところであろう。

ここで初めて梶原青年が峰岡と接触した実証が取れたのだ。この重要な出会いの場所となった鐘崎とはどのような所か。

「金崎は加禰乃美佐崎《かねのみさき》と訓《よ》むべし、『万葉集』に金の三崎とあり、名義は海中に沈める鐘あれば負《おわ》せたるなり。『宗像軍記《むなかたぐんき》』に宗像大宮司《だいぐうじ》左衛門尉《さえもんのじょう》興氏《おきうじ》かねのみさきの鐘を上げんとするにあがらずまた海面にあやしき物あり勝浦の海人《あま》に命じて取りあぐるに老翁《ろうおう》ノ面なり。すなわち、この面を田島宮に納む、今にあり。また『万葉集』七巻に羇旅作《きりよのさく》あり。ちはやぶるかねのみさきをすぐれどもわれはわすれずしかのすめがみ」（太宰管内志）

2

あとは梶原青年が峰岡の手でどこに隠されているかの問題である。

峰岡が梶原青年を福岡から引き抜いたのは、捜査の手が必然的に梶原の撮影した写真にたどりつくと想定したからであろう。彼はどこまでも用心深く立ちまわっているのだ。

両者のその話しあいが鐘崎で成立した。しかし、梶原が簡単にそれを承諾したのは、よほどの好条件だとみなければならない。

それは給料のことだろうか。あるいは、地方の青年にありがちな中央へのあこがれを利用して東京に誘いだしたのであろうか。

いずれにしても、上京した梶原青年は峰岡の世話でどこかに就職しているとみていい。

まず考えられるのは、峰岡が経営している極光交通会社に梶原を雇いいれることだ。だが、それはありそうで、実際は、ありえないことだ。前に調べたところによると、梶原青年は自動車の運転ができないのである。タクシー会社に入れるとすれば、当然その方面の技能が彼になくてはならぬ。その技術を持たないことは整備の方もできないことである。

もう一つの理由は、峰岡が梶原を東京に呼びよせたとしても、最も危険な自社に彼を置いておく気持にはなれないことだ。警察がこの事件に梶原青年の存在を気づいたとなると、当然、峰岡の周辺に彼を捜すだろうことは定石《じょうせき》だから、用心深い峰岡が梶原を自社に雇いいれるはずはないのだ。

それでも、念のために極光交通の従業員全部について内偵《ないてい》を行なった。結果は、やはり梶原らしい人物の新入社はなかった。まさか峰岡が梶原の生活費を出してまでどこかにかくまっておくとは思われないし、また、それでは梶原自身が承知しないであろう。

「梶原という男は、カメラがひどく好きじゃけん、その方面に峰岡が彼を世話したとじゃなかでしょうな?」

鳥飼重太郎は、ふと言った。

——なるほど、それはありうる。

梶原青年は、食品工業に勤めているより、〝カメラの方で身を立てないか〟と誘われたらこれは一も二もなく乗るに違いない。写真技術を身につけるには、なんといっても東京だ。

「それは大いに考えられますね」

三原は鳥飼の説に賛成した。

では、梶原のようなカメラ狂で東京でカメラで身を立てようとすると、どのような場合が考えられるか。

まず正規の道をふむとすれば、しかるべき写真学校にはいることだろう。次は有名なカメラマンの助手となることである。それ以外は、カメラの材料店やカメラの製造メーカー、フィルム会社などの関連会社が考えられる。

しかし、梶原がカメラ製造工場にはいるのはまず除外していいだろう。なぜなら、彼は写真家が志望であって、工員が希望ではない。その夢が実現すると思えばこそ、たやすく峰岡の誘いに乗ったとみなければならぬ。

三原は都内の写真学校に手配をしてみた。すると、大学の写真科といったものを除くと、都内には似たような施設が五つほどある。そこを当たってみたが、最近の新入生で梶原に該当する青年はいなかった。

次は、有名カメラマンの助手だ。

ここで三原は、一つの考えにつきあたった。それは、梶原が誰にも知らさないで福岡を出奔したことだ。友だちにも郷里の親にも彼は行先を教えていない。それには峰岡の指示があったに違いないが、それにしても、理由なく梶原がそのことを承知したとは考えられない。彼もすでに一人前の男だから、いかに峰岡の強制があったといっても、納得なしにはそれに従わぬであろう。

その理由というのが、ここに考えられるのだ。——

それは、梶原が一人前のカメラマンになるまで、郷里や友人たちにいっさい現在の環境を知らせないことである。つまり、梶原が東京で優秀なカメラマンとして認められたとき、彼は初めて郷里や知人関係に現在を知らせるのだ。そうしてはどうかという峰岡の言葉が浮かんでくる。出世するまで音信不通でいろという勧告である。夢の多い青年にとって、確かにこれは一つの魅力だろう。ことに彼は、親たちと喧嘩《けんか》して家を出ていたのである。

地方の食品工業の工員では、ウダツはあがらない。だが、年来志望していた一流カメラマンになれるかもしれないと思うと、若い梶原の胸は希望におどったことであろう。修業時代はいっさい文通を断ち、カメラマンとして世に出たとき、初めて郷里の両親や友人をおどろかす、という着想は、青年の気持をゆすぶったに違いない。

こう考えると、必然的に、梶原青年は有名カメラマンのところに助手としてはいりこんでいるという想像が強くなってくる。

3

有名カメラマンというと、だいたいのことは写真年鑑などを見ればわかる。地方の青年が希望を抱いて無条件に上京してきたのだから、かなり著名な写真家でなければならぬ。

三原は写真年鑑のカメラマンの電話番号と住所を片端から抜いて、それぞれ捜査員を走らせた。

この報告が全部完了するまで、少なくとも二日間はかかるかもしれない。カメラマンは旅行が多い。よく雑誌のグラビアなどを担当して地方に出かけるから、留守で事情がわからない場合も考えられるのだ。

街のＤＰ屋となると、これはおびただしい数に上る。この調査にはもっと時日がかかりそうだ。

「まさか、峰岡が梶原を消すようなことはなかでしょうな？」

鳥飼重太郎は暗い顔で言った。

「そこまではやらないと思いますがね」

三原は答えたが、峰岡周一の性格を考えると、鳥飼の疑問もまんざら否定はできない。追いつめられた彼は何をするかわからないのだ。

峰岡周一自身は、もとより警察から完全に自分がマークされていることを自覚している。彼が頼るのは、ただ自己のアリバイだけだった。この線が一つでも崩れると、彼はその瞬間に奈落《ならく》へ転落する。

こう考えてみると、峰岡が梶原を捜査の追及から隠すために抹消《まっしょう》することはありえないことでもない。ことに、梶原は、親にも知人にも、その所在を告げていないから、どこで殺されても不明なわけだ。殺人の条件としてこれほど格好なものはない。あらゆる生活環境の糸を遮断《しゃだん》している人間を殺すことは最高の好条件の中にあると言わねばならない。

三原に新しい不安が起こってきた。

梶原武雄さえ捕まえれば、峰岡のフィムル・トリックは全面的に暴露される。彼が西鉄営業所で梶原名義の普通定期券を買ったことも、彼のフィルムの中に今年の二月七日未明の和布刈《めかり》神事の情景が写されていることも、すべて氷解する。

峰岡にとっては梶原はかけがえのない防衛拠点だ。もし梶原を永久に消してしまえば、いっさいが闇《やみ》に消えてしまい、峰岡の安全は永久に確保されるかもしれない。

三原の不安は、さっそく、都内の身もと不明変死体の手配に向かわせた。それは四月二十五日以降だが、それだけでも約三十体ばかりあった。もちろん、殺人死体ばかりではなく、普通の行路病者が含まれている。

身もと不明者の写真をいちいち調べてみたが、梶原武雄に該当する遺体はなかった。三原はほっとした。しかしこれで安心はできない。未発見の死体がどこに隠れているかもしれないからである。

ちょうど、三時になった。三原は鳥飼を誘って、いつもゆきつけの日比谷の喫茶店に足を向けた。鳥飼も事件解決まで東京に残るつもりになっている。

二人の胸には、事件の解決があと一歩だという予想がふくらんでいる。ただ、その一歩手前で、足踏み状態になっているだけだ。

写真屋があった。ウィンドーに見本のように写真が飾られてある。これまで三原は、そんな陳列にはさして眼も向けていなかったが、今度は現金なもので、写真屋の店頭を過ぎると眼が自然とそちらに向いてゆく。

ある大きな写真材料店があった。ガラス・ケースの中を通して店内の模様が見える。店員が多い。二人は、なんとなくウィンドーの前に立った。その店員の中に梶原武雄らしい人間はいないかと、思わず探るような眼つきになった。

見たところ、それに似た人間はいなかった。多少がっかりして、きれいにならべられたカメラや、飾られた写真などにぼんやりと眼を移した。

すると、大きな額の中に秋の富士山麓《さんろく》を写した風景写真が出ている。カラー写真だから、木はみごとに紅葉して、一面に朱色を塗ったようだった。

三原は、その原色写真にしばらく見入っていた。彼の足はそこで動かなくなった。

二分も、三分も同じ姿勢で立った。画面を灼《や》きつくように見ていたが、眼はどこか別な所をぼんやりと眺めているようでもあった。

カラー写真——。

「鳥飼さん」三原は、突然叫んだ。鳥飼の腕を思わず堅くつかんだ。

「わかりましたよ」

「え?」

鳥飼は、ふしぎそうに三原の顔を見た。

「峰岡の写真のトリックです……やっとわかった。なるほど、彼が西鉄の定期券を買うはずでしたよ」

「どげん言わっしゃるとですな?」

「梶原君が写した和布刈神事の写真は、カラー写真ですよ」

「カラー写真?」

写真のことにはあまり詳しくないらしい鳥飼は、怪訝《けげん》な表情をした。

「ばってん、峰岡のフィルムに写っとるのは、普通の白黒じゃなかとですな?」

「白黒でもいいんです……カラー写真は、二通りあって、一つはフィルムそのものに、自然のままの色彩がつきます。もう一つはネガポジといって、特殊な化学処置のしてあるフィルムですが、これは印画紙に焼きつけた場合、カラーにもなるし、普通の白黒写真にもなるようにできています。写真愛好家はたいてい、このフィルムを使っているようですが、梶原君もこのフィルムで、和布刈神事を撮ったのですよ」

「………」

鳥飼はまだわからない顔をしていた。

「じゃ、説明しましょう」

と、三原は喫茶店の方へ鳥飼の腕をつかんだまま歩きだした。

「なぜ、こんな簡単なことが今までわからなかったのか」

三原はくやしそうに呟《つぶや》いた。

「もっと早く気づいていれば、この事件ももっと早く片づいた。この頭はどうかしている」

三原は、自分の後頭部を拳《こぶし》で叩《たた》いた。

4

三原はコーヒーを飲みながら、約二十分ぐらい鳥飼に話した。

鳥飼も、

「あ、なるほど」

と膝《ひざ》を叩いた。

「これしかほかに考えようがありませんね」

「そげんですたい。それに間違いなかでっしょ」

間違っているかどうかは、これからの調べだった。二人は喫茶店をとびだした。

「カラー写真を作っているところは、だいたい、K写真工業とO写真工業と、二つのメーカーに限られています。全国に流されているカラー・フィルムのほとんどは、この二つの会社の製品です。道の順序として、まずK写真工業からまいりましょう」

二人は、本庁から車を出させて、まっすぐに新宿方面へ向かった。K写真工業は、新宿から西へ向かった十二社《じゅうにそう》のあたりにある。

その会社の中にはいった二人は、約三十分間で出てきた。三原の顔には失望が現われていた。

「次はO写真工業にまいりましょう。残された途《みち》はここだけです。なにしろ、全国に発売されたフィルムは、この二つのメーカーで独占されていますからね」

十二社から東中野方面に出て、大通りを突きぬけ、哲学堂の前で左に折れた。O写真工業の建物がまばらな林越しに見える。車はその玄関に着いた。

三原と鳥飼とが面会を求めたのは、地方から送ってくるカラー写真の現像を扱う部の主任だった。

応接間に現われたのは四十年配の人で、警視庁から調べに来たというので、少し緊張した顔でいた。三原は、少し世間話をしたあとで、

「ところでうかがいますが、二月七日から十日ごろまでに九州の博多から現像のために送ってきたネガの現像は、だいたいいつごろできていますか？」

ときいた。

「そうですね、まあ着いてから四五日というのが普通ですが」

「その中で、福岡市から送ってきた梶原武雄という人のネガを現像していませんか？　カラー・フィルムでも、それはネガポジですが」

「福岡でしたら、うちの現像所が福岡にもありますから、そちらへ持ってゆかれたのではありませんか」

三原の顔色が変わった。福岡にもカラーの現像所があるということは今の今まで知らなかったからだ。だが、そんなはずはない。それでは峰岡が西鉄の定期券を買ったという推理自体がまったくの的はずれなのだろうか。

「しかし」と言ったのは鳥飼の方である。「主任さん、なかには東京まで送ってくる人もあるのじゃないですか」

「そうですね」主任は二人の緊張した表情を見て言った。「現像所が福岡にできたの

は最近のことです。だから、以前からカラーを撮っているかたですと、それを知らないで引きつづいて東京まで送ってこられます。本社の方が技術的にすぐれていると思うからかもしれません。やはり仕上げにそれぞれ好みがありますしね」

梶原武雄は以前からのカメラ狂である。とすれば、そういう好みが人一倍むずかしいことは十分考えられるところであった。いったん蒼白《そうはく》になった三原の顔がふたたび生色を取りもどして、眼が光りはじめた。

「そうです。そうだと思います。とにかく調べてみてください」

「梶原武雄さんですね。いま、帳簿を見てみます」

応接間を出てゆく主任の後ろ姿を、三原は祈るような気持で見送った。

十分ばかり経《た》った。

「わかりましたよ」

と、主任はにこにこして手に握ったメモをひろげた。

「いま、これを台帳から抜き書きしたんですがね。福岡市上ノ橋、福岡食品工業内梶原武雄さんですね」

「ついていますか?」

三原は身体を乗りだした。

「ありました。このかたは、しじゅうこちらに送ってきておられるかたのようです。おたずねのネガはたしかに二月九日に到着しています。現像には四日かかっていますよ」

「すると、十二日に現像ができたというわけですね？」

「そうなんです」

「そのネガの模様はわかりませんか？　つまり撮影された絵柄《えがら》です」

「さあ、それは、わかりませんね」

と主任はほほえんだ。三原は、

「そうですか。そのネガは、お宅からまっすぐに撮影者の方に直送されましたか？」

「もちろん、そうしています」主任は、すぐに答えた。「私の方は、ご承知のように、フィルムの箱の中に現像用のため本社に送る封筒が入れてあります。利用者は撮影がすむと、そのフィルムを封筒に入れて当社に送ってくるわけですが、私の方は現像がすみしだい封筒に入れて撮影者に送りかえすわけです。返送用の封筒もちゃんと入れてありますからね」

「しかし、特殊な場合もあるでしょう？」と三原は言った。

「特殊ですって？」

「つまり、東京の場合ですが、撮影者があなたの方の郵送を待たずに、直接取りにくることがあるでしょう？」

「利用者が直接に来ることは、まずありませんね」と主任は答えた。「それは、お客さんがDP屋に頼んだ場合に、DP屋さんが一まとめにして取りにくることはあります。しかし、撮影者が一本ずつ取りにくることは例にないです」

「しかし、もう一度見てください」と三原は言った。「その梶原さんの場合、果たして九州に送ったかどうかです」

主任は妙な顔をしたが、警部補にそう言われてまた応接間を出ていった。

今度は二十分ばかり待たされた。

主任は、頭を掻《か》き掻き戻《もど》ってきた。

「まったくおっしゃるとおりです。いま、帳簿を調べたら、梶原さんご本人がこちらに取りにみえているんですね」

三原は、鳥飼と眼を見合わせた。それは勝利の表情だった。

「事情はこうです。ちょうど、その係りがいたので、よくわかりましたがね、その梶原さんという人は直接こちらに見えられましてね、なんでも東京に出張したので、この前福岡から送ったフィルムの現像ができているはずだから、もしできていたら一日でも早く見たいからそれを渡してもらえないだろうかと言うのです。私の方としてはご本人かどうかわからないので、その身分証明を求めたんです。すると、梶原さんは福岡の方の電車の定期券を出されましてね。たしかに、そこに書かれている梶原さんの名前も、撮影者の送ってきた封筒のものと間違いなかったのです……まあ、フィルムは誰でも早く見たいのが人情ですから、私の方としては、ご本人にそれをお渡ししたわけですよ」

「それは何日でしたか?」

「控え帳を見ますと、二月十二日になっています」

「そのフィルムを渡した人に会わせてください」

5

主任が出ていったあと、三原は思わず太い溜息《ためいき》をついた。

——峰岡周一のフィルム・トリックが完全に崩壊したのだ。

二月十二日といえば土肥武夫の葬式のあった日である。峰岡周一自身も焼香に来ていた。それでは彼は焼香をしたその足でここを訪れたのだろうか。現像ができあがる期間と自分のところに刑事がやってくる期間とを、ちゃんと勘定に入れて殺人をおかしたのだ。

もし警察が二月十二日以前、たとえば、土肥が殺された二月六日の直後に峰岡を訪れていたとしたら、彼のアリバイはなかったわけだ。実際は、三原が峰岡を訪ねたのは、たしか二十日ごろだったから、彼には十分の余裕があったのである。

柔和な顔と紳士的な態度を終始変えなかった峰岡の大胆な賭《か》けであった。

峰岡は『筑紫俳壇』の俳誌予告で同人の梶原武雄が二月六日の夜、門司の和布刈神事に撮影に行くことを予知した。彼は、梶原が白黒のフィルムだけではなく、カラー写真も併用するに違いないと考えたのだ。

この考えは不自然ではない。なぜなら、和布刈神事はあらゆる電光を消して松明《たいまつ》に火を点《とも》し神官が海中にはいる。赤い炎は暗い海に映じて神秘的な光景を呈する。これこそカラー写真の絶好の対象ではないか。

梶原ぐらいのカメラ狂だと、白黒フィルムもカラー・フィルムも併用するに違いない。峰岡はここに眼をつけたのだ。

カラー・フィルムの現像は、DP屋では絶対に不可能なので、そのフィルムの製造会社に現像依頼に現品を送ることになっている。峰岡はそれに眼をつけた。

彼は二月七日に須貝を消すために福岡に行っているが、このとき西鉄営業所から定期券を〝梶原武雄〟名義で買った。いうまでもなく、フィルム会社に呈示する身分証明用のものだった。

会社は、東京に出張してきたという峰岡にそのフィルムを渡す。峰岡はそのなかの八枚を普通の白黒写真にプリントする。写真好きの梶原武雄は和布刈神事の撮影には必ず一本全部を使ったであろうことは峰岡も推測したに違いない。自分のフィルムに八コマ分をあらかじめ残していたのだ。

今度はネガからプリントした白黒写真を未撮影の八コマに写しとる。この場合の操作は三原が以前に教えられたとおりだ。つまり、小倉の大吉旅館の女中を写しおえるまで、そこは空白にしておき、今度はフィルムの巻き戻しをやるのだ。こんなことは暗室の中でわけなく操作できる。

こうして峰岡のフィルムは、東京のタクシー会社のスナップ写真につづいて、和布刈神事の八コマが補充され、次の大吉旅館の像につづく。

現像ずみのネガ・フィルムからのプリントと、それからの複写は一日かければ十分だから、用ずみのフィルムはあたかもフィルム会社から梶原に直接送ったように峰岡周一が発送する。だから、そのフィルムの郵送をうけた梶原武雄は、それを誰にも貸していないし、盗難にもあっていないことになる。

三原が推定したことは、ここまで実証された。あとは、梶原武雄の定期券を持って
そのフィルムを取りにきた男が果たして峰岡周一かどうかという最後の仕上げが残さ
れているだけだった。
「お待たせしました」と、主任が三十二三ぐらいの男を連れてきた。「この人が梶原
さんにフィルムを直接渡した係りです」
「どうもご苦労さま」と、三原は会釈《えしやく》してポケットから写真を取りだした。「あなた
は、その取りにきた人の顔を今でも覚えていますか？」
「はあ、だいたいのところは記憶しています」
係りは、何か事件が起こったと察して不安そうな顔をしていた。
「今でもその人に会えば、顔がわかりますね？」
「はあ。わかると思います」
「では、こういう顔ではなかったですか？」
三原は、写真を係りの前に差しだした。峰岡の顔で、この前手配用にずいぶんと作
った一枚だ。
係りは写真を取って眼を落としていたが、
「あ、この人です」と眼を上げて三原を見た。

「よく見てください。その人に間違いありませんか？」

三原は、弾む息をおさえて念を押した。

「間違いありません。たしかにこの顔でした。定期券には二十八歳とあったのに、ずっと老《ふ》けて見えたので印象に残っています」

横の鳥飼重太郎の吐く息が三原に聞こえた。

6

三原は鳥飼といっしょに警視庁に戻った。そこで峰岡周一に対する逮捕令状の手続きをとったりした。

その間に、峰岡周一の所在を確かめた。これは刑事の一人を極光交通に走らせていたのだ。その刑事から電話がかかってきた。

「峰岡は、今朝、一度会社に出勤しましたが、用事があると言って十一時ごろ、社を出ていったきりです。行先はどことも言っていないようです」

「誰か知ってる者はいないのか？」

「問いあわせましたが、誰にもわかっていません」

「自宅に行ってきいてみろ。通いの家政婦がひょっとしたら知っているかもしれない」

「わかりました」

電話を切ると、三原は鳥飼にそのことを告げた。

「奴《やつ》、気づいてずらかったかもしれませんよ」

鳥飼も心配そうな顔をしている。ここで彼に逃げられてはこれまでの苦心がなんにもならない。しかし、カンのいい峰岡のことだから、当局の追及がいよいよ身辺に迫ったと知って、いちはやく逃走したということはありうる。

三原がいちばん恐れているのは、峰岡周一が自殺するかもしれないことだった。人間二人を殺しているのだから、彼も無事に生きられるとは思っていないであろう。たとえ死刑はまぬがれたとしても、峰岡のような男には残りの人生を牢獄《ろうごく》の中に呻吟《しんぎん》することは死よりも耐えがたいに違いない。

「梶原君の方を捜している班からは、何も報告はなかですか？」

鳥飼も三原と同じ気持でいる。もしかすると、峰岡は最後の足《あ》掻《が》きに梶原を連れだして抹消《まっしょう》するということも可能なのだ。これだと最後のきめ手がなくなるので、峰岡もまだ生きのびられると思っているかもしれないのだ。

三原はいらいらした。

電話がかかってくる。しかし、それはいずれも梶原武雄が発見できないという報告ばかりだった。三原は、事態がここまで来ているので、捜査員たちに頻繁《ひんぱん》に中間報告を命じていたのだ。

峰岡の自宅にとんだ捜査員からも、家政婦は何も知らず、ただ峰岡が二三日留守にすると言いおいて出たことがわかったという報告があっただけだった。

二時間は焦燥の間に過ぎた。

先ほど手続きをとった峰岡周一の逮捕令状が検察庁から回ってきた。

三原はそれを眺《なが》めた。この一枚の紙片を取るのに、どんなに長い間苦心したことか。やっと峰岡の犯行の確証がつかめて、いま、これを手に入れることができたのだ。あとは本人に突きつけるまでだが、肝心の当人の行方が知れない。

横から鳥飼重太郎も逮捕令状を覗《のぞ》きこんでいた。

彼も水城《みずき》の須貝殺しは管内に起こった殺人事件なので、峰岡の運命を決めたこの令状を感慨ぶかそうに眺めた。

何度目かの電話のベルが鳴った。

「主任ですか?」

と、今度の捜査員の声は弾んでいた。

「梶原武雄の居所がようやくわかりました」

「なに、わかった？」

三原は、送受器を汗が出るほど握りしめた。

「どこにいた？」

「春山章二郎《はるやましようじろう》というカメラマンがいますね」

「ああ、有名な人だ。いわゆる社会科専門だろう？」

「そうなんです。その春山氏のところに、たしかに梶原武雄らしいのが助手としてはいっています。年齢も、人相もぴたりです」

「捕まえたのか？」

「いいえ。本人は今朝からカメラを持ってとびだしていったそうです……今まではよくわからなかったんですが、春山さんが出張先から帰ってきて、やっとその事実がわかりました。助手といっても自分のスタジオではなく、共同で友人とつくっている現焼専門の工房に入れてるんだそうです。名前は緒方《おがた》とか言っていたそうですが、その緒方を春山さんに頼んだのが峰岡です。つまり、峰岡と春山さんとは知人だったわけです」

「そんなことはあとで詳しく聞くよ。で、どこに梶原はとびだしていったのだ？」

「当人は、なんでも、潮来《いたこ》の方に撮影に行くとか言っていたそうです」

「潮来？」

「はあ。ちょうど、今ごろが潮来のあやめ祭りでして、その行事を写しにいくんだとか言っていたそうです。つまり、臨時休暇を貰《もら》っていったわけですがね」

「よし」

三原の方から電話を切った。

「鳥飼さん、わかりましたよ、峰岡の行先が」

「ほう、どこですな？」

「潮来です」

「おれは河原の枯すすき……の、あの潮来ですな？」

「そうです。そこのあやめ祭りがあるとか言って、峰岡が梶原を連れだしています。これも早くしないと危ないですな。あの辺はいたる所が水ですから、油断をすると、峰岡が梶原を突きおとして溺死《できし》させるおそれがありますよ」

「なるほど。そら、早うせんといけんですな」

三原は、すぐに茨城県警本部に手配を頼んだ。

「峰岡は、すぐにも潮来で梶原を殺《や》るでしょうか？」

鳥飼も不安げな顔をしている。

「いや、昼間はだめでしょう。なんとか夜まで梶原をとめて、暗くなってから殺るんじゃないでしょうか。あの辺の祭りは、川舟に提灯《ちょうちん》を吊《つ》って、夜まで騒ぎがつづきます。殺す機会はいくらでもありますよ。だから、梶原としては非常に危険な状態ですよ」

「けど、ふしぎですな、三原さん」

「何がですか？」

「この事件は門司の和布刈《めかり》神事に始まって、潮来のあやめ祭りに終わろうとしています。まるで事件は土俗の行事から行事にわたっているようなもんですな」

——峰岡周一と梶原武雄の身柄を押えた、という電話が麻生《あそう》署からかかってきたのは、三時間ばかり経《た》ってからだった。三原は、腋《わき》の下に流れていた汗を拭《ふ》いた。

「鳥飼さん、今度はぼくが自分で行きますよ。峰岡を引取りにね。あなたもいっしょに行きませんか？」

「そりゃ喜んで行きますたい」

成田線の列車の内には、畑から吹く風が溢《あふ》れこんでいる。

「それにしても、峰岡が土肥を殺す動機ですが……」

と、鳥飼は二等車の椅子《いす》に掛けて、向かい側の三原に言った。

「峰岡が自動車の増車をめぐる贈賄《ぞうわい》や、新車の購入についての水増し横領をやっているのを、業界新聞の土肥が嗅《か》ぎつけて脅迫していたことはわかりますばってん、ただ、そいだけではどうも殺すほどのことはなかように思いますたい。その点、三原さん、どげんでしょうな？」

三原はうなずいた。

「ごもっともな質問です。ぼくらの調べでは、峰岡の背任行為はまだ表面しかわかっていません。それも土肥が業界紙に発表した程度のことです。土肥は、ぼくらの知らないような峰岡の悪事を深く知っていますよ。彼はそれをネタに峰岡を強請《ゆす》っていたんですから、相当な材料を持っていたと思いますね。それは、これから峰岡を調べてゆけば、どんどん出てくると思います。いや、殺された土肥も決していい人間とはいえませんが、峰岡のような男は、自分にまつわる禍根を徹底的に断たないでは安心できないのでしょう。あの男は、もっともっと自分の出世を考えていたと思いますよ」

鳥飼は溜息を吐《つ》いて、

「才子が自分の才に溺《おぼ》れたわけでっしょうな」

と言った。

鳥飼は吸いさしの煙草《たばこ》に火を点《つ》けていたが、鼻の頭をこすって、

「峰岡が須貝と名古屋のどこで出会っていたか、私が脚を棒にして名古屋中を歩いたが、どうしてもわかりまっせんでした。彼に会って、その場所を訊《き》きだすのが愉《たの》しみですたい」

と、ぼそりと呟いた。

列車が走るにつれて、広い平野に麦の熟《う》れがすすんでいた。

本文中の列車、旅客機の時間は、すべて昭和三十七年十月現在の時刻表による。

解　説

中島河太郎

もう二昔ほど前のこと、松本清張氏は『或《あ》る「小倉《こくら》日記」伝』で芥川賞を授けられたが、その受賞後の第一作として発表されたのが『菊枕《きくまくら》』である。

これには「ぬい女略歴《じょ》」という副題が添えてあって、福岡の中学教師の妻が、平凡無為の夫に慊《あきた》らなくて句作に熱中し、その才華の匂《にお》うに伴って、彼女の奇矯《ききょう》な言動が顰蹙《ひんしゅく》を買い、ついに狂死するまでの生涯が描かれている。

俳句に魅入られた女性の鬼気迫る愛執が、簡潔な筆で叙せられているだけに余韻があるが、実はこのヒロインにはモデルがあった。作者の郷里小倉にいた杉田久女《ひさじょ》がそれである。『或る「小倉日記」伝』のときと同じように、作者は丹念に関係者にあたって、作品化した。

この作品が俳句に関心を寄せるきっかけになったのか、五年後には『巻頭句の女』を発表している。俳句雑誌の巻頭を占めるかどうかが、投稿者仲間の重大な関心事となっていることに発想して、殺人事件があばかれる話である。続いてこの『時間の習俗』があるし、さらに西東三鬼《さいとうさんき》や橋本多佳子《たかこ》をモデルにした作品もあるから、俳句との繋《つな》がりは通り一遍のものではなかった。

『時間の習俗』は雑誌『旅』の昭和三十六年五月号から、翌年十一月号にかけて連載された。『旅』はかつて『点と線』を載せたことがあり、そこで事件に携わった警視庁の三原警部補と、福岡署の鳥飼《とりがい》刑事が再び交情を復活させて、こんどの事件にも提携させている。

旧暦元旦《がんたん》の未明に、九州の東北端にある和布刈《めかり》神社で行われる神事から、幕を上げる本編は印象的である。この対岸の下関市壇《だん》ノ浦《うら》は、源平の古戦場で知られているが、また作者が一歳から四歳にかけて住んでいた所であった。もちろん当時は係《かかわ》りがなかったにせよ、その後、居を小倉に移してからは、この由緒《ゆいしょ》ある神事の耳に触れたことがあろうし、何よりも古式ゆかしい儀式を導入とした物語は、作者の独擅場《どくせんじょう》であった。しかもその古来のしきたりが、今でもおごそかに執り行われるばかりでなく、カメラの対象になり、吟行の素材になるほどの客を集めているが、それが事件の進展に伴って、大きな役割を果すのだから、心憎い発端である。

相模湖《さがみこ》畔《はん》のホテルに連れ立ってきた客のうち、男が殺され、女の行方が皆目知れないという事件がまず起った。被害者は交通関係の業界紙の経営者だが、加害者の見当は全くつかない。担当の三原警部補は、被害者の出入り先であるタクシー会社の専務峰岡に興味を覚えた。彼には犯行の動機も見当らないし、容疑者としては一番無色なのだが、完全なアリバイがあるだけに、かえって三原の気持にひっかかるものがある。

松本氏がわが推理小説界に新紀元を画したことは、広く承認されているが、前後を分つ特徴の一つとして、いわゆる名探偵《たんてい》の起用と否定とがある。このジャンルの鼻祖ポーがデュパンを登用して以来、必ず探偵役が登場して難事件の解決に当ってきた。もちろんわが国でもその例に洩《も》れなかった。江戸川乱歩の明智小五郎《あけちこごろう》、木々高太郎《きぎたかたろう》の大心地《おおころち》先生、横溝正史《よこみぞせいし》の金田一《きんだいち》耕助、高木彬光《あきみつ》の神津恭介《かみづきようすけ》など、めいめいの作家がユニークな性格を付与しようと、それぞれ腐心したはずである。

絵空事を排して、人間性を回復しようとした作者にとっては、神のような名探偵は必要としなかった。それぞれの作品ごとに、事件の真実を追求しなければならぬ人物を設定すればよかった。だから降りかかった火の粉を払わなければならぬ一介の会社員の場合もあれば、専門職の検事の場合もあったし、本編のように警察官という、至極まっとうなこともあった。

従来の推理小説中の名探偵は、その衆に抜きん出た能力を誇示するために、凡庸な読者を代表するワトスンを必ず伴っていた。かれら名探偵を超人的存在に仕立てるために、内外の作家たちは種々の工夫を凝らしている。

松本氏はかれらの奇矯さを惜しげもなく取り除いた。しいて先蹤《せんしよう》を求めるなら、クロフツのフレンチ警部に近いが、この三原警部補はせいぜい気に入りのコーヒー店で、いろいろ思案をめぐらす程度である。ワトスン役が尋ねても答えてくれず、最後に一挙に真相をぶちまけて、読者を驚かそうというのが旧来の名探偵の常套《じようとう》手段であった。三原に至ってはその対照的な存在である。

この警部補は峰岡に容疑の焦点を当てながら、そのアリバイを克明に検討する。乗物の可能性についても、写真撮影のからくりについても、思いつく限りを俎上《そじよう》にのせ、逐条審議の過程を包まず述べている。いわゆる名探偵が読者を見下して、高踏的な言辞を弄《ろう》するのに比較すると、三原は試行錯誤のくり返しで、いわば読者と一体である。読者の思いつきそうなことを考え、そしてそれらが不可能の壁に突き当って、また元《もど》に戻る。彼の思考と心情をつぶさに写す手法は、読者との一体感をもたらすのにはなはだ効果的であった。作者の現実に即するというのは、単に社会現象や風俗のうわべを撫《な》でて満足することでなく、現代人の感覚に密着することである。

「練りに練り、考えに考えられた殺人」だけに、犯人は難攻不落の城に籠《こも》って、せせら笑っているようである。物証主義の現刑法下では、よほどの証拠を揃《そろ》えて攻めなければ、うそぶかれるだけだが、この犯人はまさしく磐石《ばんじゃく》の地位にある。それに対して三原は頭脳を絞って打開を試みて、その執拗《しつよう》な尽力が「一つの発見」となったが、さらに福岡県水城《みずき》での第二の殺人事件の発覚を契機として、問題は暗礁《あんしょう》に乗りあげる。

容疑者のアリバイを崩すためには、フィルムに写った写真の順序を変えるトリックを解明しなければならない。これと失踪《しっそう》した女性の消息について悩まされるのだが、後者の解明はやや肩すかしをくった感を覚えぬでもない。それに比べてフィルムのトリックは、吟行撮影を巧みにとり入れて、手際《てぎわ》よく纏《まと》められている。土屋隆夫《たかお》の『影の告発』をはじめ、鮎川哲也《あゆかわてつや》らカメラのトリックに取り組んだ作品がいくつも試みられたが、本編の真相に辿《たど》りつくまでの紆余曲折《うよきょくせつ》は、読者の焦燥感を駆りたてることに成功し、巧緻《こうち》な犯罪工作の崩壊に接して、思わず安堵《あんど》の吐息を洩らさざるを得ないほどである。

『点と線』と『眼の壁』の両長編が単行本として上梓《じょうし》された三十三年から、殊《こと》に作者の執筆量は激増した。連載に限ってだけでも『ゼロの焦点』、『かげろう絵図』、『蒼《あお》い描点』、『黒い樹海』、『黒い画集』、『波の塔』、『黄色い風土』、『小説帝銀事件』、『雲を呼ぶ』、『歪《ゆが》んだ複写』、『霧の旗』、『黒い福音』、『日本の黒い霧』、『球形の荒野』、『わるいやつら』、『考える葉』、『砂の器』、『氷の燈火』、『異変街道』、『深層海流』、『蒼ざめた礼服』、『風の視線』、『影の車』、『連環』、『不安な演奏』、『渇《かわ》いた配色』などが本編以前に発表されている。

推理小説はもとより、現代物、時代物、ノンフィクションもあって、松本氏は夥《おびただ》しい分量の他《ほか》に、作家の可能性に挑戦《ちようせん》した。推理物にしても、従来の人間性も社会性も無視した傾向に満足せず、清新な旗幟《きし》を翻《ひるがえ》しただけに、自己の作品に対しても峻厳《しゆんげん》であった。類型に陥ることを警戒して、絶えず新たな視野と手法の変化を心掛けている。大量生産はややもすると同工異曲を免《まぬか》れないが、この作者のように通弊を避け得たのは稀有《けう》な例であった。

推理小説が独創的なトリックに固執するあまり、その奇抜さにとらわれて、現実を忘れ去ったとき、非難を甘んじなければならなかった。殊に松本氏の出現は、その後に有馬頼義《よりちか》、水上勉《みずかみつとむ》、黒岩重吾といった作家群のはなばなしい活躍により、いわゆる社会派推理小説の擡頭《たいとう》を促す緒口《いとぐち》となった。

一時は推理小説界を刷新し風靡《ふうび》する形勢であったが、人間や社会に焦点を合わせ、「推理」の愉《たの》しさの比重が軽く、次第に一般小説に傾斜していった。松本氏はその新風の先頭に立つかのように思われたかもしれないが、氏は当初から謎解《なぞと》きのおもしろさを十分に知悉《ちしつ》していたのである。

氏は非日常性、遊戯性、偏狭性など、従来の作家たちの陥りがちな欠点を、舌鋒《ぜっぽう》鋭く責めているけれども、推理小説の脊梁《せきりょう》となる「推理」は飽くまでも尊重している。『点と線』や『眼の壁』による長編活動を始めてから、早くも十五年を経たが、氏の作品が相変らず広汎《こうはん》な読者に支持されているのも、本格物の骨格を具《そな》えているからである。

氏の出現以後、推理小説の表現技法が一新された観があるのは、その顕著な影響であろう。たしかに文学的には洗練されたが、「推理」という歌を忘れたカナリヤでは、少なくとも「推理小説」を読みたがる読者を満足させるはずがなかった。

氏はこの作品でありふれた趣向のアリバイ打破に、敢然として挑戦し、清新でしかも巧緻なトリックを駆使して、本格推理に新しい道標を建てた。氏の作品が永く生命を維持する所以《ゆえん》である。

（昭和四十七年十月、文芸評論家）

この作品は昭和三十七年十一月光文社より刊行された。

松本清張著

小説日本芸譚

千利休、運慶、光悦――。日本美術史に燦然と輝く芸術家十人が煩悩に翻弄される姿――人間の業の深さを描く異色の歴史短編集。

松本清張著

或る「小倉日記」伝

芥川賞受賞　傑作短編集㈠

体が不自由で孤独な青年が小倉在住時代の鷗外を追究する姿を描いて、芥川賞に輝いた表題作など、名もない庶民を主人公にした12編。

松本清張著

黒地の絵

傑作短編集㈡

朝鮮戦争のさなか、米軍黒人兵の集団脱走事件が起きた基地小倉を舞台に、妻を犯された男のすさまじい復讐を描く表題作など9編。

松本清張著

西郷札

傑作短編集㈢

西南戦争の際に、薩軍が発行した軍票をもとに一攫千金を夢みる男の破滅を描く処女作の「西郷札」など、異色時代小説12編を収める。

松本清張著

佐渡流人行

傑作短編集㈣

逃れるすべのない絶海の孤島佐渡を描く「佐渡流人行」、下級役人の哀しい運命を辿る「甲府在番」など、歴史に材を取った力作11編。

松本清張著

張込み

傑作短編集㈤

平凡な主婦の秘められた過去を、殺人犯を張込み中の刑事の眼でとらえて、推理小説界に新風を吹きこんだ表題作など8編を収める。

松本清張著
駅路
傑作短編集㈥

これまでの平凡な人生から解放されたい……。停年後を愛人と送るために失踪した男の悲しい結末を描く表題作など、10編の推理小説集。

松本清張著
わるいやつら（上・下）

厚い病院の壁の中で計画される院長戸谷信一の完全犯罪！　次々と女を騙しては金をまき上げて殺す恐るべき欲望を描く長編推理小説。

松本清張著
歪んだ複写
―税務署殺人事件―

武蔵野に発掘された他殺死体。腐敗した税務署の機構の中に発生した恐るべき連続殺人を描いて、現代社会の病巣をあばいた長編推理。

松本清張著
半生の記

金も学問も希望もなく、印刷所の版下工としてインクにまみれていた若き日の姿を回想して綴る〈人間松本清張〉の魂の記録である。

松本清張著
黒い福音

現実に起った、外人神父によるスチュワーデス殺人事件の顚末に、強い疑問と怒りをいだいた著者が、推理と解決を提示した問題作。

松本清張著
ゼロの焦点

新婚一週間で失踪した夫の行方を求めて、北陸の灰色の空の下を尋ね歩く禎子がまき込まれた連続殺人！　『点と線』と並ぶ代表作品。

松本清張著
眼の壁
白昼の銀行を舞台に、巧妙に仕組まれた三千万円の手形サギ。責任を負った会計課長の自殺の背後にうごめく黒い組織を追う男を描く。

松本清張著
点と線
一見ありふれた心中事件に隠された奸計！列車時刻表を駆使してリアリスティックな状況を設定し、推理小説界に新風を送った秀作。

松本清張著
黒い画集
身の安全と出世を願う男の生活にさす暗い影。絶対に知られてはならない女関係。平凡な日常生活にひそむ深淵の恐ろしさを描く7編。

松本清張著
霧の旗
兄が殺人犯の汚名のまま獄死した時、桐子は依頼を退けた弁護士に対する復讐を開始した。法と裁判制度の限界を鋭く指摘した野心作。

松本清張著
蒼い描点
女流作家阿沙子の秘密を握るフリーライターの変死――事件の真相はどこにあるのか？代作の謎をひめて、事件は意外な方向へ……。

松本清張著
影の地帯
信濃路の湖に沈められた謎の木箱を追う田代の周囲で起る連続殺人！ふとしたことから悽惨な事件に巻き込まれた市民の恐怖を描く。

松本清張著

渡された場面

四国と九州の二つの殺人事件が、小さな同人雑誌に発表された小説の一場面によって結びついた時、予期せぬ真相が……。推理長編。

松本清張著

水の肌

利用して捨てた女がかつての同僚と再婚していた――男の心に湧いた理不尽な怒りが平凡な日常を悲劇にかえる。表題作等5編を収録。

松本清張著

天才画の女

彗星のように現われた新人女流画家。その作品が放つ謎めいた魅力――。画壇に巧妙にめぐらされた策謀を暴くサスペンス長編。

松本清張著

憎悪の依頼

金銭貸借のもつれから友人を殺した孤独な男の、秘められた動機を追及する表題作をはじめ、多彩な魅力溢れる10編を収録した短編集。

松本清張著

砂漠の塩

カイロからバグダッドへ向う一組の日本人男女。妻を捨て夫を裏切った二人は、不毛の愛を砂漠の谷間に埋めねばならなかった――。

松本清張著

黒革の手帖 (上・下)

横領金を資本に銀座のママに転身したベテラン女子行員。夜の紳士を相手に、次の獲物をねらう彼女の前にたちふさがるものは――。

松本清張著

状況曲線（上・下）

二つの殺人の巧妙なワナにはめられ、追いつめられていく男。そして、発見された男の死体。三つの殺人の陰に建設業界の暗闘が……。

松本清張著

松本清張傑作選

戦い続けた男の素顔

―宮部みゆきオリジナルセレクション―

「人間・松本清張」の素顔が垣間見える12編を、宮部みゆきが厳選！　清張さんの〝私小説〟は、ひと味もふた味も違います――。

松本清張著

けものみち（上・下）

病気の夫を焼き殺して行方を絶った民子。疑惑と欲望に憑かれて彼女を追う久恒刑事。悪と情痴のドラマの中に権力機構の裏面を抉る。

宮部みゆき著

レベル7《セブン》

レベル7まで行ったら戻れない。謎の言葉を残して失踪した少女を探すカウンセラーと記憶を失った男女の追跡行は……緊迫の四日間。

宮部みゆき著

理由

直木賞受賞

被害者だったはずの家族は、実は見ず知らずの他人同士だった……。斬新な手法で現代社会の悲劇を浮き彫りにした、新たなる古典！

宮部みゆき著

模倣犯

芸術選奨受賞（一〜五）

邪悪な欲望のままに「女性狩り」を繰り返し、マスコミを愚弄して勝ち誇る怪物の正体は？　著者の代表作にして現代ミステリの金字塔！

吉村昭著
戦艦武蔵
菊池寛賞受賞

帝国海軍の夢と野望を賭けた不沈の巨艦「武蔵」――その極秘の建造から壮絶な終焉まで、壮大なドラマの全貌を描いた記録文学の力作。

吉村昭著
高熱隧道

トンネル貫通の情熱に憑かれた男たちの執念と、予測もつかぬ大自然の猛威との対決――綿密な取材と調査による黒三ダム建設秘史。

吉村昭著
零式戦闘機

空の作戦に革命をもたらした〝ゼロ戦〟――その秘密裡の完成、輝かしい武勲、敗亡の運命を、空の男たちの奮闘と哀歓のうちに描く。

吉村昭著
陸奥爆沈

昭和十八年六月、戦艦「陸奥」は突然の大音響と共に、海底に沈んだ。堅牢な軍艦の内部にうごめく人間たちのドラマを掘り起す長編。

吉村昭著
漂流

水もわかず、生活の手段とてない絶海の火山島に漂着後十二年、ついに生還した海の男がいた。その壮絶な生きざまを描いた長編小説。

吉村昭著
プリズンの満月

東京裁判がもたらした異様な空間……巣鴨プリズン。そこに生きた戦犯と刑務官たちの懊悩。綿密な取材が光る吉村文学の新境地。

山崎豊子著

暖簾（のれん）

丁稚からたたき上げた老舗の主人吾平を中心に、親子二代〝のれん〟に全力を傾ける不屈の大阪商人の気骨と徹底した商業モラルを描く。

山崎豊子著

華麗なる一族（上・中・下）

大衆から預金を獲得し、裏では冷酷に産業界を支配する権力機構〈銀行〉——野望に燃える万俵大介とその一族の熾烈な人間ドラマ。

山崎豊子著

二つの祖国（一～四）

真珠湾、ヒロシマ、東京裁判——戦争の嵐に翻弄され、身を二つに裂かれながら、祖国を探し求めた日系移民一家の劇的運命を描く。

山崎豊子著

沈まぬ太陽

(一)アフリカ篇・上
(二)アフリカ篇・下

人命をあずかる航空会社に巣食う非情。その不条理に、勇気と良心をもって闘いを挑んだ男の運命。人間の真実を問う壮大なドラマ。

山崎豊子著

白い巨塔（一～五）

癌の検査・手術、泥沼の教授選、誤診裁判などを綿密にとらえ、尊厳であるべき医学界に渦巻く人間の欲望と打算を迫真の筆に描く。

山崎豊子著

女の勲章（上・下）

洋裁学院を拡張し、絢爛たる服飾界に君臨するデザイナー大庭式子を中心に、名声や富を求める虚栄心に翻弄される女の生き方を追究。

司馬遼太郎著

国盗り物語（一〜四）

貧しい油売りから美濃国主になった斎藤道三、天才的な知略で天下統一を計った織田信長。新時代を拓く先鋒となった英雄たちの生涯。

司馬遼太郎著

燃えよ剣（上・下）

組織作りの異才によって、新選組を最強の集団へ作りあげてゆく〝バラガキのトシ〟——剣に生き剣に死んだ新選組副長土方歳三の生涯。

司馬遼太郎著

新史太閤記（上・下）

日本史上、最もたくみに人の心を捉えた〝人蕩し〟の天才、豊臣秀吉の生涯を、冷徹な史眼と新鮮な感覚で描く最も現代的な太閤記。

司馬遼太郎著

関ヶ原（上・中・下）

古今最大の戦闘となった天下分け目の決戦の過程を描いて、家康・三成の権謀の渦中で命運を賭した戦国諸雄の人間像を浮彫りにする。

司馬遼太郎著

城塞（上・中・下）

秀頼、淀殿を挑発して開戦を迫る家康。大坂冬ノ陣、夏ノ陣を最後に陥落してゆく巨城の運命に託して豊臣家滅亡の人間悲劇を描く。

司馬遼太郎著

項羽と劉邦（上・中・下）

秦の始皇帝没後の動乱中国で覇を争う項羽と劉邦。天下を制する〝人望〟とは何かを、史上最高の典型によってきわめつくした歴史大作。

西村京太郎著

黙示録殺人事件

狂信的集団の青年たちが次々と予告自殺をする。集団の指導者は何を企んでいるのか？　十津川警部が〝現代の狂気〟に挑む推理長編。

西村京太郎著

阿蘇・長崎「ねずみ」を探せ

テレビ局で起きた殺人事件。第一容疑者は失踪。事件の鍵は阿蘇山麓に？　十津川警部の推理が、封印されていた〝過去〟を甦らせる。

西村京太郎著

寝台特急「サンライズ出雲」の殺意

寝台特急爆破事件の現場から消えた謎の男。続発する狙撃事件。その謎を追う十津川警部の前に立ちはだかる、意外な黒幕の正体は！

西村京太郎著

生死の分水嶺・陸羽東線

鳴子温泉で、なにかを訪ね歩いていた若い女の死体が、分水嶺の傍らで発見された。十津川警部が運命に挑む、トラベルミステリー。

西村京太郎著

十津川警部　時効なき殺人

会社社長の失踪、そして彼の親友の殺害。二つの事件をつなぐ鍵は三十五年前の洞爺湖に。旅情あふれるミステリー&サスペンス！

西村京太郎著

神戸電鉄殺人事件

異人館での殺人を皮切りに、プノンペン、東京駅、神戸電鉄と、次々に起こる殺人事件。大胆不敵な連続殺人に、十津川警部が挑む。

新潮文庫最新刊

清水朔著
奇譚蒐集録
—鉄環の娘と来訪神《オトナイサマ》—
信州山間の秘村に伝わる十二年に一度の奇祭、首輪の少女と龍屋敷に籠められた少年の悲運。帝大講師が因習の謎を解く民俗学ミステリ！

喜友名トト著
だってバズりたいじゃないですか
恋人の死は、意図せず「感動の実話」として映画化され、〝バズった〟……切なさとエモさが止められない、SNS時代の青春小説！

川添愛著
聖者のかけら
聖フランチェスコの遺体が消失した——。特異な能力を有する修道士ベネディクトが大いなる謎に挑む。本格歴史ミステリ巨編。

角田光代
河野丈洋著
もう一杯だけ飲んで帰ろう。
西荻窪で焼鳥、新宿で蕎麦、中野で鮨、立石ではしご酒——。好きな店で好きな人と、飲む酒はうまい。夫婦の「外飲み」エッセイ！

森田真生著
計算する生命
河合隼雄学芸賞受賞
計算の歴史を古代まで遡り、先人の足跡を辿りながら、いつしか生命の根源に到達した独立研究者が提示する、新たな地平とは——。

ふかわりょう著
世の中と足並みがそろわない
強いこだわりと独特なぼやきに呆れつつ、くすりと共感してしまう。愛すべき「不器用すぎる芸人」ふかわりょうの歪《いびつ》で愉快な日常。

時《じ》間《かん》の習《しゅう》俗《ぞく》

新潮文庫　ま-1-15

昭和四十七年十二月十五日　発行
平成二十一年三月二十五日　五十五刷改版
令和五年十二月三十日　六十八刷

著者　松《まつ》本《もと》清《せい》張《ちょう》

発行者　佐藤隆信

発行所　株式会社 新潮社
郵便番号　一六二―八七一一
東京都新宿区矢来町七一
電話　編集部(〇三)三二六六―五四四〇
読者係(〇三)三二六六―五一一一
https://www.shinchosha.co.jp

価格はカバーに表示してあります。

乱丁・落丁本は、ご面倒ですが小社読者係宛ご送付ください。送料小社負担にてお取替えいたします。

印刷・錦明印刷株式会社　製本・錦明印刷株式会社

ISBN978-4-10-110923-7 C0193